U0927474

有一种力量，叫文学；
有一种美好，叫回忆；
有一种感动，叫青春；
有一种生命，在鲁院！

鲁迅文学院·百草园文集

未来的前妻

薛舒◎著

知识出版社

WEILAI DE QIANQI

这个世界上，有一些人梦想着结婚，

也有不少人梦想着离婚。

婚姻之于人生，

便是有关一种自由与另一种自由的抉择。

图书在版编目（CIP）数据

未来的前妻/薛舒著. --北京：知识出版社，2017.5
（鲁迅文学院百草园文集）
ISBN 978-7-5015-9490-0

Ⅰ.①未… Ⅱ.①薛… Ⅲ.①小说集-中国-当代 Ⅳ.①I247

中国版本图书馆 CIP 数据核字（2017）第 094532 号

未来的前妻 薛舒 著

出版人 姜钦云
责任编辑 易晓燕
装帧设计 君阅书装
出版发行 知识出版社
地　　址 北京市西城区阜成门北大街 17 号
邮　　编 100037
电　　话 010-88390659
印　　刷 北京一鑫印务有限责任公司
开　　本 787mm×1092mm　1/16
印　　张 16.5
字　　数 280 千字
版　　次 2017 年 6 月第 1 版
印　　次 2020 年 2 月第 2 次印刷
书　　号 ISBN 978-7-5015-9490-0

定　　价 45.00 元

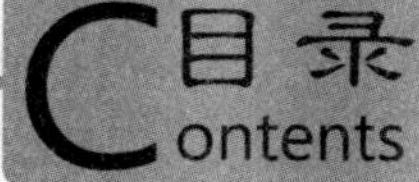
目录
Contents

未来的前妻

一

大龄青年陈陆终于找到对象了。陈师母说："阿陆头啊，把小姑娘的生辰八字报给我，我去请王仙人算一下，看看你俩命里合不合。"

陈陆对母亲向来百依百顺，虽然心里不屑，但还是把女朋友的出生年月告诉了母亲："姆妈，算这个有用吗？"

"哪能没用？王仙人算得很准的，很多人请他算，要预约的。早些年我也请他算过，他说我是孤独命。你看，我果真是孤独命，你阿爹老早就死了。我带着你，孤儿寡母、孤苦伶仃，我把你带大，苦头吃足，眼泪落了几钵头……"

一涉及这个话题，陈师母就成了祥林嫂。陈陆连忙打断她："好好好，姆妈，你去算吧，我没意见的。"

陈陆是个老实人，他每天的活动范围，除了厂里就是家里。陈陆的具体工作，就是坐在化工厂的仪表盘前，一小时抄一次表；遇到仪表坏了，就检修。二十世纪八十年代末，化工厂的效益还是很好的，陈陆拿着近两百元的工资，上班空闲得一塌糊涂。抄抄表是花不了多少力气的，剩下的时间，不是打瞌睡，就是和同事吹牛皮。陈陆打打瞌睡，吹吹牛皮，就从一名小青工，变成了老师傅。

陈陆带徒弟了，还是个女的。女徒弟顾萍对师父真是好，给师父打开水泡茶，抢着帮师父洗刷碗筷，隔三岔五从家里带好吃的来给师父打牙祭。这对年龄差距不大的师徒，处得是超乎寻常的好。这当口，厂里出了一场火灾事故。不晓得哪个家伙违规，在车间里偷偷抽烟。火着起来时，坐在控制室里的陈陆正进入准瞌睡状态。顾萍呢，手里拿着记录本，仰着脑袋在抄表。外面忽然传来杂乱的脚步声和尖叫声，还夹杂着喊“救命”的声音，随即，浓烟扑进了仪表控制室。

等到消防队的高压水枪冲向浓烟滚滚的车间时，陈陆和顾萍师徒俩已经站在车间外面的空地上了。嘈杂纷乱的事故现场，谁也没有注意，彼时，吓得瑟瑟发抖的顾萍，整个身躯几乎完全被陈陆抱在了怀里。

从瞌睡中惊醒的陈陆把吓呆了的顾萍连拖带抱地抢出了车间，陈陆无意中成了“英雄救美”中的那个英雄。就这样，顾萍对陈陆更好了，也是得天独厚的条件，上班八个钟头，他们几乎天天在约会，一来二去，两人就开始谈恋爱了。

顾萍第一次登陈家的门，陈师母就问了顾萍的生辰八字，去找王仙人了。两个星期后的一天，陈陆下班回家，陈师母正挂着一张阴沉的脸，坐在八仙桌边。陈陆刚进门，陈师母就重重地咳嗽了两下：“啊咳，啊咳，阿陆头，你和顾萍的八字配对，我请王仙人算过了。”

陈陆很紧张，不知道结果如何。陈师母说：“王仙人算出来，你这个人呢，是双妻命。”

“啥叫双妻命？”

“就是说，你命里要讨两个老婆。”

陈陆笑起来：“姆妈，现在又不是万恶的旧社会，一夫多妻是犯法的。”

陈师母顾自说下去：“王仙人还说，你和顾萍八字不合，她比你小六岁，你们是六冲。老话讲‘男大六、药罐头’，男人会被女人克出毛病来的。”

陈陆的嘴角不禁往下一撇，立即呈现出一张愁眉苦脸：“那怎么办？”

陈师母沉思了片刻，抬起头，低沉的声音煞是严厉：“阿陆头，既然你的主意已定，我也不反对。不过，顾萍和你八字不合，以后有什么事，不要怪我没提醒你。”

母亲的话让陈陆心头稍稍松了一口气，然而，第二口气还没有回上来，母亲又发声了：“命这个东西，要避也是避不开的。王仙人说你是双妻命，我看，你是真的要讨两个老婆了。”

陈陆想，我一个老婆还没讨回家呢，到哪里去找第二个老婆，便说：“现在哪有讨小老婆的？想讨两个老婆，只有一种可能，就是离婚，再结婚……”

话说到这里，陈陆忽然停住，他把自己吓了一跳，还没结婚就说离婚，太不吉利了。他可从没想过要讨两个老婆，他想把顾萍娶回家，是要她做一辈子老婆的。

陈陆打算结婚了，如果人可以只谈恋爱不结婚，那一切就简单了。可是谈恋爱，不就是为了结婚吗？一旦涉及结婚，麻烦事就来了。陈陆准备把属于自己的北房间装修一下做新房，顾萍说：“北房间小，晒不到太阳，你姆妈反正是一个人，和她换一换好了。”

陈陆为难得要命，母亲年纪大了，叫她住北房间，说不过去。

陈陆准备买一台彩电，顾萍说：“要买就买进口的，索尼最好。”

“进口电视机要凭侨汇券买的。”

“想想办法啊！你师父家里不是有香港亲戚吗？”

陈陆额头上的汗就滴下来了，平白无故的，问师父要侨汇券，怎么好意思开口？

顾萍的花样真是不少，家具要买组合式的，沙发要买真皮转角的，结婚照片要到王开（上海老字号照相馆）去拍，喜酒要放在外滩的和平饭店办，至少要请十八桌，要用桑塔纳轿车接新娘……连婚宴高升放几响、用什么烟、什么酒、上几斤的甲鱼、几两的大闸蟹都有要求。

陈陆未曾想到结一场婚竟这么麻烦，一辈子的麻烦事加在一起都抵不过一个结婚。陈师母呢，本来就不满意这桩八字不合的婚事，对于顾萍的要求，便十件里有九件不答应的。婆婆越是不答应，顾萍就越是要陈陆去办到。这婆媳俩，暗地里相互较劲，鸡零狗碎的事都要上纲上线，任何一步进退，仿佛都决定着将来的地位。这么一来，陈陆就成了夹心板，违抗母亲的事做不得，不满足顾萍也不行，三十岁的大男人，搞得焦头烂额、一筹莫展。为了结婚的事，顾萍和陈陆吵了无数次架。每次吵架过后，总是陈陆主动向顾萍屈首认错，表过决心下过保证才平息。这种时候，陈陆就想：大丈夫能屈能伸，为了结婚，就忍了吧。陈陆私下里把自己叫作大丈夫的时候，心里不禁一酸。因为他只品尝到了"屈"的滋味，不知道什么才是"伸"的感觉。

有一天，不晓得为了什么事，顾萍又和陈陆吵起嘴来。已经身心疲惫的陈陆终于忍无可忍，脱口道："怪不得王仙人算出来我们八字不合，还没结婚就吵架。"

顾萍一听，立即追问："谁是王仙人？什么八字不合？"

陈陆自知说漏了嘴，便闭嘴不说了。顾萍态度缓和下来，好言好语地劝道："你讲给我听听嘛，好不好啊？"

"不讲！讲出来，你肯定会生气的。"

顾萍脸上堆起了笑容："讲吧，我不会生气的，讲出来我们也好商量着办呀。"

陈陆这个人，就是太老实，脑子缺根筋，办事少点策略。顾萍说不生气，他就相信了，就把母亲请王仙人算命的事，原封不动地说了出来。顾萍听完，沉默了好一会儿，再抬起头，脸上的笑更明媚了。顾萍笑眯眯地说："陈陆，你命里有双妻，那我要是和你结婚了，我不就是你'未来的前妻'了吗？"

陈陆没听懂："什么？未来的前妻？"

顾萍说："你不和我离婚，哪能讨第二个老婆？我总有一天会变成你的前妻。"

陈陆怔了好一会儿，才想明白，刚想开口辩解，顾萍就抢去了话头："与其等结婚后再离婚，还不如现在就分手吧，我可不想做你"未来的前妻"，你去找一个和你八字相合的人吧，陈陆，我祝你幸福！”

顾萍说完，拍拍屁股扭头走了。顾萍果然没生气，顾萍走的时候一脸和颜悦色。可这一走，她就没再回来。一段恋情就这么结束了，结束得令陈陆措手不及。陈陆想挽回，顾萍根本就不给机会。一个月后，顾萍闪电结婚，紧接着就辞职，离开了化工厂。同事传出话说，顾萍第一次上陈家，就看出陈陆的妈不好相处，顾萍早就想分手了，就是不好意思开口。就在这当口，有人给她介绍了一个日本男人，要她嫁到日本去。陈陆给顾萍创造了分手的条件。同事转交给陈陆两包喜糖，说是顾萍让发的。陈陆接过大红包装的喜糖，心头滚过一阵阵酸痛：这个女人，心肠也太狠了，分手才一个月，就嫁了人。她真的嫁到日本去了吗？她会讲日本话吗？结婚这件事情，为什么别人做来这么容易，我就那么难呢？

陈陆越想越觉得心痛，这个老实人，就在心里暗暗发誓，以后找对象，绝不再请王仙人算命了。

二

陈师母开始张罗给陈陆介绍对象，陈师母说：“阿陆头，你的表兄弟、堂姐妹全都结婚了，有的都养小囡了，你不结婚，我哪有机会收回礼金啊？”

“姆妈，你真烦人啊，结婚结婚，结婚要有对象的呀，你叫我和谁去结婚？”

“那我请人帮你介绍对象，你不要不肯见面。”

“好好好，只要你高兴，我就去。”

自从和顾萍分手后，陈陆对陈师母的态度就不像以前那样唯唯诺诺了，倒也不是对着干，只是有些玩世不恭。

陈陆果然跟着介绍人去相了几次亲，他也不和人家约会，第一次见面就把姑娘带回家，让陈师母过目。这就完全是陈师母在相亲了，好在，陈师母是十分愿意在这件事情上包办到底的。总算，见了第三个姑娘后，陈师母拍板决定："这个李彩菊不错，虽说是乡下人，出手倒大方，第一次上门，就拎来一只鸡、一只鸭、一篮鸡蛋。嘴巴也甜，姆妈长姆妈短的。阿陆头，就要这个了，好不好？"

陈陆懒洋洋地回答："随便你。"

陈师母说："李彩菊就是个子矮点，不过站在你边上，倒是蛮般配的。"

陈陆努力回忆那个农村姑娘的样子，居然想不起来，只记得一抹晃动的天蓝色身影，还有经年晒太阳的黑红面孔，眉目却一片模糊。可见，陈陆相亲相得一点也不认真。

陈陆又有对象了，这个对象，陈陆是闭着眼睛找的。陈师母说："既然定下了，就结婚吧。"陈师母说可以结婚了，陈陆就决定闭着眼睛结婚了，婚礼定在五一劳动节。毕竟是喜事，对婚事一直不热心的陈陆，这一天，还是把腮帮子刮得白白净净，穿一套崭新的西服，蹬一双锃亮的皮鞋，浑身上下一片簇新，只是脸色有些憔悴。李彩菊的娘家在浦东乡下，农村人平时好商量，结婚这一天，规矩却很大。陈陆去接新娘时，就出了一档插曲。

五月初的天已经很热，新郎率男方众人到达新娘家门口时，衬衣已被汗水湿透了。可李彩菊娘家的姨婆姑奶们，挡在门口不让男方客人进，说按规矩是要进门钞票的。陈陆不晓得有这规矩，西装内袋里一分钱都没准备。接新娘的队伍中，陈陆的表兄是资格最老的，他赶紧从自己口袋里摸出两张钞票塞给陈陆。钞票送过去了，可还是不让进，说："一个大活人给你们，就两张？太便宜了吧！"

表兄招呼所有去接亲的人，摸出口袋里的钞票，加在一起，有五六张了。姨婆姑奶们说："我们李家给你们陈家养大一个囡，容易吗？这么几张钞票就想接走？"

陈陆一甩手，转身就往回走。表兄追上去拖住他："你干什么？"

陈陆气得眼睛鼻子挤成一堆："不结婚了！"

"开啥玩笑？又不是过家家。"

陈陆简直要哭出来了："没见过讨个老婆这么难的。"

"别急，船到桥头自然直，钞票我来想办法。"表兄派接新娘的桑塔纳轿车火速开回市区家里拿钱。陈陆和其余接亲的人，就这样西装革履地站在李家门外的土路上等候。

五月的太阳在头顶上晒着，把陈陆的脸晒成了一条苦瓜。苦瓜脸上滋出了油汗，用纸巾擦掉，又冒出一层，再擦，再冒，本来就憔悴的脸色，顿时浮出一层黑气，还粘着几粒纸巾碎屑，这张脸，便越发显得劳苦艰辛、愁肠百结了。表兄安慰陈陆："别急，这就叫好事多磨。"

陈陆站在太阳底下，禁不住想：王仙人给我算出个双妻命，岂不是和谁结婚都一样，都要离婚？这么想着，陈陆叹了口气，脱口说："唉！照这样子，早晚要离婚！"

表兄呵斥道："办喜事的日子，不要乱讲。"

"姆妈请王仙人算过，说我是双妻命，要讨两个老婆。命里注定的，避也避不掉，不离婚哪能讨第二个老婆？"

表兄笑了出来："既然晓得要离婚，那今天还结什么婚？"

陈陆嘴角一扯："所以啊，今天我要讨回家的，是我'未来的前妻'。"

表兄哈哈大笑："陈陆，看不出来，你很幽默啊！"

陈陆跟着"嘿嘿"笑了两声，即刻收住笑容，恢复了苦瓜脸。

桑塔纳终于赶回来，钱送进去，一群被太阳晒得头晕眼花的衣冠楚楚的男女，这才踏进了李家门槛。插曲终于收场，陈陆也终于看到了他的新娘。李彩菊穿着白色婚纱，涂着大红嘴唇，黑红脸上浮着两坨红胭脂，仿佛刚出炉的面包，浑身上下一团肥圆。

新娘上轿时，小舅子按规矩把新娘背出家门，然后由新郎接着背，一直把新娘背上车。陈陆肚子里的怨气还没消，背新娘的时候，腰也不肯弯下来，李彩菊几乎是连蹦带跳地爬上了他的背。李彩菊个子不高，却敦实，分量重，几乎要把陈陆压瘫了。瘦小的陈陆反手托着新娘的臀部，如同背着一个大沙包，勉为其难地在土路上挪动着颠簸的步子。走了几步，听到背上的新娘在他耳边说："你也真是的，进门钞票都没准备，我要狠一点，你今天就接不走我。"

陈陆脚一软，一个踉跄，带着李彩菊，像两只皮球一样滚到土路边的麦田里去了。等众人把他们扶起来，塞进桑塔纳轿车，李彩菊已经抽抽搭搭哭开了，不晓得是为摔一跤哭，还是为出嫁哭。李彩菊一把眼泪一把鼻涕地哭着，车开了还在哭，哭得陈陆心烦意乱，一直哭到车开过崭新的南浦大桥，进入市区地界，陈陆大喝一声："别哭了！"

李彩菊抬头，发现男人看她的眼神竟咄咄逼人，哭声就噎住了。那会儿，陈陆正用自己的想象，一字一句地向他的新娘发出示威的宣言：你听着，我郑重向你宣布，从今天开始，你就是我"未来的前妻"，总有一天，我是要和你离婚的。

当然，那只是陈陆在心里说的话。

三

陈陆结婚了，过上了有老婆的日子。李彩菊没工作，在家里低眉顺眼地包办了所有家务，还不时回一趟娘家，拎回蔬菜鸡蛋、活鸡活鸭。陈师母总是语重心长地对李彩菊说："阿陆头很辛苦，一个人上班，要养活两个人。我是有退休工资的，你没有工作，你以后是要靠阿陆头养的，所以，你要待阿陆头好一点啊！"

陈陆越来越像个男人了，下班回家，他就坐在沙发上，跷起二郎腿看电视，百样不管。李彩菊喊"吃饭了"，他就去吃饭；李彩菊喊"沐浴了"，他就去洗澡。吃饭的时候，陈陆一般要批评一下菜的咸淡；洗澡呢，总要嫌水太烫或太冷。结了婚的男人就是不一样，有了脾气不说，连身材也比过去壮大了许多。乡下人李彩菊做事粗糙，陈陆在炒青菜里吃出一条菜青虫，他把虫子拣到李彩菊面前："菜要洗干净，晓得吗？吃出毛病你负责啊？"

李彩菊笑起来："有虫？有虫好，说明没打过农药，虫也是吃菜长大的，有什么吃不得？"

说完，夹一筷子青菜塞进嘴里，响亮地咀嚼着。陈陆筷子一扔，离开饭桌，进房间看电视去了。他以绝食一餐的实际行动对李彩菊的劳动态度和劳动质量提出了严厉的批评。陈师母数落李彩菊："阿陆头讲你几句，你不要回嘴就是。"

李彩菊也不生气，吃完饭洗碗，洗好碗进房间，一屁股坐在陈陆边上，开始看电视。陈陆看甲A联赛，边看边骂申花队脚臭。李彩菊眼睛看着电视，手里捏着两根钢针，腿上滚着一个绒线球。她在给陈陆织一件绒线衫。钢针一戳一戳，针屁股就戳到了陈陆的大腿上，陈陆靠边挪了挪，没过两分钟，针屁股又戳上来了，陈陆就火了："哎哎哎，这样子要出人命的，晓得吗？"

李彩菊一脸茫然："哪里？哪里出人命了？"

陈陆指了指绒线针："你不要小看一根针，可以做杀人凶器的。"

李彩菊哈哈大笑，她拿起针，故意朝陈陆脸上戳去："试试看，试试看啊！"

陈陆一巴掌打掉戳到鼻尖上的针，站起来，搬了一张方凳摆在电视机前，坐下继续看比赛。李彩菊还坐在沙发上，电视机被陈陆挡住了，她也不在乎，仿佛沙发就是她晚饭后的岗位，织绒线就是她的工作。

申花队输了球，陈陆骂了一顿范志毅和徐根宝，就脱衣上床了。陈陆让出了电视机，李彩菊就可以看午夜剧场了。《新白娘子传奇》正播到第十集，"千年等一回啊……等一回啊……"床上的男人被电视剧插曲吵得没法睡了，睡不着的男人，就产生了男人的想头，于是探出脑壳对女人说："哎，不早了，该睡了。"

李彩菊的兴趣在许仙和白娘子身上："我不困，你睡吧。"

陈陆只好把脑壳缩回去，想想：这女人脑子不灵光，男人都睡在床上了，她还不晓得钻被窝。许仙和白娘子还在唱，陈陆闭着眼睛，脑子里乱纷纷的，浮出了很多想法。许仙这个男人，和一条蛇恩爱成那样，他陈陆，却和这个女人恩爱不起来，为什么？这女人，唉！身材又矮又胖像只冬瓜；红通通一张农民面孔；洗菜连虫子都不洗掉；织毛线把针戳到旁人身上；一屁股坐进沙发，沙发被她坐出个大坑；老公睡觉她看电视，不晓得尽老婆的义务……

陈陆掀开眼皮，看了一眼正专心致志盯着电视的李彩菊。黑暗中，荧光屏在闪烁，李彩菊乱蓬蓬的脑袋上，一张圆滚滚的脸，印着斑斓的色彩，就像一个营养良好的女鬼。陈陆不忍看下去，翻了个身，默默地告诉自己：王仙人算命是有道理的，这个“未来的前妻”，总有一天是要被我休掉的。

可是，让这个“未来的前妻”变成真正的前妻，是要有理由的，什么样的理由，才够休掉她呢？陈陆的想象开始进入梦幻状态。

未来的某一天，陈陆夜班上到一半肚子痛，请假回家，到家后，发现房门锁着。他敲门，李彩菊不开。他砸门，还是不开。最后，通过猛烈的撞击，他终于破门而入。结果，他惊恐地发现，房间里除了李彩菊，还有一个陌生男人。好，偷人，离婚！这个理由非常充分。可是可是，老娘天天在家，李彩菊要偷人，是有难度的。再说，一个毫无姿色的乡下女人，偷人？不太可能。陈陆抚摸了一下在臆想中撞过门的肩膀，仿佛真有一丝疼痛。

未来的又一天，陈陆爱上了一个皮肤白皙、个子高挑、举止优雅、活泼灵巧的女人，这个女人与李彩菊有着天壤之别。好，就算我陈陆移情别恋，我是陈世美，我有权重新选择未来。李彩菊你一哭二闹三上吊也没用，婚是离定了。经过一段艰苦的历程，承受了各方面的压力，最后，陈陆成功地证明了“坚持到底就是胜利”这句话的正确性。好了，终于离婚了，陈陆向着伤痕累累的自己悲壮地宣布：现在，我可以讨第二个老婆了。

想到这里，陈陆发现，他假想中将会爱上的那个女人，无论如何逃不脱顾萍的影子。也难怪，他这辈子唯一爱过的，只有顾萍。如果现在坐在电视机前的人是顾萍，那他肯定不会说她“脑子不灵光”。她颐指气使、吆五喝六、百般挑剔、好吃懒做，他也不会看不顺眼。人就是这样，喜欢的，为她做牛做马都愿意，不喜欢的，对他百依百顺他还嫌。可是，老话说，好马不吃回头草，第二个老婆还找顾萍，很没面子的……

这么想着，陈陆就心事重重地睡着了。陈陆做梦了，他梦见自己躺在床上，李彩菊居高临下地站在房间中央，形象无比高大。她伸出粗壮的手臂，指着陈陆大骂：“你这个没良心的，你讨我进门时为啥不嫌我冬瓜身材农民脸？你看上别人了，就要把我甩掉？告诉你，没门！”说完，李彩菊动作敏捷地脱掉衣服，一头钻进陈陆的被窝。李彩菊敦实的身躯一贴上身，烫呼呼的感觉立即要把陈陆融化了。哎呀，这个女人，居然来这一套！陈陆简直要热血沸腾了，他要被摧毁了。他强行压制着呼之欲出的冲动，使劲把李彩菊往被窝外面推。这个女人真重啊，推都推不动。陈陆推了半天也没有把李彩菊推开，最后，他无可奈何地摊开手脚，任凭李彩菊在他身上肆无忌惮地蹂躏。放弃挣扎的男人，胸腔里憋出一声悲呼：顾萍，不要怪我，我要变节了……

陈陆把自己喊醒了，被窝里，李彩菊胖乎乎、热腾腾的身体果真贴着他。陈陆乘势一个翻身，把李彩菊压在了身下。

第二年，李彩菊生了一个儿子。陈陆差不多是中年得子，陈师母抱上了孙子。

四

陈陆幸运地轮上了化工厂最后一批福利分房，算下来，晚婚晚育加十年以上工龄，能分到个一居室旧房。夫妻俩都在厂里工作，就可以分一个两居室。陈陆想想觉得吃亏，要是当初找个同事做老婆，如今就能拿到大房子了。假如，今天就和李彩菊离婚，马上找个同厂的女人结婚呢？陈陆盘算出的结论是：如果立即离婚再婚，时间上还来得及，问题是，他去和谁再婚？王仙人嘴巴一张，给他算出个“双妻命”，可结婚四年，儿子都三岁了，“未来的前妻”依然以“妻子”的身份和他生活在一起。这个“未来的前妻”，害他损失了一间房子。

这么想着，陈陆就发现，好像从结婚那天起，他就一直在盼着离婚。可是，人家离婚都是有道理的。同事小张离婚，是因为他老婆跟别的男人跑了。陈陆的表兄，最近也离婚了，表兄的漂亮老婆出国打工三年没回来，第四年，寄回来一张离婚协议。楼下的老杨，都快退休了，也和老婆闹离婚，打架打到楼梯上，居委会都来调解了。李彩菊学给陈陆听的时候，装成老杨的样子，双手反背在屁股后面，一字一顿地说："她已经好几年不让我睡在大床上了，我还是个男人吗？我要和她离婚！"

儿子晨晨刚会说整句囫囵话，他学着李彩菊，两条胖乎乎的手臂努力在背后交叉握住，一脚高一脚低地来回走了两圈，奶声奶气地说："我要和她离婚！"

李彩菊笑得弯下了腰。陈陆看着儿子，也哈哈大笑起来。笑完，忽然觉得有些伤心，仿佛那些闹离婚的人，都为了自由而参加了革命，唯独他，窝着老婆儿子，没有勇气抛头颅洒热血。眼看着革命的队伍越来越壮大，陈陆为自己依然没有加入这支离婚大军而焦急万分。可他陈陆，又为什么要离婚呢？为他的"双妻命"？这理由，上法院肯定被当庭驳回。

那天，陈陆接到通知，去厂部开会，听福利房分配方案。走进办公楼，刚想拐入走廊，就瞥见楼梯上飘下来一片彩色的云。无疑，那是一个没穿工作服的女人。厂区里活动的人影，一般都是灰色的，远看分不出男女。楼梯上飘下来的这片云，却五彩缤纷，鲜艳夺目。陈陆不由地慢下脚步，注视了一眼。这一眼，陈陆就看呆了。

身穿七彩羊毛披肩、留一头大波浪长发、从楼梯上款款而下的女人，居然是顾萍。陈陆看着顾萍发愣，竟忘了打招呼。顾萍也看见陈陆了，她倒落落大方地站定，笑盈盈地说："哎呀，陈陆，哦不，师父，你好啊！"

陈陆终于反应过来："这个，叫啥师父呀。你，怎么会在这里？"

顾萍一笑，露出满口白牙齿，好像在做牙膏广告："我来看看医务室的张医生，顺便要点常用药。你不晓得，在日本，药贵得要死。"

陈陆有些怯场，脸上带着疑惑，小心翼翼而又语无伦次："你，还要自己花钞票买药啊？你不是……"

顾萍已经不是小姑娘了，她是在外国见过世面的少妇，老练得不得了："我晓得，你想说，你不是嫁给日本男人了吗？你的日本男人难道没钱买药，还要你从中国带去？”

陈陆有些尴尬，他的确是这么想的。顾萍自我解嘲似的干笑两声：“呵呵，要是告诉你实话，你会笑话我的。”

陈陆连忙摇头：“不会的，我哪能笑话你？我笑话谁，也不会笑话你啊！”

顾萍眼圈一红，好像被感动了：“告诉你也不怕丢面子，我是直到进了那个日本男人的门，才晓得他是个六十多岁的老头子。可是我不能不和他结婚，我们签过合同，我出国的费用，都是他出的，要是毁约，我赔不出钱。我在老头子家里熬了两年，熬到合同期满，就离了婚。现在，我靠自己打工过日子。”

走廊尽头的会议室传来喊声：“陈陆，开会了。”

话说到一半，顾萍有些意犹未尽：“你要开会？这样吧，下班后我请你吃饭，五点钟，在美林阁碰头，不许不答应。就这样，再会！”

陈陆呆头呆脑地朝会议室走去，直到坐定好一会儿，心脏还在竭尽全力地跳跃，仿佛嘴巴一张，就要跃出喉咙。厂长在主席台上讲的话，他一句也没听进去。开完会，陈陆的脑子里，还在重复一句话：顾萍离婚了，顾萍离婚了……

下班后，陈陆赶到美林阁，顾萍已经一身妖娆地等着了。陈陆很后悔没回家换掉工作服，现在，他和顾萍坐在一起，看起来差了好几个层次。顾萍倒不在乎，她点好菜，要了两瓶啤酒，话匣子就打开了。

这一餐饭，是顾萍唱独角戏，她把她在日本的经历，做了一次彻底的倾诉。陈陆没有发表任何评价，但他显然是一名优秀的聆听者。顾萍说到伤心处，陈陆跟着一起鼻子发酸、眼圈发红。顾萍说到开心处，陈陆也跟着一起高兴、一起笑。一顿饭，足足吃了两个多钟头。走出饭店时，陈陆说：“你打的回家吧。”

顾萍话还没说够：“路不远，我们走回去，你陪我走一段，正好可以再说会儿话。”

陈陆当然不反对。半小时的路，顾萍边走边说，陈陆也插不进去。许是喝过啤酒，顾萍有些兴奋，说话时手舞足蹈，说到激动处，还搀住了陈陆的胳膊。陈陆简直要晕过去了，他几乎忘了自己已经结婚，已经有了儿子，仿佛又回到当年，那时候，顾萍就是这样挽着他的胳膊逛马路的。陈陆很想和过去一样，伸手抚摸一下顾萍搀着他的小手，可顾萍却随着情绪，一会儿搀住陈陆的胳膊，一会儿拍一下陈陆的肩膀，一会儿又在陈陆的胸膛上捶一下。陈陆的心脏，便一会儿慢跑、一会儿狂跳、一会儿戛然而止，饱受了一路摧残。可他是多么愿意就这么一直走下去啊，哪怕永远只是听顾萍说话，他也愿意。

陈陆头重脚轻地回到家，已经九点多。陈师母不放心，等到他进了门，才打着哈欠回房睡觉去了。李彩菊呢，早就陪着儿子睡得鼾声不断。陈陆看着床上的女人，情不自禁地把她和顾萍进行了一场残酷的对比，黑与白、胖与瘦、丑与美。老天爷啊！陈陆忍无可忍地用眼睛给了熟睡中的女人两道鄙夷的目光。

陈陆决定今夜睡在沙发上。他觉得，他是无法与床上的女人睡在一起了。虽然他只是与顾萍共进了一顿晚餐，并肩行走了半小时，但他却感觉是与顾萍重续旧梦了，如果再睡到李彩菊床上，那就是背叛了顾萍。

陈陆抱了一条被子，头晕目眩地躺倒在沙发上。入睡前，脑子里灌满了一个念头：我是双妻命，机会终于来了。离婚，我要离婚。

第二天早上，陈陆被厨房里鸡蛋打进油锅的“嗞啦”声吵醒，眼睛一睁，顾萍的面目便跃然而出。那个留着波浪长发、穿着五彩披肩的女人，似乎就在眼前，伸手可触。“起来啦，起来啦。”李彩菊的叫声从厨房传进卧室。陈陆掀开被子，顿觉一阵腰酸背痛，睡沙发的目的，旨在投入离婚革命。既然革命已开始，又岂能吃不起睡沙发的苦？陈陆一边穿衣，一边在略有痛苦的表情里加入了一丝冷漠。一个正在闹离婚的男人，一定对周围的事物都抱以横眉冷对的态度。就这样，陈陆横眉冷对地起了床，横眉冷对地刷牙洗脸，又横眉冷对地在餐桌边坐下，等着李彩菊给他送上早饭。

李彩菊似乎并未觉察到他睡沙发的意图，女人蓬头垢面地把牛奶鸡蛋端到餐桌上，想必还没来得及洗漱。陈陆痛苦加冷漠的表情里，便多了几分鄙视。李彩菊没看陈陆的表情，只大声说："你昨夜啥时回来的？我早上醒来才看见你睡在沙发上。以后搬新房子，要买一张新床，晨晨大了，三个人睡一张床是太挤了……"

陈陆的鼻子里发出一记"哼"声，他没有答话，他想：还买什么新床？等吃完早饭，我就要宣布和你离婚了。

陈师母从房间里出来："阿陆头，昨天，厂里宣布分房结果了没有？"

陈陆面皮一松，表情和缓下来："哦，姆妈，是这样的，厂里说，有些职工觉得分的房子太小，想要大一点的，可以自己贴点钞票，超过福利房面积的部分，按市面上商品房的半价卖给我们。"

陈师母"哦——"了一声，端起了牛奶杯。李彩菊端着一碗鸡蛋粥追儿子："晨晨，吃饭饭了，晨晨乖……"

陈陆满脑子"离婚"，嘴里胡乱填塞着荷包蛋。陈师母喝了半杯牛奶，再度开口："阿陆头，我们把这房子卖掉，要个三居室，一家人住在一起，也不用跑来跑去了……"

陈陆机械地点头，脑袋里一片"嗡嗡"轰鸣。早饭吃完，陈师母还在谈她的卖房和买房构想。陈陆呆坐着，直到李彩菊说："你怎么还不走？今天不是早班吗？"

陈陆赶紧跳起来，穿上鞋子，跑出了家门。

陈陆没有找到宣布离婚的机会，可是从这天开始，他就不再和李彩菊同床睡觉了，他睡在沙发上，他已进入了离婚准备。遗憾的是，美林阁那餐晚饭后，陈陆再也没有受到过顾萍的邀请，甚至连顾萍的面都没再见过。自然，他是没有胆子去找顾萍的。后来，陈陆听同事说，别看顾萍穿得山清水绿，跟归国华侨似的，其实她是在日本的新宿红灯区做陪酒女郎。

陈陆回忆起那天回家的路上，顾萍对他拉拉扯扯的，想必是做陪酒女郎，随便惯了。这么想着，陈陆的心脏不由得一阵抽搐，尖锐的疼痛顿时弥漫全身。陈陆心痛了好几天，最后还是想通了，他自我安慰道：我可从来没想过要和顾萍重归于好。

陈陆的自我安慰效果还是很好的，人们再议论到顾萍时，他的心脏就不会感到抽痛了。事实上，他的确从不认为顾萍会回到他身边，顾萍的出现，只是让他鼓起了“离婚”的勇气。这么说来，陈陆还是要感谢顾萍的，至少，他已经走出了与李彩菊分床这第一步。

“不管有没有顾萍，我都是要离婚的，我命里有双妻，离婚是肯定的。”陈陆躺在沙发上，不断地鼓励着自己。偶尔，他也会想念一下宽大的双人床。双人床上躺着李彩菊和儿子，母子俩横七竖八、摊手摊脚，睡得很是张扬，把一张大床全占满了，仿佛，他们正以肆无忌惮的睡态嘲笑着陈陆。

五

陈陆一家住进了新房子，晨晨幼儿园毕业，进了小学。上海的房价涨了好几倍，住在三室一厅里的陈师母说：“当初把老房子卖掉是对的。摆到今天，那点钞票，只够买个厕所。”

陈陆眉头一皱，额上皱出数道横向条纹：“现在外面啥都涨，就是工资没涨。”

李彩菊插嘴：“晨晨上一年级了，中午不回家吃饭，我想出去寻个工作。”

陈陆嘴一咂：“你没文凭没技术，出去只能做钟点工，不是丢我的脸吗？”

陈陆的文凭，是一张石油化工技校的毕业证书。陈陆的技术职称，是四级仪表工。陈陆的工作不算有档次，但也是堂堂大型国有企业职工，工资不算太高，奖金、加班费加在一起，也有一千多。所以，陈陆是有资格说李彩菊的，说的时候，嘴下也是毫不留情的。

陈师母年纪大了，反而比过去开放，每天到小区对面的公园里，一群老头老太聚集在一起，唱革命歌曲、跳交谊舞，老有所乐。婆婆出去唱歌跳舞，李彩菊也出去，她不是去唱歌跳舞，她是去找工作。

这几年，厂里效益不好，不涨工资，陈陆的薪水保持千元出头，基本生活还能保障，日子过得不算紧张。下班后，住附近的同事聚在一起搓麻将，陈陆参加了一次，此后，就成了麻将圈里的固定搭子。都是工薪阶层，搓的是小麻将，一两百元出入。陈陆的手气不好不坏，输赢基本平衡。偶尔手头紧了，就问李彩菊要钱。陈陆从没算过，一个月下来，他的工资早就用在柴米油盐上了。李彩菊的钱究竟从哪里来的，他无暇过问。

有一回搓麻将，其中一位说："陈陆，你老婆很会做生意，昨天我老婆在她手里买两只莴笋，送了我老婆几根葱。我老婆以为占了便宜，回家一算，她的莴笋比别的摊位贵了五角。"

陈陆吓了一跳：李彩菊在卖蔬菜？同事又说："现在卖菜的都是外地人，要是叫我老婆去摆摊卖菜，杀掉她的头都不肯。你老婆吃得起苦，所以，老婆好看没用，要找就找你老婆那样的，实惠。"

这话在陈陆听来，完全是嘲笑。陈陆心里蹿出一股莫名的火，要知道，城里人哪怕是两只手甩来甩去做二流子，也不会去站在污水满地的菜场里摆摊的，实在是太丢脸了。

麻将玩到晚饭前散席，陈陆居然赢了。不过，陈陆的脸色却是黑的，他虎着一张黑脸回到家。晨晨坐在饭桌边写作业，李彩菊在厨房做晚饭，灶台上的几样蔬菜，都是蔫嗒嗒的落脚货。想必是卖不掉的蔬菜，都拿回了家。陈陆决定以丈夫的身份好好管教一下老婆：没经过男人同意就去卖菜，还把男人放在眼里吗？

陈陆不是一个善于管教女人的男人，他并不强壮的身躯挺进厨房，然后发出了一阵巨大的叫嚣。他叫喊了五分钟，这五分钟里，他表达的基本是同一种意思，就是李彩菊去做卖菜婆是有失他这个丈夫的身份和面子的。李彩菊呢，在这五分钟里，镇定自若地炒好一个韭菜鸡蛋，装盘，上桌。然后，她擦了擦油腻腻的手说："你喊啥呀？我不过赚点钞票贴补家用，晨晨的学杂费、课外辅导费，还要上书法班，你那一千两百块，哪里够？"

陈陆从未被老婆顶过，李彩菊这么一说，他就哑掉了。一个经济独立的女人，显然是不好使唤的，卖菜婆口袋里有了钱，说话的声音也响亮了："你讲，是过日子重要，还是你的面子重要？你们城里人，就是虚头巴脑。现在的菜农，一个月赚的钞票，抵过你一年的工资。”

李彩菊居然敢挑剔他了。陈陆气得胸脯一起一伏，手指伸向女人的鼻尖，嘴巴努动着，却没有任何反击的语言从颤抖的嘴唇里蹦出来。陈陆憋了两分钟，憋红了脸，终于蹦出一句话：“好，你狠，你狠，我和你离婚！”

说完这句话，陈陆顿觉憋在胸口的一股恶气倾囊而出，顷刻间如释重负。他说出了多年来一直想说却没有说的话，他觉得自己很豪迈，很悲壮。他积累了那么久，他一直在等待，等待革命觉悟达到成熟并且爆发的这一刻。离婚——现在，他终于把“离婚”这两个字说出来了，就像两滴唾沫，嘴巴一张，就飞溅而出了。原来，说出“离婚”是如此简单，真后悔没早几年说。离婚，那是早晚的事，要不王仙人怎能算出个“双妻命”？

陈陆说完“离婚”，便带着壮烈的表情，昂首挺胸进了卧室。几年前的那次睡沙发行动，因为换新房子，半途而废了。现在，既已宣布了要离婚，行动上，更应该与言论达到高度一致。陈陆动手卷起床上的被子，那时候，他感觉到，他的心脏正在胸腔里跳得无比欢悦、无比激情。他抱起卷得松松垮垮的被子，走到沙发边。儿子不知什么时候进了卧室，跟在他屁股后面追问：“爸爸，你干吗把被子卷起来啊？”

陈陆把被褥卷往沙发里狠狠一扔，咬牙切齿地说出了一句铿锵有力的话：“老子革命了！”

厨房里发出一声“嗞啦——”，是青菜倒进油锅的声音，然后是一阵铲子和锅碰撞的炒菜声。李彩菊没有听到陈陆的“革命”宣言，陈陆满怀的壮烈情绪，忽然低落下来：我都要和她离婚了，她怎么还有心情炒菜？

陈陆的离婚革命正式开始了，这几天，他简直比男人还男人。下班后他不回家，直接去麻将馆那里玩到三更半夜，回家后就往沙发上一躺，满脑子亢奋，一脸破罐子破摔的歪相。李彩菊起先以为他是说说气话，没想到他在沙发上连睡了两个星期。李彩菊憋不住了：“你到底要干什么呀？”

陈陆白了李彩菊一眼:“我是不会要一个卖菜女人做老婆的。”

李彩菊低声下气地说:“好好好,我不卖菜了,我待在家里让你养,喝粥吃咸菜也让你养,好不好?”

陈陆一下子没话说了,他好不容易找到离婚理由,李彩菊这么轻易就妥协,也太没意思了。她要真的不再去卖菜,那他的离婚计划不就破产了吗?他满腔的勇气和激情岂不白白浪费了?好比刚宣战,对手就投降了,没来由地少了成就感和趣味性。

李彩菊继续劝说:“你也真是的,我是帮你赚钞票养家,又不是去养小白脸,回大床睡吧。”

陈陆越发软弱起来,李彩菊几乎要把他说服了。然而,已经下了的决心,怎能随便推翻?陈陆重重地吁了一口气,既是为鼓舞自己,也是为内心仅剩的一点点勇气挣扎呐喊:“哼!你去养小白脸呀?我举双手赞成。只要你去,我就立马和你离婚。”

李彩菊终于失去耐心:“神经!我看你脑子搭错神经了!”

李彩菊没有继续劝陈陆,陈陆还是坚定不移地睡在沙发上。李彩菊也没有停止她的蔬菜生意,陈陆的离婚革命得以继续进行。

一个月后,化工厂召开全体职工大会,中国加入世贸组织,进口化工产品严重威胁化工厂生存。厂里决定,亏损车间停产,从下个月开始,工人进入轮流待岗,待岗工资三百元。

陈陆拖着沉重的脚步回到家,李彩菊正一如既往地在厨房里做饭,儿子在餐桌边做功课,陈师母正对着镜子哼着老年合唱团里学会的新歌。晚上睡觉前,陈陆犹豫了好久,还是钻进了沙发上的被窝里。陈陆在沙发上已经睡了一个月,形式上,他依然坚持着离婚革命的初步行为,实际上,他又好像忘了他究竟为什么睡沙发。仿佛仅仅是为验证那个“双妻命”,他就要经历“睡沙发”这一必经的过程。也仿佛是为了证明自己在老婆面前的至尊地位,他要用“睡沙发”这一实际行动,来表明“未来的前妻”这一言论的严肃性和正确性。至于最终“双妻命”是否会实现,“未来的前妻”是否真的会变成前妻,已经不太重要。重要的是,他是否努力过了。是的,他努力了,并且,十分努力。

陈陆躺在沙发上，耳朵听着外面的声音，他听到李彩菊在卫生间里给儿子洗脚，母子俩嘻嘻哈哈闹了半天，儿子进隔壁房间睡觉了，李彩菊的拖鞋“踢踢踏踏”进卧室了。陈陆闭上眼睛，他听到拖鞋经过沙发、走向大床。然后，大床上发出一阵“窸窸窣窣”翻动被褥的声音。接着，电视机打开了，再接着，房间里只有《还珠格格》里小燕子、紫薇、尔康“叽叽喳喳”的说话声了。陈陆闭眼等待着，虽然他并不知道他要等待什么，但他还是等待着，直到李彩菊的鼾声掺和着“你是风儿我是沙”的歌声，一起飘到他耳朵里。那时候，他忽然感到有些伤心，他想：是不是在李彩菊眼里，他这个老公，根本是可有可无的？

“乡下女人，冬瓜身材农民脸，神气啥？当心点儿，我明天就和你离婚！”睡着前，陈陆狠狠地想，垂死挣扎一般。

第二天，轮到陈陆休息，他照例是睡懒觉，起来后，去同事家搓麻将。这一日，麻将搭子们都有些意兴阑珊。

上家说：“三百块轮岗工资，搓麻将都不够。”

下家说：“想那么多做啥？今朝有酒今朝醉，出牌出牌。”

对家说：“我们要向陈陆的老婆学习，自力更生，自寻出路，摆个摊儿，卖卖蔬菜啦、水果啦、海鲜啦……”

上家说：“没有好的进货渠道不行的，你以为摆摊容易？陈陆的老婆，脑子不要太灵哦，我老婆每天去买菜的，她说，陈陆老婆和那个供货的菜农，关系不一般的。”

陈陆心里“咯噔”一下，手里摸着的一张牌就掉下了地。他慌忙钻到桌子底下，摸索了一阵，钻出来，才支吾着说：“那个菜农，是她浦东娘家的亲戚。”

难为陈陆扯得出这样的谎，这一场麻将，他搓得是心不在焉，才四圈，就把口袋里的钱全输光了。陈陆把麻将牌一推：“不来了不来了，回家。”

从麻将搭子家出来，陈陆就拐到了去菜场的路上。他一路走，一路愤愤地想：这个乡下女人，和菜农搞七搞八，怪不得嫌我一年收入不如人家一个月高。我倒要给她点颜色看看，哼！要是让我捉到把柄，马上离婚！

陈陆从来不去菜场，也不知道李彩菊的摊位在哪里。他跳着脚，跨过一摊摊污水，搜寻着堆满青菜萝卜的摊位。卖蔬菜的女人们站在摊位后面，有的正给顾客把秤，有的在给蔬菜去皮削根。陈陆搜了一遍，没找到李彩菊。是不是收摊回家了？还是发现了他，躲起来了？正想着，就听到一个粗犷的嗓门“嘎嘎”的说笑声：“徐老板，下次要给我好一点的丝瓜啊！”

陈陆循声看去，拐角口一个摊位的水泥柜台下面，钻出一个毛糙的男人脑袋，脑袋一转，陈陆就看到了一张墨黑的脸。紧跟着，水泥柜台下又钻出一个女人的脑袋。陈陆的心脏猛地一抽：李彩菊！

李彩菊穿着一件大花真丝衬衫，半透明的衣服里，鼓鼓的肉体清晰可见，烫过的卷发有些干燥，扎成一把刷子，刘海边还别着一个镶水钻的卡子。这个女人，已经不大像乡下女人了，也不完全像城里人，打扮得有些东施效颦般不伦不类。陈陆远远看着自己的老婆，仿佛不认识似的。只见李彩菊伸手指着水泥柜台下面说：“徐老板你自己看看，今天的丝瓜实在太老了，卖不出价的。”

黑脸男人说：“我差不多半送给你了，还不满意？老丝瓜好啊，老丝瓜硬！卖不掉拿回去给你老公吃，吃啥补啥，嘿嘿……”

男人的黑脸上，鼻子眼睛皱成一堆，笑得贼兮兮的。李彩菊伸手在男人的肩膀上砸了一拳：“徐老板你又要十三点了！记牢了没有啊？下次再给我老丝瓜，我先把你那根捏烂掉。”

周围摊位卖菜的女人们跟着哈哈大笑。陈陆听到自己的胸腔里，本是抽紧心脏的一根弦，忽然发出“嘣”的一声，就如断了线的木偶，身子差点瘫软下来。

陈陆几乎是飘回家的，一路上，他一直在想，李彩菊什么时候变成这样了？天天在家里说不了几句话，居然在外面和别的男人调情。这个毫无姿色的乡下女人，在菜场里倒是如鱼得水、游刃有余，不晓得她身上究竟有多少能量可挖掘。陈陆越想越觉得，他这个乡下老婆，已经像脱缰的野马，跑出自己的掌心了。这样的女人，不就是野女人了吗？野女人，怎么可以留在家里做老婆？这样的老婆，对丈夫而言，既是丢脸，又随时充满了戴绿帽子的危险。这么想着，陈陆便觉得有必要痛下决心了：你等着，晚上和你总算账。离婚！我和你离婚！

陈陆下了一路“离婚”的决心，直到踏进家门，往沙发上一倒，终于瘫了下来。躺在沙发上的男人，盖着厚被子，身上还是发冷，心跳还是杂乱不堪。然而，离婚的决心却依然不改，他坚定地、重复地告诉自己：离婚，我要离婚！

这么多年来，陈陆设想过许多次离婚，他一直默默地把李彩菊叫作“未来的前妻”，他委曲求全地与“未来的前妻”过到如今，现在，他总算等到了一条自认为最充分的离婚理由，那也是他曾经假设过的一种可能。这种可能，也许已经成为事实，虽然他在菜场里看到的一幕不能确切定性为李彩菊已经“出轨”，但是自己的老婆与别的男人打情骂俏，不是出轨也算出格。不晓得自重的女人，要来干吗？休掉她！

这么想着，陈陆软绵绵的血管里，就涌起了一股澎湃的潮水，他恨不得立即把休书扔到李彩菊的脸上，叫她卷铺盖滚回娘家。可是，一丝莫名的酸楚，又悄然钻进了陈陆的心：这女人，怎么就那么贱？我陈陆难道还比不上一个面孔墨黑的菜农？我在沙发上睡了一个月，她都不请我回大床上睡，难道，难道她真的看上了那个菜农？

再想下去，陈陆的酸楚里，就萌发出了更多的伤心：想当初，你一个乡下女人，要工作没工作，要钞票没钞票，我把你娶来，你从一个乡下人变成了城里人，你就一点也不记我的好？你就这样没良心？就算我以后只拿三百块待岗工资，你也不能这样过河拆桥啊！还有这房子，要是没有我的福利分房，你能住在这三室一厅里？

随着李彩菊收摊回家的时间越来越接近，陈陆越发感到浑身酸软无力了。最后，他想象中的局势已经完全转变，他几乎忘了要离婚的是他自己。这与他当年假设李彩菊有外遇时的心情是多么不同啊！他以为自己巴不得她有外遇，那样他就可以理直气壮地和她离婚了。可是现在，当他发现她真的可能有外遇时，他忽然觉得，他没有力量去对李彩菊说“离婚”这两个字了，脑子里接连不断跳出来的话是：

你不要忘了，你还有一个儿子，你的儿子姓陈，我是你儿子的爹……

傍晚，李彩菊提着两袋落脚蔬菜跨进家门。煎熬了整个下午的陈陆，从沙发上一跃而起，冲出房间。李彩菊手里提着蔬菜，两只脚相互搓着脱鞋。陈陆从角落里拿了一双拖鞋放到李彩菊跟前，又接过她手里的蔬菜袋子，拎进了厨房。李彩菊诧异地看着陈陆的背影，不晓得这男人的脑筋怎么又搭错了。李彩菊洗菜做饭的时候，陈陆就站在旁边，默默地看着。李彩菊从冰箱里拿出三个鸡蛋，陈陆就找个碗打鸡蛋；李彩菊自言自语：锅铲呢？陈陆就找出锅铲递给她；李彩菊盛好菜，陈陆就接过盘子端到餐桌上；李彩菊把抹布扔进水池，陈陆就拧开水龙头洗抹布……

睡觉前，陈陆卷起沙发上的被子，抱回了大床，他把两床被子铺在一起，然后钻进了被窝。他竖着耳朵听外面的动静，他听到李彩菊在给儿子洗脚，母子俩嘻嘻哈哈了半天。他听到儿子进隔壁房间睡觉了，李彩菊的拖鞋“踢踏踢踏”进了卧室。他听到拖鞋停在大床边，停了半分钟。接着，他感觉被子被掀开，一股冷风透进被窝，一个敦实浑圆的躯体随着冷风的进入，贴上了他的身体。

陈陆一个翻身，压在了李彩菊身上。

陈陆开始轮岗，不用上班了。他现在有很多空闲时间，偶尔，他会出现在李彩菊的摊位上。有熟人来买菜，他就告诉人家：我是替她一会儿，好让她上个厕所。

陈陆还抱着上岗的希望。然而，化工厂的生产似乎没有起色，半年后，陈陆开始待岗。陈陆在蔬菜摊位上的身影，从偶尔变成了经常，陈陆与那个面孔墨黑的菜农徐老板，已经熟络得以兄弟相称。

一年以后，陈陆买断工龄，与化工厂脱离了关系。现在，他几乎每天出现在蔬菜摊位上，他已经没有时间搓麻将了。菜场门口有个卖彩票的亭子，陈陆的业余爱好，是每个星期买两次彩票：福利彩票和体育彩票。到目前为止，陈陆还没中过大奖，只中过三次二十元和一次五十元的小奖。

陈陆再没有睡过沙发，每天晚上睡在大床上。李彩菊睡在他身边，总是先于他发出粗重的鼾声。

有时候，陈陆站在蔬菜摊位前，一不小心想起王仙人曾经给他算过的“双妻命”，他就看看面前堆得高高的白菜、萝卜、土豆、茄子，再看看身边那个垂着眼皮削莴笋或者剥毛豆的、身材越来越肥圆的女人，心想，这个“未来的前妻”，看来是很难有希望变成真正的前妻了。除非，除非……陈陆伸手从收款匣子里抽出一张十元，再抽出一张十元。这一日，他就会多买一组彩票，他想，这样，中大奖的概率大概会高一些。

女人们

一、女友们

方凡最要好的女友，只有袁媛和林丽丽两个，时下称为闺蜜。三人都是区文化馆的员工，方凡是创作组的编辑，负责一本区级杂志的审稿；袁媛是文艺组的编舞，主要教街道社区的退休阿姨们跳舞，在群众文艺活动中，也充当舞蹈演员；林丽丽是财务科的主办会计，立信会计学院毕业，科班出身。区文化馆就一幢大楼，一层图书馆，二层多功能厅，三层以上是办公区。三个女人在不同的楼层，干着完全不一样的工作，却好到可以合穿一条裤子，原因呢，要追溯到六年前。

当时，方凡刚进单位工作半年，每天上下班，花在路上的时间太多。恰巧，她在文化馆旁边的房产租售门店看到一套三室一厅的房子要出租，离单位就五六分钟的步行路程。可三室一厅太大，一个人租住不划算，于是，方凡在单位内网论坛发了一条邀请合租的启示，还真凑到了袁媛和林丽丽这两位合租的伙伴。

袁媛和林丽丽也是新进文化馆的大学毕业生，只是方凡不爱串门，整天窝在办公室看书改稿，未曾结识新朋友。好在，因合租一套房子，方凡终于有了两位女友。那几年，她们三个住在同一个屋檐下，吃在同一口锅子里，像一家人似的，比亲姐妹还亲。比如，一个中奖了，另两个就会吃到红房子里卖得最贵的超大份西冷牛排；一个要去相亲，另两个就像自己要相亲一样乐颠颠地跟着去看对象；一个失恋了，另两个就像自己被男朋友抛弃了似的抱着这一个哭……

说到她们的长相，倒还真有几分相像，都是高挑丰腴的年轻女人。三人相约出门，路人若是不细辨，当真有错以为她们是姐妹的。细细观察，才发现气质、味道都是截然不同的。方凡长着一张白净的脸，鼻梁上架一副眼镜，时下流行的深色边框，这让她略显学究气，但她胸前格外高耸的双峰，却让这种学究气变得性感了，并且是欲擒故纵的性感，一种比较有品质的性感；袁媛的身材最好，两条腿紧实修长，若是走路，很有弹性的步姿使她的身躯也跟着袅娜而动，这路，也走得仿佛有情节有内容一般，青春美丽一不小心就要从身体里雀跃而出似的；林丽丽的脸上有一颗美人痣，长在鼻翼边，这使她的面容带有一丝母性的忧伤，又因为嘴唇微微收拢，面相上就有了永不消退的警觉，身材倒是浑圆玲珑，宽臀宽得不松垮，蜂腰蜂得不羸弱，很有安全感的女性模式。应该说，她们都算好看，只是好看得不一样。

三个女人的性格，又是迥异的。方凡聪慧、尖锐、敏感，因为读书比较多，做的又是与文学有关的工作，说话通常有充分的理论依据，所以，她也是三人中最有权威的一个。袁媛呢，有着爽直、单纯、热情的优点，又有着骄傲、好胜、虚荣的缺点，人长得漂亮，却是一个藏不住秘密的傻大姐。林丽丽最胆小、内敛，也是最有城府的一个，许是从事财务工作的关系，做什么事，她都要比另两个周到细致。也许正是因为性格的不同，刚好让她们撑起了一只站立的鼎，要知道，唯其三足各霸一方，友情之鼎才能平稳不倒。因此，三个女人在这个小小的团体中担当的角色，又都是不可或缺的，偶尔一个缺席，另两个在一起，就会显得落寞而无趣。

创作组、文艺组和财务科里也有别的女青年，但利益冲突、同行相轻等原因，使同科室女人之间不可能成为无话不谈的闺蜜。况且，一下班就各自回家了，再好，也好不过住在同一间屋里的。更是因为，她们的友情完全是从零起点开始，都没有豪华显赫的家庭出身，都没有特别优异的学历背景，都没有当上哪怕组长之类的一官半职，当然，也没有男朋友。她们从一无所有开始，慢慢地拥有了积蓄，这积蓄，包括工作阅历、恋爱经历、处世经验，等等。她们相互督促、相互攀比、相互依赖着，渐渐地成长起来。她们成长得还算健康，至少没有懈怠青春，也没有成为剩女，到适婚年龄，她们一个接一个地出嫁了。袁媛是最先谈恋爱的，紧接着，方凡和林丽丽也先后找到了如意郎君。一个恋爱、结婚了，另两个怎能落后？

结婚后的女人们，不再住合租公寓，但她们似乎不想让那只站得十分平稳的友情之鼎倒下，她们还需要在婚姻生活之外留一点自由的空间，所以，每过三四个礼拜，她们总要来一次聚会，约好去茶室，去瑜伽馆，去美容院，去逛服装街，总之，这是女人的约会，不带老公。

没有男人的时间和空间内，她们仿佛又回到了未婚妙龄女郎的年代，什么都可以说，什么都敢说。说的大多是有关男人的话题，说自己的男人，说别人的男人，说大街上的男人，说电视里的男人……这种话题，怎么可能在自家男人面前谈论呢？方凡就曾经向女友们透露，她喜欢上了文化馆请来讲课的那位著名诗人，她梦想和诗人来一段恋情，仅供满足她浪漫情怀的婚外情；袁媛呢，热切地向往嫁一个处级以上的领导干部，当然这位领导干部要具备一定的艺术情趣，比如少壮派新锐才俊文化馆副主任，算是合适人选，当然，她只是过过嘴瘾，不敢来真的；林丽丽的梦想相对实在，她希望过上富足安逸的生活，最好是衣来伸手、饭来张口，假如每天有人送她一束鲜花，那么她认为，还不如把买鲜花的钱存起来，半年下来，可以买一台液晶屏大彩电……

事实上，这些都是她们发够了牢骚、骂够了男人、抱怨够了庸俗的生活之后，给自己补充的一剂营养品。当然，她们在充分发挥浪漫的想象之后，总是不忘提及一下，自家的老公再不济，总还是要好过别人家的丈夫的。

她们也会把各自的老公放在一起比较，富人排行榜似的，每次约会刷新一下排名。只不过，这个排行榜仅仅在她们的言谈中虚拟地落实，并没有以书面形式公布于众。排行榜对男人的考量是有分类的，论职业，袁媛的老公金彪当属冠军，区政府领导秘书，未来干部人选，前途相当光明；论学历，方凡的老公刘品名列第一，同济大学博士生在读；论才华，林丽丽的老公张毅独占鳌头，精通书画，颇有艺术天分。还有诸如收入、脾气、长相，最近表现等不一一列举。只是，女人们似乎从来没有发布过综合排行榜。综合成绩是很难评定的，谁第一？谁垫底？这种事情，不太好说。

男人们的分类名次在女人们的谈论中交替轮换，从虚拟排行榜上没有分数的成绩来看，三位丈夫之间一度出现了你争我夺、积极进取的好现象。生活在继续，丈夫们在进步，妻子们看到了充满希望的前景。然而，几个轮回过去后，妻子们很快就发现了一个秘密，她们不约而同地认识到一个真相，那就是——男人和男人，几乎是没有区别的。

这么说吧，比如，有一次，袁媛说她老公不在乎她，因为饭后散步时，金彪对并肩行走的妻子一眼都没看，倒是看了无数眼对面走过来的漂亮女人。两个星期后，金彪这个毛病，就移植到林丽丽的老公张毅身上去了。再比如，张毅撒了一个弥天大谎，骗取了林丽丽娘家带来的存款若干，与朋友合资开了一家画廊。一个月后，方凡的老公刘品居然把类似的荒诞剧重演了一遍，撒谎的理由几乎相似，不同的是，刘品是把钱借给了他博士在读的同学……

女人们通过交流，越来越清晰地认识到男人的嘴脸，每个男人都在重复着类似的劣行，好像值日生一样，过一个阶段就会轮到一次。然而，男人们的伎俩无非这么几招，女人们却总是不厌其烦地受骗上当，似乎找不到对付男人的有效方法。其实她们不知道，丈夫这种角色，适合放在家里独自欣赏，拿出来与别的丈夫比较，多少会出现一些问题。

同病相怜又不甘落后的女人们，倒也从来不曾因此而折损她们之间的友情。虽然，女人与女人向来缺乏合作精神，若是要女性好朋友合作完成某一项工作，十之八九不会成功。但是，女人与女人之间的感情，又比男人与男人之间来得亲密、稳固、长久。方凡、袁媛、林丽丽，她们三人之间的友情，就这样相峙着、牵扯着，始终维持得挺好。

二、人妻方凡

方凡曾经梦想和那位著名诗人来一场浪漫的婚外恋，这是文艺细胞在作祟。其实，她的老公，物理学博士生刘品，与那个诗人又有多大的区别呢？诗人很穷，刘品也很穷；诗人除了谈诗歌，别的时候都木讷得像只呆瓜，刘品除了看书就是写论文，比诗人好不了多少。可是诗人为什么能写出美得让方凡昏厥的诗句呢？可见，表面木讷的人，骨子里完全有可能很浪漫。然而，方凡觉得，刘品是绝没有诗人的那种浪漫才情的，他是表里如一的男人，给妻子的印象是一如既往的木讷和迟钝。

从结婚开始，方凡和刘品就有分房睡觉的不成文协议，他们认为，即使是夫妻，也应该拥有相对独立自由的空间。协议里还有一条，就是不要孩子，这一条是方凡提议的，也不知她是为赶当下丁克家族的时髦，还是为刘品的学业考虑。毕竟，刘品博士在读，还未毕业。

然而，方凡对爱情和婚姻的定位又很现实，有关与诗人发生一场婚外恋情的梦想，仅止于梦想。要知道，自古以来的中外文艺作品，写尽了人间男女的可怜和卑微。方凡读遍了全世界妇女的爱情婚姻名著，从外国女人“安娜·卡列尼娜”“包法利夫人”“简·爱”，到中国女人白流苏、子君、曾树生……虽然年代和距离比较久远，但人性是不变的。所以，女友们谈到婚姻爱情观之类的问题时，方凡总会推一推鼻梁上的眼镜，慢条斯理地说：“夫妻之间要相互给对方留点空间，生活嘛，平和安宁，就是最好了。”

有一次，林丽丽问方凡：“你倒说说，怎样才能把日子过得平和安宁呢？”

方凡一瞬间无言以对，想了片刻，才用很慢的语速说："夫妻之间要宽容，要相互理解，要保持距离，距离产生神秘感和吸引力……"

方凡是一边思考一边说出来的，有些现炒现卖的意思，所以说得不是很流利。袁媛就忍不住插嘴："保持距离就是像你和刘品那样分房睡吗？你做得到，我可做不到。男人身边总要有个女人睡的，你不去睡，到时候睡在他身边的就会是别的女人了。"

方凡扯了扯嘴角，轻笑道："别以为每分钟黏在一起就会增进夫妻感情，捆住男人的身躯，只会更快地失去男人的心。"

方凡的话很有道理，两位女友无以反驳。然而，她又是一个过于书面化的人，理论强于实践，思想大于行动。好比这次聚会后的当天晚上，方凡就躺在床上怎么也睡不着了，不知是到了生理躁动期，还是白天与女友们随意的聊天使她对自己的生活方式产生了些许怀疑。她起来喝了三次水，上了三次厕所，最后一次，干脆去厨房热了一杯牛奶，端着杯子进了刘品的房间。

刘品正坐在电脑前修改一篇论文，他抬头看了一眼方凡，虽然是看，但显然目中无人。方凡说："还在写？早点睡吧，身体搞坏了得不偿失。"

刘品"嗯"了一声，把视线收回到电脑屏幕上。方凡在他身后站了一会儿，屏幕上是大段小四号宋体文字，每个字都是方凡认识的，但组合在一起，就是某种专业理论，方凡就看不太懂了。站了一会儿，刘品坐在电脑椅上的屁股就扭来扭去的，不太安心的样子。方凡知道，刘品不习惯有人看着他工作，便试探着说："你，要不要洗个澡？我给你放水。"

刘品眼睛看着屏幕，嘴里说："不用了，论文明天要寄出去的，今晚必须改完。"

方凡张了张嘴，犹豫了一瞬，说："好，那你忙吧。"

方凡没有说出那句几乎脱口而出的话，她想对刘品说：你不觉得分房睡会影响夫妻感情吗？

回房后依然睡不着，方凡就靠在床上看书，劳伦斯的《查泰莱夫人的情人》，很古老的名著，不知道看了几遍，几乎能背出小说的细节。可每次读到最后，她还是会为结局激动不已。这部小说，讲的就是一对门第相差巨大的婚外情人怎样偷情的故事，最后的结局是，他们成功地远走他乡，去过幸福生活了。也就是说，他们不需要再偷情，他们可以大大方方地相爱了。

有时候，方凡也会把自己放在名著中对比，一比较，她就沮丧地发现，她的爱情简直太平庸了。方凡的父母都是教师，小知识分子家庭出身的自己，与农村出来的穷孩子刘品结合，也算是白天鹅爱上丑小鸭的模式。可这桩婚事居然没有遭到哪怕一丝阻挠，方凡的父母简直把刘品看成了未来国家栋梁，恨不得捧在手心里。起初方凡认为，这是父母身为知识分子的开明，可是后来，她越来越发现，其实这是知识分子身上小市民气质的最大体现。小市民是见钱眼开，小知识分子呢，一个博士生的头衔，可以让他们俯首帖耳。

方凡的爱情经历得太顺利了，没有一点迂回曲折，便不觉得因来之不易而需要多么珍惜，倒是眼下的现实矛盾更抢眼。比如夜深人静的此刻，方凡正需要一份浪漫来滋润她稍稍有些干枯的心田，而刘品却在自己的房间里埋头写论文，他似乎从来不知道，作为丈夫，他此刻的职责是什么。

好在，丑小鸭正逐渐脱胎换骨，显露出他的好品质来。虽然丑小鸭每月的博士津贴只够他买烟抽，但不久以后，他一定能有一份让妻子骄傲的事业，他也会全方位地超过袁媛和林丽丽的丈夫，而不仅仅在学历上排名第一。方凡相信，一位博士的未来终究会让她和她的女友们震惊。

雄性白天鹅的羽毛还没来得及完全覆盖住他斑驳疮痍的消瘦身躯，雌性白天鹅已经看出来了，未来的某一天，他将披着丰满的羽翼高高地翱翔在蓝天里。这么想的时候，方凡一点都不觉得，其实她骨子里的小知识分子性格，比她的父母有过之而无不及。

方凡胡思乱想着，渐渐睡着了，她忘了关台灯，卧室一直亮着。不知过了多久，蒙蒙眬眬中，她感到一个巨大而冰冷的物体贴上了她，冷气悄悄地钻入她的腰眼，然后，她就被冻醒了。一睁眼，发现刘品正埋头钻进她的被窝，掀开被子时，冷风漏了进来。方凡往被窝里缩了缩肩膀，问："怎么还不睡？"

她听到刘品压低了音量却无法抑制住兴奋情绪的声音："终于改完了，这个论文拿出去，一定会镇住他们的。我有感觉，这次要得奖。我要用奖金给你买样礼物，你想要什么？"

从谈恋爱到结婚，刘品几乎没给方凡买过礼物，最奢侈的一次，就是他到新疆去考察，买了一条不到一百块钱的羊毛披肩给她。所以，当他问方凡"你想要什么"的时候，方凡并未当真，只打了个哈欠说："我想要睡觉。"

刘品"呵呵"笑了两声，也不说话，就把冰冷的手伸进了方凡的睡衣。

这是他的习惯动作，小时候，刘品要摸着他妈的乳房才能睡着。他是他们刘家唯一的男丁，家里穷，没什么吃的喝的，母亲就把自己的乳房作为特殊待遇，让小儿子享受一份他的两个姐姐没有资格享受的津贴。一直到四岁，他妈才给他断了奶，可嘴上断了奶，那双手却还没有断，还要掌握着属于他的特殊津贴，才能安然入睡。一直到考进县城的高中，住校念书了，才改过来。

然而，刘品虽不再需要握着那对圆润抑或干瘪的半球体才能睡着，但骨子里的习惯却终究改不掉。只要有人和他睡在一个被窝里，他依然会在睡意蒙眬时，把手伸进那人的衣襟里，情不自禁地摸向人家的胸前。大学时，有一回同学结伴去旅游，晚上住宿，为了省钱，一铺睡两人。刘品瘦，和他睡一铺的是个胖子。刘品起初睡得很舒适，还做了一个不错的好梦，后来，被尿憋醒了，醒来就吓了一跳，他发现自己的手正塞在胖子的衣服里，居然妥妥帖帖地握着胖子肥嘟嘟的胸。上帝啊！胖子的乳房几近女人，怪不得刘品的梦如此甜蜜。幸好胖子睡得死，没被他摸醒。

后来，刘品几乎没敢再合眼，他怕一睡着就会伸出手，被同学发现，还不把他当变态？此后，刘品再也没有与谁合铺睡过，同学们都觉得他挺怪，舍不得花钱吃饭，倒舍得花钱一个人睡一张床。

后来，和方凡恋爱了、结婚了，应该说，刘品完全可以放纵他那双始终断不了奶的手了，并且，方凡的丰胸很对得起他从小养成的嗜好。可是，刘品却一直自我鞭策，坚持独自睡觉，他不想让他这位从小在城市里长大、身上带点文艺气质的老婆看轻他，堂堂博士，怎能缺少教养？

然而，只要一钻进方凡的被窝，刘品的手即刻就会回忆起童年时代曾经的富足满盈，便立即向着它美好的记忆探寻而去。可方凡不是他的妈，她怎会愿意牺牲自己的睡眠，让他的双手在胸前整夜地胡作非为？好在结婚时，方凡非但不反对夫妻分房睡觉的建议，相反，她还很赞成。

这段日子，刘品为了那篇论文，已经好几个星期没有到方凡床上来寻找童年记忆了。现在，论文终于写完，于是，他来了。他一来，就把手伸进了她的睡衣，她被他冰冷的手刺激得大叫一声："啊!"

方凡彻底醒了，感觉有两个冰冷的铁爪触到了她的前胸，她赶紧侧身朝向刘品躺着，然后蜷曲起双腿，把他的手从睡衣里拉出来，塞进她穿着绒布睡裤的两条腿缝里窝着："你要把我冻死了，先暖和暖和手。"

刘品乖乖地把脑袋搁在方凡的肩胛窝里，喃喃而语："老婆，这回论文要是得奖，就有可能留在上海工作了。"

方凡看了一眼胸前的男人，橘黄的台灯光下，刘品消瘦的脸颊上带着一抹劳顿之色，这让方凡觉得有些心疼。再看他闭着眼睛幻想着论文得奖的样子，毛糙糙、黑乎乎的脑袋像婴儿一样抵在她脖子边，粗重的呼吸吹到她的颈窝里，痒痒的，就触到她身体深处的某根神经了，心底里就涌出了一股柔情蜜意，便伸出手，轻轻抚摸了一下刘品的脑袋，娇羞道："开空调吧，一会儿，我们不要在床上，好不好？"

刘品"嗯"了一声，也不知他听明白了方凡的意思，还是随口发出的声音。方凡抿嘴笑，掀开被子起来，去找空调遥控器。打开空调，又去卫生间快速冲了一个热水澡，用一块大毛巾裹住赤裸的身体，红扑扑着脸蛋回到卧室。房间里已经比刚才暖和了许多，刘品躺在被窝里，保持着侧卧的姿势。方凡走到床边，推了推隆起的被子："哎，准备好了吗？"

刘品没有回答，方凡凑到被窝边，男人嘴里已经发出轻微的鼾声。她再推推他，还是没反应，于是，恼羞成怒似的，一把掀开被子："要睡就睡到自己床上去！"

刘品忽然被惊醒，一下子躬身坐起来，一边慌慌忙忙地下床，一边梦游似的说："对不起对不起，睡错了。"

男人趿拉着棉拖鞋，拉开卧室的门，朝自己房间走去。方凡看着刘品的背影，然后低下头看了看自己。刚才用力掀被子，裹住身体的大毛巾已经滑落到脚跟边，她几乎是全裸着站在床边。这可真是一个奇怪的男人，面对赤身裸体的女人，他竟视而不见。方凡不禁想，袁媛都可以和金彪在浴缸里做爱，为什么她和刘品除了一张床，就没有尝试过任何别的方式？甚至现在，他们连睡在一张床上的那一点可怜的机会，都放弃了一次又一次。

方凡又想起了《查泰莱夫人的情人》，劳伦斯没有把故事继续写下去，如果追踪男女主角后来的生活，那会是一种怎样的情形？远走他乡后，他们会幸福地生活一辈子吗？要知道，偶尔的偷情和每天在一起过日子，是完全不一样的。

那么，究竟是距离产生美，还是距离让夫妻变得形同陌路？方凡发现，她在女友面前谈论起来很振振有词、很有理论依据的那些话题，恰是她最迷茫、最疑惑、最没有把握的生活内容。

三、袁媛和她的丈夫

袁媛是三人中说话最多的一个，许是跳舞的人终究少了机会说话，她需要弥补舞台上失语的痛苦。于是，生活中，她就成了一个相当健谈的女人。只是袁媛的话题，通常离不开金彪。通过她的语言，方凡和林丽丽，已经对金彪这个男人熟悉到每一寸肌肤毛发了。

按照袁媛的说法，谈恋爱时，金彪是用花言巧语骗取了她的芳心。刚结婚时，金彪简直成了袁媛的奴隶，他包揽了所有家务，袁媛一根手指都不用动。然而，袁媛是不会满足于做一个被丈夫精心伺候的小妻子的，如若这样，岂不等于委身于一个男仆？男仆与丈夫最大的区别，并不在于能否睡到女主人那张床上去。事实上，男仆睡到女主人床上去的事，经典名著、历史传记里到处都有。问题是，如果丈夫是一个除了会伺候妻子之外别无所能的男人，那么他也许很快就会沦为一个男仆，一个寄居于妻子的床的男仆。当然，舞蹈家袁媛是不甘心让丈夫沦为男仆的。

袁媛审时度势，准备要做一名贤内助。她对身陷小家庭甜蜜生活而乐此不疲的金彪说："阿彪，男人不要管那么多家务，我妈说，男做女红，越做越穷。男人是要到外头闯事业的，你放心去闯吧，家务事交给我来做。"

袁媛的这番话，把金彪感动得几乎涕泪交加，美貌贤惠的七仙女下凡到他家里来了，岂不是天大的福气？男人一感动，就喜欢表决心，至于这个决心是否能实现，并不是很重要。被老婆感动了的金彪，当场立下了军令状："袁媛，我向你发誓，我要让你过上最好的生活。"

什么样的生活是最好的生活？金彪大手一挥，毫不犹豫地说："我要让你过得比慈禧太后还要好，比伊丽莎白女王还要好，比……"

这一下子，袁媛也被金彪感动了，体内的母性潜质被高度激发，于是一伸手，把男人的脑袋揽进自己的胸怀，像母亲爱抚儿子一样，抚摸着那颗还未开始谢顶的黑葱葱的头颅，泪水盈盈地说："傻瓜，过什么样的生活我不在乎，只要你对我好。"

女人一感动，说话就没脑子，袁媛在感动的状态下说出了不动脑子的话，这属于聪明一世，糊涂一时。后来，她一直很后悔，当初怎么会一不小心表了那样的态——过什么样的生活我不在乎，只要你对我好。

女人怎么能不在乎过什么样的生活呢？女人这一辈子，最最应该看重的，就是过什么样的生活。人和人的区别，就是生活和生活的区别。嫁一个摆地摊的老公是生活，嫁一个亿万富翁老公也是生活，两种生活，怎么能相比呢？

起初，方凡和林丽丽听得最多的，是金彪如何工作繁忙、应酬奇多、到深夜才能归家，如何随领导出差全国各地、考察欧美发达国家，如何每天穿上她亲自洗干净熨平整的雪白衬衣、系上高级领带出入于政府会议、国家项目洽谈等高层次场合……“哎呀，那种高档衬衣，我给他备了十六件，领带二十根，轮换着穿。衬衣、裤子，都要熨得笔挺。可怜我嫁个男人却享不到福，倒是日日做他的娘姨，看看，看看，我的手，每天做洗衣婆，骨关节都大了，皮肤也粗糙了。唉！有什么办法呢？嫁了这样一个老公！”

袁媛说着，就伸出她那两只纤细而白皙的手让方凡和林丽丽参观，显然，这个女人正为自己的手变得越来越粗糙而感到骄傲。然而，她是不会永远这样不爱惜舞蹈家的手的，于是，下一次聚会，她就会告诉方凡和林丽丽：“金彪心疼我啦，请了一个钟点工，每天来做三个小时，一个月五百块。我说，五百块不如给我买衣服穿，金彪说你要买衣服我另外给你钱，说着，当场拉开手提包摸出两千块钱扔给我。这家伙，工资卡在我手里，哪里来的钱？肯定藏私房钱了。唉！男人是天生的骗子，天晓得哪句是真话，哪句是假话。不过男人有点私房钱也难免，其实我早就知道，他们单位经常会发莫名其妙的奖金和补贴，名目很多的。我就睁一只眼闭一只眼，男人嘛，总要给他面子的……”

在袁媛近乎自我陶醉的长篇叙述中，女友们不断地了解着那个叫金彪的男人，后来，她们几乎都可以冒充金彪的老婆了，她们知道金彪确切的工资数目，知道金彪喜欢吃臭豆腐和盐水鸭，知道金彪上半夜打呼噜、下半夜磨牙齿，知道金彪的左侧臀部有一块栗子样的褐色胎记，知道金彪擅长在浴缸里行夫妻之事，知道……

袁媛事无巨细地向她的女友汇报她令人抱怨的幸福生活，对此，方凡有一段经典论述，她说：“袁媛，你真是女菩萨，你让三个人分享一份幸福，幸福就变成了三份，善哉善哉！”

然而，袁媛也不是一个没有事业心的女人，她对老公有事业要求，对自己同样要求不低。比如，每次亲朋好友劝袁媛该考虑一下孩子问题时，她就用一种居高临下的目光注视着规劝者，第一百次地说出那句属于她的至理名言：对于一个以舞蹈事业为毕生追求的女人来说，孩子是扼杀梦想的刽子手。

这句话的杀伤力是十分巨大的，规劝者听她这么一说，再也不敢劝下去了。并且，也没有一个人会继续追问她："你的梦想，就是教那些街道老太太跳跳秧歌舞和扇子舞？"

这样的问题，袁媛自己是否想过，也未可知，但她一直没有孩子，这倒是事实。然而，袁媛总是在表态不要孩子后，又要补充说明："我就是不想生而已，我若生，一定会生出最漂亮最聪明的孩子。你们想想，我有好身材、好长相，金彪有聪明的脑子，我们的孩子，还能不优秀吗？"

有一回，袁媛又这么说，方凡就忍不住打断她："我来讲个故事吧，知道邓肯吧？"

林丽丽摇头，她不会知道邓肯是谁，但袁媛知道："邓肯，美国舞蹈家，很漂亮的。"

方凡就开始说她的故事："有一回，邓肯看上了剧作家萧伯纳，她就写信给萧伯纳示爱，她说，以我的美丽加上你的智慧，我们要是生一个孩子，一定超群出众。"

袁媛一脸欣喜地插嘴："就是就是，情况和我差不多嘛。"

林丽丽追问："那后来呢，他们生孩子了吗？"

"邓肯寄出了信，不久以后，就收到了萧伯纳的回信，信上说，亲爱的，倘若事情反过来，以我的丑陋加上你的愚蠢，生出的孩子，那不就太糟糕了吗？"

说到这里，方凡停下，率先笑起来。林丽丽也笑，肩膀耸动着，吃吃地笑。袁媛起初还没反应过来，也跟着一起笑，刚笑了两声，忽然意识到什么，顿时收住笑容，哭丧着脸说："所以就更不能要孩子了嘛！"

其实，女友们十分清楚，目前，有关金彪的升迁问题，是袁媛最关注、最烦心的事。她几乎望眼欲穿地期待着某一天能从秘书太太转为科长太太乃至处长太太。然而，金彪的身材都开始发福了，脑袋也有些谢顶了，袁媛的梦想还没有实现。

四、林丽丽的小九九

然而，说起三个女人的丈夫，女友们一致认为，林丽丽的老公张毅，倒是十分出色的一个，虽然只是少年宫的绘画教师，但有才华，有个性，长得还帅。奇怪了，这样的男人，怎么会让林丽丽给占了去呢？

当时，文化宫主任给林丽丽介绍这个对象时，方凡和袁媛都已经在热恋中了。主任是个半老女人，原来是拉小提琴的。尽管她的职业使她的形象和气质显得颇为优雅，但她同时也具备着一个普通女人对家长里短的兴趣。比如，像林丽丽这样还没有对象的下属，她是很乐于关心一下的。主任说："那个少年宫的绘画老师，叫张毅，据说才华横溢，给我们林丽丽做老公，刚好合适。这样一位紧俏才子，怎会过了三十岁还没有女朋友？放心，不是才子长得丑，也不是才子太贫穷，更不是才子缺乏情趣，只因一心扑在事业上，没顾上终身大事。"

起初，林丽丽并不认为这个风流才子是她未来丈夫的合适人选。她想：画画的男人，要么扎个马尾辫，要么顶一头狮子鬃毛一样的乱发，打扮得怪里怪气、不男不女，身上的衣服永远东一块、西一块地涂着脏兮兮的颜料。除此之外，还朝三暮四、见异思迁、到处留情，这种人，一般对结婚不感兴趣，因为结婚会让他失去自由，失去很多女朋友。可见，三十多岁的才子还没有结婚，不是他太邋遢，就是他太花心。

当然，林丽丽没有把这想法说出来，她得给主任一个面子，见一见这位邋遢的花心大萝卜，然后再回绝他也不迟。

然而一见面，林丽丽就发现，张毅与她想象中的艺术家很不一样。怎么说呢，这个男人，看起来没有所谓艺术家的那种自命不凡的高傲，也没有花花肠子，他甚至有些腼腆，主任介绍他们相互认识时，他的脸还红了一红。他穿着白T恤和牛仔裤，身上居然没有斑驳的颜料，头发呢，是干干净净的板寸，鬓角边青生生的，衬得发丛内里肤色格外的白皙。林丽丽禁不住深深吸了一口气，她甚至都能闻到才子身上的痱子粉香气，如孩童似的洁净无瑕。这就比较奇怪了，这样的男人，怎么会没有女朋友呢？难道真的如主任所说，一心扑在工作上，没有心思谈恋爱？

见过张毅后，林丽丽就有些舍不得回绝他了，她甚至开始担心，这位才子会不会看不上她？会不会反过来回绝她？

谈恋爱这种事情，自然是瞒不过方凡和袁媛的。袁媛的反应，那简直是炸了锅："天呐！画家？怎么可能？不合适，太不合适了。林丽丽，你这样老实的女孩子，最好找个中学教师、门诊大夫之类的，那才可靠。搞艺术的男人，没一个好的。"

方凡的意见和袁媛不尽相同，但也不怎么乐观："不是每个搞艺术的男人都这样，别一棍子全打倒。关键是，林丽丽，你身上吸引他的是什么？他身上吸引你的又是什么？如果没有相互吸引的元素，仅仅为结婚而结婚，这种婚姻是没有质量的。"

说实话，袁媛和方凡的意见提得还算诚恳，可林丽丽非但没有打消跃跃欲试的念头，相反，她们的反应让她产生了一丝挑战欲。三天后，主任来找林丽丽，说才子对她印象不错，希望再次见面。这一回，可把袁媛激动得死活要跟着一起去，还说："我眼光最凶了，一眼就能看出男人的好坏，我去，可以帮你做参谋啊！"

林丽丽一脸难色，不置可否。方凡其实也想去看看那个风流才子，但她感觉林丽丽不情愿，就劝袁媛："不要为难林丽丽了，我们又不是她的家长。"

这么一说，林丽丽倒不好意思不让她们去了，于是咬咬牙说："一起去吧。"

袁媛立即露出一个心花怒放的笑，随后，女人们各自进房间换衣服。三人都穿戴整齐后，聚集在客厅里。很巧，三人都穿了黑色的衣服，身高差不多，胖瘦差不多，乍一看，果真会以为是姐妹。方凡穿了一套黑色小西服加织纱宽腿长裤，知性女人的样子，因为胸特别挺，知性里就带着一点妩媚。袁媛呢，黑色真丝吊带连衣裙，长波浪头发披了一肩膀，还涂了口红刷了眼影，唇红齿白的，几近妖艳，好像要去相亲的是她。林丽丽的服装，又是另一种风格，“江南布衣”专卖店里那种经典的中式小褂，黑底子的衣襟下摆绣一朵红海棠，下身是黑中裙，裙边绣着连成串的小朵海棠，不过膝，不露大腿，中规中矩的，倒是素雅。

三人在镜子前站定，你看看我，我看看你，嘻嘻哈哈了一番，而后，就出了门。到了离咖啡馆还有一条街时，林丽丽忽然停住，说：“这样好不好，我先进去，过一会儿你们俩再进来，假装巧遇，然后呢，我请你们坐下来一起喝茶。”

袁媛有些急不可耐：“过一会儿是过多久？十分钟差不多吗？”

林丽丽张了张嘴巴，还没来得及回答，方凡就说：“十分钟太短，半小时吧。”

林丽丽忙接口：“好，那就半小时后见。”

说完，她独自往前方快步走去。方凡看着林丽丽匆忙的背影，似笑非笑着：“她还是不想让我们去。”

袁媛眼睛一瞪：“我们又不会抢她的男朋友。”

方凡：“那你为什么非要去呢？”

袁媛嘻嘻一笑：“我想看看，他和我们金彪比起来，哪个更有型。你呢？你不是也想去看看吗？”

方凡两手一摊：“坦白地说，我对天下一切搞艺术的男人都有兴趣。”

方凡和袁媛闲逛了半小时，时间一到，她们就进了那家咖啡馆。然而，令她们万分惊讶的是，她们没见到林丽丽和她的男朋友，她们在咖啡馆楼上楼下找了两圈，根本没有林丽丽的踪影。

晚上十一点，林丽丽回到合租公寓，还没等袁媛发难，她就一脸委屈地说：“你们怎么回事？我和张毅一直坐到十点半，也没等到你们。”

袁媛像是中了大奖又错失了领奖时限一样，张嘴大叫：“天呐！你们坐在哪个位置？”

林丽丽：“就坐在进门右拐靠窗的座位啊！”

袁媛可是精心打扮好了要去看女友的男朋友的，临了没用上，自是气愤半天了，这会儿听林丽丽一说，就更加生气了："根本没有，我们找了两圈也没找到，你是不是故意躲我们？"

方凡忙打圆场："两岸咖啡馆有上下两层，可能是我们没找仔细。"

"啊！"林丽丽发出了一记轻而尖锐的叫声："怎么是两岸咖啡？是雅欧咖啡呀，你们搞错了。"

话说到这里，方凡就觉得没有必要继续探讨下去了。任何事故都是有其因果的，但每个人的理解都会不同。事后，袁媛曾向方凡抱怨，说林丽丽简直像一辈子没去过县城的乡村老太太，反应迟钝，丢三落四，连个咖啡馆的名字都会报错。方凡却不这么想，她认为，以林丽丽财会专业人士的脑子，是绝不可能搞错咖啡馆名字的。关键是，不管是工作还是生活，林丽丽的原则是收支平衡，当然，最高目标是收入高于支出，那就是盈利。

事情的结局当然皆大欢喜，不太活跃的、甚至有些内向的女会计，居然抓住了风流才子张毅的身心，他们确定了恋爱关系。方凡和袁媛是在三个月后才见到张毅第一面的，见过后，袁媛就说："怪不得不让我们见他，我要是还没和金彪确定关系，大概也会动心的。"

方凡看了一眼袁媛："有男朋友就不会动心了？"

袁媛就笑骂："你才动心呢！人家是艺术家，又帅，我知道你对这样的男人最有兴趣了。"

方凡不置可否。袁媛就说，等林丽丽回来，一定要让她谈谈，是怎样抓住张毅的心的。

令方凡和袁媛都意想不到的是，这一晚，林丽丽回来后，竟主动拿出张毅画的一张素描给她们看。两人一看，就傻了眼，画纸上居然是一双光溜溜的脚。袁媛总是需要用大喊大叫的方式表示她的惊讶："我的天啊！这是谁的脚？林丽丽，是你的吗？"

林丽丽并没有承认，但也不否认，只是笑，脸庞泛红，鼻翼边的美人痣爆出一点点油光，嘴唇竟弯弯地翘起来，不见了平时向内收缩的警惕感。显然，她默认了那双脚就是她的。

方凡欣赏着画上的脚，的确挺漂亮，不胖不瘦，窄窄的脚面，略微骨感，脚背稍稍拱起，脚跟圆润而光滑，细巧的脚趾如同一粒粒新鲜饱满的蚕豆，又像刚裂开了苞的玫瑰花瓣，质感肥厚而近乎暧昧。画上的两只脚交错相叠，从肌肤筋络的纹理来看，是轻轻下垂的样子，想必，林丽丽坐在一张凳子上，赤裸着双脚，悠然自在地充当着张毅的模特，甚至，她还悠闲地把脚轻轻地荡来荡去，因为，从脚与阴影的交叠中可以看出，那是一双略微有动感的脚。方凡眼睛看着画，嘴里说了一句："为什么不画人体呢？"

林丽丽本是粉红的脸庞，刹那间又增添了几分成色。她低头看着自己的脚，用几乎是自言自语般的声音说："不知道为什么，张毅就是喜欢画脚，他说，和我第一次见面的时候，他就发现我的脚长得特别好……"

林丽丽很少在女友面前暴露自己的隐私，倘若她们都爆料了，逼迫着她也必须要袒露一些什么，那么她会挑几句并不私密的家务事来说。然而现在，她竟主动爆料了，可见得，她是多么希望与女友们分享她的快乐，大概，幸福都要把她的胸腔填满了，要溢出来了，她必须说出一些什么，才能让自己安静下来。

袁媛干脆蹲下来，凑近了林丽丽的脚观察："好在哪里呢？我怎么没发现？"

方凡挺了挺本是高耸的胸，慢吞吞地说："知道什么叫恋脚癖了吧？"

说这话的时候，方凡心里想的却是：男人怎么会因为一双好看的脚，而与脚的主人谈恋爱？真是有意思。

这么想着，方凡就忍不住"扑哧"一声笑了出来。袁媛和林丽丽异口同声问："笑什么？"

方凡抿了抿嘴，止住笑："没什么，我只是想，以后林丽丽永远都不要穿鞋子才好。"

五、请　客

三个女人像三朵鲜花一样在她们各自的那坨牛粪上开着，开得还挺灿烂、挺滋润。好日子一个人享受当然是不够的，还需要交流，还需要分享，于是，女人们的聚会，就这样不脱班地进行着。

然而，既是有了老公，女人总是单方面行动，终归有些说不过去。况且，在长期的交流中，男人们的名字已经被她们挂在嘴上说啊说啊，说得都烂熟了，可三个名字的主人，却还与她们这个小团体保持着相当的距离。女人们就觉得，偶尔让男人出场，也是有必要的，于是，便要想办法制造一些有男人参与的节目来消遣了。可是，什么样的理由可以让男人们出席女人的聚会呢？

第一次机会，是袁媛创造的。袁媛说，金彪要随领导去西藏和云南慰问在希望学校援教的本区教师，据说要去一个月，估计这次回来，金彪就有可能提科级了。这可是天大的好事，请客吃饭当然要去。袁媛代表金彪，正式向方凡和林丽丽以及她们的家属发出了邀请。于是，三家六口，浩浩荡荡地在本区最好的饭店搞了一次大聚会。

这家饭店是区政府的定点饭局场所，但凡政府部门的宴请，大都摆在这里，所以，一进饭店，就像是到了金彪的故乡，从主管、领班到服务员，个个对他们热情之极。席间还不断有金彪的朋友和同事从邻桌特意过来敬酒，刘品和张毅并不认识他们，但也被那些带着醉意的油头粉面灌了不少酒。这次请客，等于是金彪升官的提前宴请，只是没有明说而已，整个晚上，袁媛的笑脸就没有收拢过。

三家六口聚会后，方凡就想，是不是她也应该代表刘品请女友和家属吃顿饭呢？方凡向来认为，请客吃饭是世上最庸俗的交往方式，她和刘品连结婚都没有办喜宴，只给亲朋好友发了喜糖。然而，倘若不请客，白白地吃了金彪的升官宴，就有些说不过去了。但是，要请客吃饭，又找什么理由请？怎么请？最好的饭店金彪已经请过，方凡可不想让女友们认为她是一个跟风学样的人，并且那样一桌饭的花费，对于方凡和刘品来说，稍稍奢侈了点。

一个多月后，刘品的那篇论文果真得奖了，而且还是一个很重要的省级奖，有一笔数目不小的奖金，于是，就有了请客的理由。方凡咨询了不少有经验的人，又上网查了一番，找到了离本区不远的乡下，有一处农家乐。竹篱柴扉的农家小院，门前是鱼塘，屋后是菜园，吃的鸡是家养的，蛋是鸡们当天生的，鱼是由客人在屋前池塘里钓上来的，蔬菜瓜果是现吃现摘的，非但安全、健康、环保，价格还便宜，风格与大饭店完全不同。就这样，在方凡的精心安排下，三家六口又聚会了一次。

这样一来，张毅也就不能不请了，林丽丽最后一个出手，也是最难出手的。要说上档次的、有特色的，都让前两位占了去。究竟怎么请，请到哪里去，一下子不好决定。林丽丽也沉得住气，一个月过去了，两个月又过去了，她依然笃悠悠的，没一点动静。

有一回，女人们聚会时，袁媛忍不住问林丽丽："你们家张毅在忙什么呢？好久没听你提了，不会是躲我们吧？"

袁媛这话，显然有些挑战的意思。林丽丽却笑了笑，说："下个月五一长假，你们打算怎么过？出去旅游吗？"

方凡说："五一长假全国人民都出游了，我们就不要再给交通部门增加压力了。"

袁媛说："金彪的领导家里装修房子，他要帮着监工，没时间出去。"

接下去，林丽丽就提到了女人们等待了很久的话题："都不出去那就正好，到时候我们家张毅要请你们吃饭。具体时间地点定下了，再告诉你们。"

五一休假前一周，林丽丽正式向方凡和袁媛发出了邀请，居然有请柬，一人一张深蓝底色烫银卡片，打开，左边是一副小而精巧的中国画，右边是请柬内容。袁媛拿着请柬朗声念道："金彪先生，袁媛夫人台启。谨定于 5 月 2 日下午 3 点，于道逸轩画廊举办张毅、陈晓彬十年画展开幕式暨晚宴，敬请金彪先生携妻袁媛女士光临，张毅、林丽丽敬邀……”袁媛念毕，立即大声嚷道：“天呐林丽丽，张毅居然办个人画展？那个陈晓彬是谁？这幅墨竹不是印刷品，是张毅画的吗……”

袁媛连珠炮似的问了一大堆问题，那一边，方凡也打开了她的请柬，内容一样，只换了邀请对象的名字，左边的中国画，是一副墨荷。

林丽丽说：“请柬是张毅设计的，墨竹和墨荷也是他画的，陈晓彬是和他合伙开画廊的朋友，也是画画的。这是张毅第一次给自己办画展，你们可一定要赏光啊！”

原来，张毅与朋友合开这个画廊，启动资金还是从林丽丽那里骗取的。画廊开起来后，生意还很不错，举办和承办了好几次画展，比如，张毅学生得奖作品展、中老年业余绘画爱好者画展、三八妇女节女画家作品展，等等，都是朋友拉来的生意，小钱倒也赚了一些。画廊开出一周年之际，张毅和他的合伙人就打算搞一次双人联展，邀请对象除了亲朋好友，还有艺术界人士，以及本地的文化官员，不管有名望的还是没名气的，都请，当然，还有报纸、电视台等媒体。

两个女人都安静下来，她们低头看着请柬，翻来覆去地欣赏着。请柬上的画虽然小，但精巧雅致，笔法构图都能看出画者的功力。林丽丽呢，似是为配合女友们欣赏她老公的画作，也不说话，只沉默着，脸上保持着淡淡的微笑。

事情一下子变得隆重起来，这可不是一般的请客吃饭，这是一场有档次的社会活动，方凡和袁媛都认为不能轻慢待之。袁媛说：“这样的场合，男人最好穿西装，要是穿得随随便便，让人家笑话我们不懂规矩。到时候，我让金彪穿上次出国穿的那套西装，八千多块呢。”

方凡嘴上并未说什么，心里却想，看来这回一定要给刘品买套西装了。然而回去和刘品一说，这个书呆子，怎么都不肯跟方凡去服装店，书生气的男人，脾气还特别倔强。方凡拉不动他，就只好凭感觉把西装买了回来，花了两千多块。还好，还算合身，就是袖子短了点。

5月2日下午，女人们穿上精心准备的衣服，还做了头发。两对夫妻在文化馆门口汇合，然后，郎才女貌、夫唱妇随、恩恩爱爱、配合默契地，向着逍逸轩画廊方向款款而去。

到了画廊外面的大厅，女人们就发现，今日的主角张毅，居然没有穿西装，也没有像公司开业典礼上的老总那样胸佩鲜花。他就穿着一件很家常的格子休闲衬衣，发白的牛仔裤，膝盖处还有几缕故意磨破的线头，头发也留长了，头上还扣一顶军绿色的越野帽，好像随时准备出发去野外写生一样。整个人，显得不修边幅，却又透着精致，很有一些桀骜不驯的意思。相比之下，穿着西装的金彪，倒像一个发了财的农民企业家，憨厚的胖脸上覆盖了一层营养过剩的油光。刘品呢，就像一个穿着借来的西装去参加应聘的大学毕业生，小心翼翼而又浑身僵硬。

女人们心里感觉有些尴尬，嘴上也不好说什么。用目光搜寻林丽丽，人太多，一下子找不到，想直接去和张毅打个招呼，又见他忙着和陆续到场的大人物们寒暄周旋，便觉得没有必要去打扰他，毕竟，他们不是张毅的朋友，而是张毅老婆的朋友。这四个人，就傻傻地站在一边，看着偌大的厅堂里熙熙攘攘的人头，以及一墙壁的花鸟虫草、山山水水，有些手足无措。

林丽丽不知去了哪里，没有特地安排接待人员来招呼，对她的女友有些怠慢。袁媛的脸色就有些难看起来。方凡呢，面色平静，一言不发。站了大约十多分钟，才听到林丽丽叫着她们的名字迎面而来："方凡，袁媛，你们什么时候进来的？我在大门外等，还以为你们不来了，急死我了。哎呀，金彪，刘品，你们好！谢谢光临啊，你们能来真是让这里蓬荜生辉啊！人太多，照顾不周，真不好意思啊！"

林丽丽话说得很诚恳，金彪首先表态："理解理解，都是老朋友了，你忙你的，没事。"

刘品也赶紧微笑着冲林丽丽点了点头："祝贺你们！"

这么一来，方凡和袁媛的脸色也和缓了许多。袁媛打量了一番林丽丽身上的白色套装以及素面朝天的脸庞，说："你怎么不穿得好看一点？这种场合应该穿礼服，再化个淡妆。"

说完，袁媛看了一眼方凡，似是想得到她的支持。方凡却淡淡地说："这样也挺好的，简洁大方，符合林丽丽的气质。"

林丽丽自我解嘲："都怪我们家张毅，死都不肯穿正装，气死我了。他穿成那样，要是我穿礼服、戴首饰，描眉画唇的，和他站在一起就不合适了。"

袁媛便很懂事地帮着林丽丽说话："男人不听话，是要调教的，晚上回家好好调教一下。"

说完，她笑嘻嘻地看向站在一边的金彪。金彪脸上笑着，神色却很茫然。袁媛就扭头扯了扯方凡的袖子："你说是不是啊，方凡？"

方凡抬眼去看辗转在人群中的张毅，然后笑着摇摇头："张毅还用调教吗？他穿成那样很好，看上去很有品位。"

说着，方凡看了一眼站在身边的刘品，高个子大男生正两手交替扯着有点短的袖子，一脸局促和无奈。

开幕式即将开始，林丽丽招呼四人进入展厅。不知她从哪里请来的主持人，很专业的样子，开场就在古琴曲中来了一段很有意境的独白，然后一一介绍出席开幕式的官员、画家、书法家等，自然是以官衔等级、艺术名望的高低次序来排。女人们竖起耳朵听完介绍，主持人念出来的名字里，没有金彪，当然，更不会有刘品。

再接下去，官员致贺词，大师级艺术家发表讲话，两位画展主角分别致谢，最后，一位据说是本地最有名望的老画家，被人搀扶着，颤颤巍巍地走到台前，对着麦克风，抽搐着嘴角，口水淋漓地宣布："张毅、陈晓彬画展，现在开幕！"

方凡、袁媛夫妇被人流裹挟着，进入了画廊展区。其实，他们对绘画基本没有什么欣赏能力，但他们还是煞有介事地对着挂在墙上的画框指指点点了一番，在每一幅画前都走了一遍，足足用了一个多小时，才出了画廊。刘品已经熬不住想回去了，说有这时间，不如在家里看书自在得多。方凡不让回，说现在回去不太礼貌，晚宴还是要参加的。金彪也觉得可以回去了，开幕式参加过，心意就到了，晚宴无所谓。袁媛也不同意回去，说那个文化局局长，那个宣传部副部长，不是你们区政府领导吗？等一会儿晚宴时，你可以找机会坐他们一桌，和他们聊聊。

终于熬到晚宴，到预订的饭店一看，每张餐桌上都竖着一份名单，谁坐在哪一桌，都是安排好的。袁媛、方凡两家四口坐在一起，还有六位不知是谁的亲戚还是朋友，只招呼了一下，就各聊各的，各吃各的了。林丽丽呢，作为男主角的夫人，自然是坐在张毅旁边，不断接受着朋友们的敬酒和祝福，忙得热火朝天。难为她还抽时间过来给她的女友夫妇敬了一杯酒，说了几句照顾不周的歉疚话，说不上有什么失礼的地方。直到晚上七点多，这场令人感到无聊而疲惫的社会活动，才落下了帷幕。

四人与林丽丽、张毅夫妇告别，出宴会厅时，两个男人都要上洗手间，女人们就站在门外等。袁媛说："真没劲。"

方凡笑了笑："不适合我们这种人而已。"

袁媛眼睛一横："张毅门槛精，知道林丽丽娘家有钱，开画廊的钱，还不是林丽丽的？"

方凡说："张毅是个人才，以后会越来越厉害的，金彪和刘品加在一起都不及他。"

袁媛"哼"了一声："这种男人不可靠，林丽丽和他完全不是一类人，早晚要出事。"

方凡未置可否，只说："性格决定命运，也许，林丽丽身上有我们没发现的特殊才能。"

两个男人从洗手间出来了，女人们就没有继续说下去。

六、角　色

晚宴结束回到家，方凡没好气地冲刘品说："快把西装脱下来，也不嫌难受。"

方凡的语气似是与这套她亲手挑选的西装有些过不去，刘品张了张嘴，想要说什么，但没有说出来。方凡自顾洗漱完毕进了卧室，自然是睡不着的，躺在床上看书，又走了神，脑子里净是刘品穿着西装拘谨的样子，像玩具店里站在穿婚纱的芭比娃娃边上的那个燕尾服男娃娃。那是一种模式化的男性形象，毫无个性，有的只是一个壳子。平时刘品究竟爱穿什么衣服？方凡几乎想不起来。这个男人居然从未给过他老婆一次夺目的形象震慑，她当时怎么会看上他的？这么想着，方凡自己都觉得有些不可思议，好像她就是冲着他的博士生身份去的，这个身份掩盖了所有别的缺陷。那么，难道真是父母身上那种局促狭隘的小知识分子气质在她身上得到了不遗余力的延续？想到这里，方凡忽然觉得自己很失败，要知道，一个女人失去了对丈夫的崇拜和爱戴，最痛苦的人不是丈夫，而是女人自己。

既是想不起来刘品爱穿什么，那么总能想起来他什么都不穿的样子吧？可方凡同样在记忆中找不到刘品完整的身体印象，她对他的记忆很单调，就是那双冬天冰冷、夏天汗湿的手，覆盖在她胸脯上，竭尽所能地覆盖、掌握。除此之外，几乎没有别的，没有缠绵的揉弄，技巧的取悦，有的只是手的最简单的功能——抓取，他的习惯，就是用手抓住那份属于他的特殊津贴。甚至只要一把，就可以达到他心理上的满足感，多抓几次都是没有必要的。直到最后目的达成，他就急急地回到自己床上去睡了，好似害怕一旦再次依赖上那对丰胸，又要上了瘾，又要摆脱不掉。就像犯了烟瘾的人，给自己抽上一口，就一口，千万不可多抽，否则前功尽弃，那就太得不偿失了。

方凡真是佩服刘品的毅力。男人逼迫自己远离女色，自然需要坚强的自律性，然而，事事都可以自律到不近人情，那这个人，骨子里是很冷酷的。哪怕他耍赖，赖在她床上不走，哪怕他的手一整夜地骚扰着她的胸，那也比一分一毫都不出差错地守规矩要可爱得多。

刘品已经很久没到方凡床上来找她了，她暗示过，但不怎么奏效，她甚至怀疑他是不是性冷淡。或者，是她选错了老公？小说看得太多，过于书面化的衡量标准让她的判断不切实际？她选他，的确忽略了性情方面的软条件。她常常想，袁媛和金彪可以在浴缸里行鱼水之欢，林丽丽和张毅呢，虽然不知他们的具体操作办法，但就凭张毅迷恋林丽丽那双小巧而性感的脚这一点，就足够让人浮想联翩的。看看张毅的打扮吧，桀骜不驯的长发，时尚的牛仔裤，格子衬衣，越野帽……方凡确信，张毅是绝不会像刘品这样乏味的。

这样的男人怎么会让林丽丽得了去？仅凭她那双脚吗？她消受得了他的浪漫、他的才情、他的趣味吗？这么想着，方凡甚至都要为张毅叫屈了，反过来，也是为林丽丽担忧。袁媛不是说了吗？这两个人一点都不般配，早晚要出事。袁媛当然只是妒忌，方凡却是细细思考过的，思考的结果和袁媛不谋而合，她从来不觉得，他们这一对会有什么好结果，这两个人在一起生活，岂不是鸡同鸭讲？

她甚至在几次聚会中观察过张毅的眼神。男人们都很给女人面子，每次都乖乖地出席了，于是，就有了六双眼睛目光交错的机会。方凡自然是把每个男人的眼神都审视了一番的，袁媛的老公金彪，坦率地说，他的眼睛里除了谦卑，没有别的东西，一般在政府部门工作的男人都这样，没有脾气，懂得察言观色，顾全大局，又带着一点小小的狡猾，一点色迷迷，一种不成大器的聪明劲儿。只消一眼，方凡就能看出来，袁媛想当科长夫人乃至处长夫人的梦想，将永远是个泡影。

张毅的眼神，那才是真正有挑战性的。他常常显得兴趣很广泛，注意力很分散，不停地东张西望，一处毫无特点的景，都会吸引他的目光。别人都在聊一个话题时，他又显得心猿意马，偶尔也会很认真地盯着你看，那可能是这个话题引起了他的兴趣。他不会刻意照顾谁的情绪，也不会完全无视小团体的小规矩。他若是看着谁，那就仿佛要给你画肖像一样，眯缝着眼睛，目光里带着深深的探究。

那一回在农家乐，袁媛说："一道菜做得好不好，就看火候。"金彪附和着老婆的话打哈哈，林丽丽歪着头听，一边小口吃菜。方凡呢，正好坐在张毅对面，便乘机悄悄观察他。张毅显然没有在听他们说话，他手里捏着啤酒杯，侧着脸看房梁，面部轮廓很有立体感，越野帽的鸭舌挡住了他的视线，他便加大了仰视的角度，几乎躺在了竹椅子上，全然不顾饭桌上别人的眼光。他那副样子，真是既纯真又不羁，要是这会儿有相机，方凡一定会把他拍下来。

张毅就那样半躺半坐地抬着下巴看房梁，看了好一会儿，忽然一垂头，无声地叹了一口气，接着，目光就对上了方凡的眼睛。有那么一瞬，他们没有相互躲避对接的目光，她显然看到了他眼睛里的忧伤和迷惘，无以揣度的深邃。就这么对视总有些尴尬，方凡不由得脸一红。对面的男人似是明白她心思似的，嘴角轻轻一咧，不露声色地一笑。这一笑，恐怕没人能看出来，但方凡绝对看出来了，并且，十分要命的是，她发现张毅笑的时候，眼角两边溜出了两缕隐约的桃花纹。这样的男人，怎么可能不吸引女人呢？简直是杀手。

后来，他们就再也没有过对视的机会了，可对张毅的印象，就这样留下了。想来，方凡的判断，也还是书面化的。哪里就看出张毅是忧伤的、迷惘的、深邃的？他只是仰着脑袋看农家的雕花房梁，脖子酸了，便猛地垂下头来，松了一口气而已。可分明，他对她笑了，并且，眼角溜出的桃花纹没有逃过她的眼睛。仅这一条，就足以让她相信，张毅是绝不会像刘品这样缺乏情趣的。

就说下午在画展上看到的一幅张毅的作品吧。一位古装女子，坐在水桥边，脱了鞋在洗脚丫，远处的乌篷船上，公子哥露了半边脸，偷看着洗脚女。那女子分明是知道有人在窥视她，可她的神色，却是有恃无恐的，带着点娇羞的自得，她甚至故意把一只脚丫子搁在石头上，是展示，亦是勾引。虽然不是西方人体油画，但比那些洗浴裸女之类的，更有蛊惑之力。然而，画中女子的脚，却并不像是林丽丽那双水润润、小俏俏的脚，要比林丽丽的脚俏皮泼辣得多。这种画风的作品，居然有着一组十多幅，张毅对女人的脚的兴趣，也就可见一斑了。

想到这里，方凡觉得面孔有些发烫，许是在晚宴上喝过一杯葡萄酒，也有可能是对那副洗脚女的作品的分析，让她心头生出了一丝蠢蠢欲动。然而，卧室外面毫无动静，刘品大概已经回自己房间了。这个可怜的男人，缩着手臂穿着西装，做了一天木头人，想必是不会有什么欲望了。

在这样一个希望被打扰而实际却无人打扰的夜晚，女人的精神便有些出轨，她试图做一次完整的想象，以解决她身体里也许是因为酒精的缘故而无以宣泄的内火。想象当然也是需要主角的，那么谁最适合担当这个角色呢？好像别无选择，今日里，一直是看着那个画展的主人，以他为中心的活动进行了一天，那么此刻，不妨也借他一用？当然，先要假设一种状况，比如，张毅不是林丽丽的丈夫。然而这种假设不存在，张毅当然是林丽丽的丈夫，想在脑子里屏蔽这条信息都做不到。如此，把张毅当作她想象的男主角，合适吗？

方凡犹豫了一会儿，觉得抢女友的男人总归不好，便有些自责。若是让林丽丽知道了，不知怎么着急呢。倘若不是没有办法，林丽丽是绝不愿意让她的老公与女友近距离接触的，当初，她不就是怕女友见到她的新男朋友，才故意错报了那家咖啡馆的名字吗？方凡忍不住咧开嘴，无声地笑起来，她默默地告诉自己：只是假设嘛，就当写一部小说。

然后，她就带着一点促狭的恶意、一丝隐隐的愧疚，开始了她的想象。她当然不会把自己编进一部低级黄色小说，她也不愿意做琼瑶、张爱玲小说里的那种女人，也不要三毛式的。总之，要与众不同。她并没有刻意，而是顺其自然地编了下去。她完全沉浸在想象中，想象从好友手中悄悄地抢下喜欢的男人，想象这种暗暗的争夺带来的快感，想象与女友的丈夫偷情，因违背道德而格外刺激，又因充满挑战性的想象而兴奋，便更觉得好玩。

正在方凡于小说的虚构中身临其境而不能自拔时，刘品提着他穿了一下午的那件西装一头闯了进来："哎，这个，挂在哪里？"

方凡先是一怔，然后一把掀开被子，纵身一扑，向着刘品的怀里倒去。漂泊在情感洪水里正意欲求救的女人，忽然看见了一根救命稻草，便有些饥不择食的意思了。

刘品毫无准备，他几乎被方凡扑倒在地，起初他以为这个女人哪根神经搭错了，或者，是不是在梦游？他嘴里叫着："哎哎，你怎么啦？怎么啦？"一只手还擎举着那件西装。他不敢用重力推她，只收拢着自己的双臂和肩胛，像一只正被渔民的手探捉到的河蚌，不愿意敞开怀抱。然而方凡竟异常主动，她简直着了魔，她让自己变成了一条柔软的蛇，缠绕在刘品身上。她闭着眼睛探寻他，嘴唇、舌头、双手以及丰腴的胸，一并地在他身上探寻着、触碰着、侵犯着。刘品煞是惊异，却也终于被触动了似的，再也敌不过她，便软了手脚，提着的那件西装“趴”的一声，跌落在地上。

这一回，方凡和刘品第一次没有在床上做爱，很放纵，很投入，很肆无忌惮。在方凡的带动下，刘品完成得很好，很放松。做完爱，他还在方凡床上赖了好一会儿。他让他的手明目张胆地覆盖在方凡的胸口，这样让他感觉很满足。只是他不太明白，今天这个女人不知道吃错了什么药，忽然变得这么色情，便“嘿嘿”笑着问：“告诉我，怎么回事？”

方凡闭着眼睛说：“就是想要你了，很想。”

“你以前不是这样的。”刘品说。

方凡没有回答，适才编的那个小说忽然跳出脑海，小说里的男主角，分明不是自己的丈夫。她吓了一跳，睁开眼睛看向躺在身边的男人。刘品像个婴儿一样，恨不得把整个身躯完全贴在她身上。他闭着眼睛，赤身裸体侧卧着，一条手臂压在她胸腹处，一条腿搁在她胯骨上。如果把这个形象竖起来，那就是罗丹的某个雕塑，没有赘肉，肌肉纹理中透出欲望宣泄之后的倦怠。赤身裸体的男人，看起来比穿西装时帅多了。方凡想，也许刘品的身形的确比不上张毅健美，但肯定超过金彪。或者可以这么说，穿衣服的金彪比裸体的金彪帅，而裸体的刘品比穿衣服的刘品帅。张毅呢，不管是穿衣服还是裸体，大概都是帅的吧。

想到这里，方凡几乎想笑出来，她从来没有见过金彪和张毅的裸体，如何能知道他们的裸体究竟是美还是不美呢？

刘品在方凡身上赖了一会儿，好像断奶的孩子咂一会儿奶嘴过过瘾，而后，理性和自律开始恢复。他逼迫着自己摆脱方凡的身躯，坐起身，穿好衣服，对眯着眼睛似睡非睡的方凡说：“不早了，我去睡了，你也睡吧。”

方凡没有回答，她看着他下床，套上拖鞋，出了她的卧室。然后，她伸展了一下因为完全的放纵而感觉比较舒坦的身体，心想，究竟是适才虚构的那个小说的情节让她如此疯狂，还是小说中的男主角令她欲罢不能？

方凡回顾了一番，结果令她感到有些沮丧，她发现，比起在地板上和刘品的这场翻云覆雨，虚构的小说实在是苍白无力透了。她甚至都没有兴趣再去重复想一遍完整的故事，那个带点邪恶的、带点色情的故事。她想，她的想象力怎么会堕落到如此地步了呢？白白地用了张毅这个角色，糟蹋了！

七、爱说“离婚”的女人

画展开幕式之后，女人们连着两个月没有聚会。方凡和袁媛似乎都很有耐心，林丽丽倒有些憋不住了。那天在张毅的画展上，她是大胜了她们一把，或者说，是张毅大胜了金彪和刘品。作为胜者，自然要主动一点，谦让一点，给败者一点面子。

林丽丽先给袁媛打电话：“那天人实在太多，照顾不周，真是不好意思。我老早就想和你们碰头了，明天是星期六，有一家新开的茶楼，一起去吧？”

茶楼是否新开其实毫无关系，主要是，中断了一段时间的聚会忽然又要开始，理由总应该充分一些。然而，那个最沉不住气的袁媛却在电话里蔫蔫地说：“不想去，没心情。”

林丽丽就问：“不舒服吗？出来散散心嘛。”

袁媛：“没不舒服，就是不想去。”

林丽丽劝了好一会儿，没有说服袁媛，便打电话给方凡。方凡倒是心情不错，一口答应下来，并且说：“袁媛和金彪闹离婚呢，有情绪，我来打电话给她吧。”

林丽丽挂了电话，心里感觉不太爽。袁媛和金彪闹离婚，方凡知道，她却不知道，可见，这两个月中，她们两个是有联络的，却不联络她。不过，要是果真在闹离婚，那倒要听听究竟怎么回事了。

于是第二天，女人们就在那家新开的茶楼碰了头。袁媛一旦回到女人的小团体，又恢复了她激情四溢的性格，憋了两个月的话，终于倾泻而出。

原来，那天晚宴结束回家后，袁媛就和金彪大吵了一场。自然是别人的老公有出息，便勾起了她的心头事。袁媛历数了金彪的几条罪状，最重要的一条是，上次说的，金彪去西藏和云南慰问回来就要升科级，都快半年了，居然还没有下文。前两次他们部门提干，就没轮到金彪，照这样下去，头顶秃光了都不会轮到他，这又如何让老婆过上伊丽莎白女王或者慈禧太后般的生活？

向来如同绵羊一样的金彪，这一回居然破天荒地起来反抗了，说："你根本就不懂我的难处，在政府机关工作我容易吗？你在文化馆里跳跳舞，那就叫事业了？就不能要孩子了？我看你就是自私！"

自从结婚后，袁媛第一次遭到金彪的打击，并且这一次的打击力度非常大，她简直要怀疑这个男人是不是金彪了，在她的印象中，金彪是没有反抗精神的。当然，袁媛的嗓门比金彪更响，袁媛的撒手锏更厉害，她冲着气急败坏的金彪大吼一声："我要离婚！"

金彪没有继续和她争吵下去，他沉默了，并且连续沉默了两个星期。袁媛是不会认输的，看谁憋得过谁。两个星期后，金彪顶不住了求饶了，然而袁媛没有松口，她铁着脸对金彪说："我可没开玩笑，你就认真考虑一下离婚的事吧。"

袁媛说到这里，方凡就抿了抿嘴角，笑着说："好，离婚好，我陪你，我也和刘品离婚。"

林丽丽忍不住问："为什么呀？"

方凡说："袁媛和金彪，这么郎才女貌的一对都要离婚了，我还不离？刘品比金彪差多了，不会赚钱，不会体贴人，闷葫芦似的，一整天不说一句话。"

"刘品可是博士，以后会赚大钱的，你别站着说话不腰疼了。"袁媛的口气酸溜溜的。

方凡连连摇头，下狠力地贬低自己的丈夫："没希望，光知道念书，一点都不懂人情世故，这种男人，没有安全感。"

这显然是在安慰袁媛，又好像确实勾起了方凡对自己老公的不满。林丽丽看看左边的袁媛，又看看右边的方凡，嘴唇微微内收，怯生生地说："你们都离婚，就剩下我一个，那我也离婚算了。"

方凡就笑起来："我们要离婚，你凑什么热闹？"

袁媛一撇嘴，也笑出来："你们家张毅多好啊！要相貌有相貌，要才能有才能，简直是个完美男人啊！"

林丽丽就用斩钉截铁的语气说："你们要是都离婚，那我也离婚，离婚后，我们三个还是租房子住在一起，好不好？"

其实，林丽丽不是一个会表演的女人，她想表达和女友们很铁，铁到可以为友情而牺牲婚姻的地步，但她过于夸张的语气，反而显得虚伪。然而，女友们是理解她的，这样一个保守的女人，能在口头上牺牲自己的老公已经很不错了。于是，三人就嘻嘻哈哈地，笑闹了起来。袁媛似也不再为自己和金彪的离婚战争而烦恼了，又成了一只多话的鹦鹉。

没有男人参与的聚会，就是这么放松，女人与女人之间，不必端着架子装文雅，想说什么可以直接说。把自家男人放在嘴上比来比去，那是一种游戏，一种消遣。若是真刀真枪地把男人拉出来比武，那就要伤感情了。虽然三家六口的前三次聚会表面上还算和谐，但没有明争，暗斗却是心照不宣的。女人们感觉有些累了，便觉得那种男女混合的聚会，还是少举行为好。

女人们喝着茶，聊着天，东聊西扯的，林丽丽就劝袁媛："你就别和金彪闹下去了，认真一点，早点要个孩子吧。"

袁媛却很干脆地说："我和金彪？早就说过了，我是不会要孩子的，除非，除非……"

袁媛的眼珠子在方凡和林丽丽身上转过来、转过去，然后很快说了一句："除非把金彪换成刘品或者张毅。"

说完，袁媛顾自笑得浑身乱颤。方凡就说："别以为刘品是什么好种，他这个人太偏执。偏执的人，容易孤独，弄不好就心理扭曲。严重一点的，精神出问题。你要是喜欢，我就拱手相让，这样吧，我离婚，把刘品让给你。"

方凡对刘品六亲不认的分析比较客观，很有说服力。袁媛却说："就算刘品不怎么样，那张毅呢？张毅总归是好的吧？"

袁媛的意思，好像是要说，三个男人，唯独金彪是一颗不怎么优秀的种子。可是话说出来，产生的效果却是相反的，谁都能听出来，她就是因为自家男人没出息，就想着法子要证明女友的男人也未必是好的。

林丽丽的嘴唇嘬得紧紧的，仿佛怕一开口就被女友们占了便宜去。袁媛却顾不得这些，摇着她的手臂催道："你说说，张毅到底算不算好？"

林丽丽被袁媛催急了，就红着脸说："你们要是觉得好，我明天就去离婚，谁喜欢谁拿去，我没意见。"

女人们争相说着"离婚""离婚"，好像都很有兴趣要去试试离婚究竟有多好玩一样，又仿佛若不慷慨地把"离婚"这两个字说出口，就是对自己的婚姻没有信心、没有把控能力似的。她们都默认了一种可能，假如一个女人敢在公开场合说要和老公离婚，那说明她根本就不担心离婚这种事情会发生在她身上。真要离婚的人，不会整天吵着喊着说离婚的。

林丽丽已经在这一天的聚会中第二次提到了"离婚"，脸上是笑着的，然而，她的两片嘴唇却愈发地紧缩起来，"离婚"这两个字，从她紧紧嘬着的嘴里吐出来，颤巍巍、怯生生地，实在是没有底气。

方凡就觉得，此刻是需要安慰一下林丽丽了，便说："你家张毅真的很不错，有才气，有思想。你呢，脑子又那么好，我觉得，你们才应该生个孩子，你们的孩子肯定最出色了，这叫强强联手，优势整合。"

方凡说得头头是道，听上去她对张毅好像十分了解。袁媛也跟着起哄："林丽丽你简直太幸运了，这么好的遗传基因，不生孩子太亏了。"

两位女友这么说，林丽丽的脸上就一阵红、一阵白的。袁媛还不罢休，还劝着林丽丽，重复了好几遍。林丽丽端起茶杯，深深地喝了一口，突然抬起头，很大声地说："你们干吗自己不要孩子，倒竭力鼓动我要？我才不上当呢！"

这话听起来倒像是一个任性的小女人在撒娇，可这情形，又不似说笑，空气里就有了一丝火药味。袁媛被噎住，几乎要发作了："哎哎，你说，我们给你上什么当了？"

方凡拉了拉袁媛的袖子："袁媛你真是的，林丽丽是谦虚，开玩笑都听不懂啊？"

方凡的圆场打得有些牵强，但气氛还是稍稍缓和了一些。林丽丽也很快转过弯来，嘴唇紧缩着，顺水推舟地嘟哝道："就是，你们都离婚了，我怎么好意思不离婚？你们都不想要孩子，我怎么能一个人要孩子？"

这话，真正是有些可笑，倘若被某个男人听到，当真会笑掉大牙的。可女人就是不需要在这种事情上有正常逻辑，她们通常是矛盾的，她们赞美一种幸福生活，向往的却是另一种幸福生活；她们自曝倒霉的时候，其实是在炫耀自己的幸运；她们说恨透了某一个男人，骨子里是爱死了这个男人……真是矛盾的女人！矛盾让女人变成了一种虚伪的动物。

至此，女人们第一百次地得到了统一的意见——放弃做母亲的权利。这种事情，自然是统一为好，要是落了单，就说不清是好是坏了。

八、游　戏

最近几次的聚会，究竟是有些微妙了，女人们的生活中多了男人的因素，就显得不那么纯粹。可女人们似乎又很相信她们的友情是十分牢固而可靠的，总是要拿一些敏感的话题去考验各自的承受力。当然，这些话题她们单身时也是经常提及的，只是那时候，她们比现在要皮实得多呢，她们青春而单纯，像个没发育好的苹果，坚硬到什么都无以伤及她们。然后，苹果成熟了，从树上摘下来了。起先，苹果还新鲜着，表皮光滑紧绷，没有瑕疵，也没有伤痕，自然是不容易受到细菌的侵犯。然而，苹果总是放在充满污秽的空气中，接触着各种各样的有毒有害物质，又总是会遇到碰撞跌打的事，于是便受伤了、感染了、腐烂了，看上去、当然也不完美了。

如今的袁媛、方凡和林丽丽，就是从树上摘下不短时日的苹果，早已过了不受浸染、不被污浊的时候，可她们却又不自知，总觉得自己依然是纯粹而美好的，还经得起摔打和磨砺。她们不知道，女人不是越磨越光亮的钻石，而是越老越容易腐烂的苹果。

没有孩子的女人，就有些太过空闲，便总想着要找事情来做。这一日，她们约好了一起去逛外贸服装市场，各自买了一堆衣服，又找到一家咖啡馆坐了下来。

许是适才淘到了几套又便宜又时尚的新衣，女人们的心情都比较好，闲聊的内容也相对开放，话题止不住地又跑到了男人身上。还是袁媛起的头，说："我现在都不敢和金彪一起出门了，昨天晚饭后散步，路过一家水果摊，看到有新鲜的草莓，就买了两斤。摆摊的老太太居然说：'阿妹，两斤太少了，你和你爸爸两个人吃，三斤差不多。'气死我了！"

方凡一口咖啡含在嘴里，几乎喷出来。林丽丽笑着说："没那么夸张吧？"

袁媛很严肃地说："没骗你们，真的！"

方凡就说："世上又有几对夫妻是完全般配的？你们只是长相不般配，有些夫妻是性格、兴趣、价值观样样不对路，那才叫不般配。"

林丽丽很敏感，方凡这么一说，她就要对号入座了，好像样样不对路的夫妻，说的就是她："人家就是这么说我和张毅的，一个画画的，一个做会计的，怎么能过到一起去呢？"

方凡听出来，林丽丽小女人脾气又作祟了，便说："你们那还是表面现象，职业不同不是最根本的矛盾，骨子里的南辕北辙，那才可怕。"

方凡说完，心里又有些不甘，凭什么非要附和着林丽丽的性子说话？她小心眼，就要迁就她？总是照顾她，她倒不知别人的好心。这么一想，方凡心里就生出了一个主意，便不动声色地喝了几口热茶，慢吞吞地说："假如，把我们这三对夫妻拆散了重新组合，你们觉得，谁和谁最般配？"

这是一个比较大胆的设想，方凡一提出，袁媛的脸上就露出了毫不掩饰的兴奋。方凡就继续："这样吧，我们来做个游戏，假如把刘品、金彪、张毅这三个男人放在一起，让你选一个做你的老公，你愿意选谁？"

林丽丽立即反对："不玩不玩，这游戏，听听都吓死人。"

袁媛却跃跃欲试："玩玩吧，又没人当真。"

方凡就说："要是不好意思说出来，我就给你们每人一张纸条，把你选的男人的名字写下来，怎么样？"

林丽丽苦笑着："那有什么区别？最后都会知道的。"

袁媛却嬉笑着说："知道怕什么？谁不知道谁啊！对了方凡，单选题还是多选题？"

方凡："不要太贪心，只能单选。"

容不得林丽丽反对，方凡已经从包里拿出一本便签，撕了三张纸条发到每个人面前。袁媛首先拿起笔，咬着嘴唇想了想，下决心似的，写下了一个名字。方凡呢，似是早就想过，毫不犹豫地写下了一个名字。两人都把纸条合在桌上，等着林丽丽。林丽丽拿着笔，就是下不了手，那两个催了好几次交卷，逼得没办法了，她才长长地叹了一口气，写下了一个名字。方凡说："好，都写下来了，我先请你们阅卷。"

说完，把合在桌上的纸条翻了过来，另两个的脑袋凑了上去，只见纸条上赫赫然两个字："张毅。"

林丽丽的脸一下子涨红了，她讪笑着，嘴角启了启，想要说什么，没说出来。袁媛却拍手跺脚哈哈大笑着翻开了自己的纸条，白纸黑字，清清楚楚的两个字："张毅！"

林丽丽瞪眼看着纸条，发红的脸色渐渐变白，脸上本就可怜而尴尬的笑也隐没了。两张纸条已经打开在她面前，张毅、张毅，居然都是张毅。她的丈夫已经被两位女友瓜分，而自己的那张纸条，正被她压在手掌下。袁媛说："快打开吧，看看选了谁。"

林丽丽摇着头，双手依然覆盖着纸条，一副不肯就范的样子。袁媛嬉笑着哀求："看看吧，就看一眼，求求你了好不好？"

说完，袁媛伸手要去掰开林丽丽的手，林丽丽却一跃而起，整个人往桌上一趴，纸条压在了她身底下。袁媛一看这阵势，就嚷嚷着："不许耍赖，你都看了我们的，凭什么不让我们看你的？"

说着，纵身扑在了林丽丽身上。

在林丽丽的尖叫声和袁媛的大笑声中，方凡也参与了进去，她从林丽丽身子底下去挖她的纸条，挖不到，就在林丽丽的腰眼上挠痒痒。就这样，三个女人扭在了一起，好似橄榄球运动员抢球一样，一个叠一个，垒成了一座小小的人山。人山下面传出袁媛肆无忌惮的笑声，方凡挠痒痒时嘴里发出的"嘘嘘"声，还有碰翻了杯子、撒了小点心的撞击声，好不热闹。林丽丽呢，起初只是发出几声短促的尖叫，然而女伴们是玩疯了，尖叫根本无用，就闷着脸求饶："别抢啦，别抢啦，求求你们别抢啦……"求着求着，声音里就带了哭腔，就啜泣起来，嘤嘤的，而后干脆发出了"哇哇"的哭声。

那两个笑闹了一阵，发现被压在最下面的林丽丽有些异样，这才安静下来，一听，居然哭了。方凡慌忙直起身，又拉了一把袁媛，两个女人放开了最下面的林丽丽。

林丽丽并不起来，她依然趴在桌上，面部紧紧贴着桌面，紧俏圆润的背脊一耸一耸地抖动着，已经哭得汹涌澎湃了。这一下，袁媛和方凡就看不懂了。袁媛说："有什么好哭的？说了是做游戏，怎么变得玩不起了？"

方凡说："是不是哪里压伤了？你直起身来，看看能不能动？"

林丽丽还是趴着哭，一点都没有要离开桌面站起来的意思。袁媛忍不住了，就去掰她的肩膀，掰不动，方凡就上去帮忙，左边一个，右边一个，搀住她的双臂，想要扶她起来。两人一使劲，林丽丽却一个挺身站起来，用力甩掉两双扶住她的手，对着袁媛和方凡，慢慢地打开了她的掌心，那张纸条已经变成了一小团纸球，歪瓜裂枣般躺在她的手心里。

袁媛和方凡不敢动手拿纸条，她们只是看着林丽丽，看着这个缺乏娱乐精神的无趣女人，她们想，她究竟要干什么？

林丽丽泪眼婆娑地盯着她的女友们，慢慢地打开纸团，然后示威似的，在女友们面前举起那张皱巴巴的纸条，用力一撕，纸条变成两片碎纸，接着，变成四片、八片、十六片、三十二片……最后，变成了一把碎末。林丽丽一扬手，白色的小纸屑蓬蓬然飞起来，细雪花似的从半空中悠悠地飘落而下。

等到纸屑飘尽，全部落在了桌面和地面上，林丽丽才擦了一把眼泪，煞白着脸转过身，头也不回地朝咖啡馆出口走去，决绝得没有一丝回旋余地。袁媛和方凡目瞪口呆地看着林丽丽，直到她的背影消失在楼梯转角口。袁媛大叹一声："唉！说翻脸就翻脸，发什么神经啊！"

方凡说："你头上都是纸屑，快梳梳头吧。"

袁媛赶紧从包里摸出一把小梳子，一边梳她那一头波浪长发，一边说："林丽丽怎么回事？玩玩都要生气，真没意思。"

方凡摇头叹息："她要是选刘品，我是不会生气的。"

游戏似乎玩得有些过火了，林丽丽哭着跑了，好像是袁媛和方凡欺负了她一样。

"她是妒忌我们。她没有艺术细胞，又不会打扮，你想想，我是搞舞蹈的，你是搞文学的，她呢？一个会计，和我们混在一起，肯定有压力，她大概真的怕我们抢她的老公。"袁媛说这些话的时候，方凡的脸上始终带着一抹不屑的笑意，她摇了摇头："也许另有原因，我们只是不明真相吧。算了，不玩就不玩。"

袁媛想起了林丽丽的纸条："你刚才看清楚了没有？她那张纸条上写了谁？"

方凡说："她一打开就撕，来不及看清，纸条就变成碎片了。"

接下来，这两个女人就一直在猜测，林丽丽究竟写的是谁的名字。她们两个都写了张毅，那么林丽丽写的是谁？是金彪呢？还是刘品？

九、怀　孕

自从林丽丽哭着跑出咖啡馆后，女人们就没有再聚过，两个月过去了，没有一个人想到要去邀请另两个。其实方凡是想过的，但一想起来，又觉得意兴阑珊。若是让她主动打电话给林丽丽，就等于是向她低头赔罪，这又有些不甘心。她有什么错？凭什么让她低声下气地去找林丽丽？可是，如果不叫上林丽丽，就她和袁媛两人聚会，又有什么意思呢。说实话，方凡觉得和袁媛在一起，那才真叫乏味，她除了说金彪长金彪短，还能说点别的什么呢？当然，若让她单独和林丽丽聚会，也是不好玩的。林丽丽这个人，且不说她城府有多深，就是一句话，她也是说半句藏半句的。所以，只有三个人都在场，那样才好玩，才有趣。想来想去，方凡就懒洋洋的，没有兴致去约她们出来了。

袁媛呢，不知在忙些什么，居然也一直保持沉默，好像那天搞得林丽丽大哭之后，她就忽然变沉稳了，不再“叽叽喳喳”整天关不拢嘴巴了。林丽丽呢，更不可能主动来找另两位，她大概是铁了心要和她们断交，才会这样不顾脸面吧？友情之鼎果然是少不得一足的，也没有谁说要散伙，可就这样，差不多就是散伙的样子了。

又是半个月以后，方凡去医院检查身体，因为例假延迟十多天还没有来。一查，居然怀孕了，算来算去，就是去参加画廊开幕式的那天晚上，和刘品在地板上做的那一回怀上的。方凡想，结婚的时候就和刘品说好不要孩子的，一不小心有了，就只能吃点苦头去打掉了。她估计，要是告诉刘品，他一定会说：“哦？孩子？不是说了不要孩子吗？你看着办吧。”

可还是要告诉他的，男人做下的事，怎么能不告诉肇事者？晚上，方凡就把怀孕的事跟刘品说了，没想到，这个书呆子竟高兴得围着方凡团团转，一个劲地问：“老婆你想吃什么，老婆你想喝什么，老婆从今以后你不要擦地板，不要洗衣服，不要洗碗，一切家务我包了……”书呆子忽然变成了模范丈夫，这倒让方凡有些措手不及了。

刘品开始想象他未来的孩子：“如果是女儿，长得像我好，儿子像你更好。要是女儿，将来让她学古筝，儿子就学钢琴。叫什么名字呢？刘一凡？呵呵呵……”男人沉浸在美好的憧憬中，竟笑出了声音。

方凡看着一脸傻笑的刘品，心想，原来他是很希望有一个孩子的，只是，他从来没有把真实想法说出来过。这么想着，她就觉得，自己大概真的有些过分了，她一直觉得刘品迟钝、木讷得简直像少长了某根神经。现在她想，也许并不是刘品木讷，而是她太强势了，她让他失去了话语能力。

方凡抚摸着自己平坦坦、紧绷绷的肚子。肚子还没有显出怀孕的迹象，但检验单上明确写着，这里的确已经孕育着一个小生命了，方凡就禁不住有些感动起来。她又看了看刘品，心想：其实这个男人还是不错的，有几个男人到了这个年龄还能潜心读书的？

方凡想了很多，最后，她认为自己也是想要这个孩子的，至少现在，她知道她心里荡漾着的那种感觉，跟幸福有关。

当晚，方凡就打电话给袁媛，报告了她怀孕的消息。袁媛在电话里反复地问："真的吗？你真的决定要孩子了？"

在得到方凡重复的肯定后，袁媛忽然在电话里抽抽搭搭地哭起来，方凡吓了一跳："出什么事了？干吗哭？"

袁媛抽泣着说："我也怀孕了，上个星期查出来的，我没敢告诉你。说好不要孩子的，我自管自先有了，怕你们笑话。"

方凡就笑起来："你想有就有，没人阻止你啊！"

袁媛破涕为笑："可要是生个女儿，像金彪那样胖的，还秃顶，可怎么办啊？"

方凡笑得更开心了："不会的，放心，我保证，你不会生出又胖又秃顶的女儿的。"

袁媛听了，又抽泣起来："你凭什么保证啊？你又不是金彪。还有，我以后怎么跳舞啊？"

方凡就有些不耐烦了："袁媛，你什么时候可以不要那么天真了？你都快要当妈妈了！"

袁媛就不再撒娇装傻了，停顿了一会儿，说："不知道林丽丽怎么样了，她要是知道我们都怀孕了，会不会也急着要张毅快快给她播个种？"

方凡呵呵地笑着说："完全有可能。"

袁媛就说："我明天去一趟财务室，报销下乡演出费用，顺便看看林丽丽。”

方凡说：“好，找个时间我们聚一下。”

大概，怀孕中的女人都会得健忘症，好像她们不约而同地忘了，林丽丽正在与她们闹别扭呢。也或者，做了母亲或者准母亲的女人，会比一般的女人多一些善良和理解。

第二天中午，袁媛急吼吼地闯进方凡办公室，关上门，小声说：“你听说了没有，林丽丽在闹离婚呢。”

方凡吓了一跳：“什么？真的假的？闹着玩吧？”

袁媛说：“真的，我去财务报销，听小王出纳说的，林丽丽已经两个多星期没上班了。小王说，林丽丽看不住张毅，那个风流才子外面有花头哦。其实，我早就看出来了，他们这一对就是不般配嘛。我说了一百次要离婚啦，要离婚啦，也没有离。这种事情么，吓唬吓唬男人的呀，她倒好，玩真的了。”

方凡叹了一口气：“早知今日，何必当初。也怪林丽丽自己，做女人呢，得学会一套看住男人的本领，她太老实了。”

这么一说，女人们就觉得那个哭着逃离她们小团体的女人，真真是有些可怜。袁媛就说：“要不要给林丽丽打个电话，约她出来聚一下？”

方凡想了想，说：“行啊，这种时候，我们应该在她身边。”

两个怀有身孕的女人便自作主张定好了时间，打算约她们的女友出来聚会。她们觉得，不管林丽丽之前是否对她们有意见，总之这种时候，应该主动去约她，要不也太不够朋友了。

女人真是一种奇怪的动物，她们总是充满了同情心，同情那些遥远而不相干的穷人，为电影、电视里虚构的故事掉眼泪，对街头的流浪狗和流浪猫充满怜惜之情。身边的女人若是遭遇挫折了，她们当然也会同情，并且，还格外乐意接受那个比她倒霉的女人的友情。这个中缘由，也许是女人的同情心起了作用。也或者，在倒霉女人面前，她们更有优越感和成就感？

当然，方凡和袁媛想要安慰失意的林丽丽，那是很真诚的。她们在上岛咖啡订了个包房，然后，准备给林丽丽打电话。袁媛说：“你想，林丽丽要是拿起电话机，一听是我们的声音，她会不会忍不住哭出来啊？”

方凡：“也许会吧。”

袁媛又说：“要是听到她在电话里哭出来，我肯定也会陪着她流眼泪的。”

这么一说，袁媛的眼圈果然就红了。方凡：“哭有什么用？应该对她说：‘林丽丽，别哭！把那个男人扔在一边，别管他。快出来吧，我们等你。’”

说完，方凡自己先笑起来，袁媛也红着眼圈笑问：“然后呢？”

“然后？然后，我们就把她约出来呀。”方凡说。

两个女人都想到了接下去的一幕，她们把遭遇婚姻危机的女友请了出来，并且给了她一场无微不至的关怀、安慰，以及为她岌岌可危的婚姻出谋划策，为她如何对付一个花心男人商议种种办法……也许，林丽丽就这样走出了一场危机了呢。

方凡拿起了电话，按下了林丽丽家里的号码。袁媛乘机在边上按了一下免提键，两个女人一起听着电话响了三下，然后接通了。

“喂，找谁？”她们听出来，是林丽丽喑哑而无精打采的声音。

不知道为什么，女人们忽然都觉得有些紧张，袁媛按了按心脏，急得挤眉弄眼的。方凡沉了沉气息，对着免提话筒说：“林丽丽，是我们，方凡，袁媛……”

林丽丽原本很是萎靡的声音，忽然就变响了：“哦？有事吗？”

跟她们想象中不一样，林丽丽非但没有哭出来，听起来反而越发强硬了，根本没有袁媛跟着电话机一起掉眼泪的机会。方凡呢，也不可能说出那句“别哭，快出来吧，我们等你”的话了，她小心翼翼地说：“是这样的，我和袁媛，想请你出来，聚一聚。”

“哦！真不好意思，我这会儿正忙着给张毅整理行李呢，他要去日本做个画展。谢谢你们的好意了，再见！”

不容方凡说第二句话，“嘟嘟”的忙音就响了起来。两个女人看着电话机，发了好一会儿呆。袁媛醒悟过来，狠狠地说：“男人要出国办画展，就神气成这个样子了，哼！”

刚说完，她又很是疑惑地问方凡："她这样子，像是要离婚的人吗？"

方凡摇了摇头："谁知道！死要面子吧。"

说完，方凡打开抽屉，拿出一本《孕妇须知》交给袁媛："送你一本书，祝我们都生出一个健康漂亮的宝宝。"

说完，也不管袁媛还呆站着，方凡就拿出自己的那本《孕期保健》，埋头读了起来。

袁媛拿着书，悻悻地离开了方凡的办公室。她想：方凡这个人，心肠硬起来简直像个男人，我可做不到无动于衷。林丽丽还是蛮可怜的，刚才电话里的声音，明显是强装体面，还是找个时间去看看她吧。

当天晚上，袁媛特意买了一个水果篮，按着记忆中的路线，寻往林丽丽家。她还记得，林丽丽结婚前，她和方凡来参观过她的新房。袁媛走到那个小区的一栋楼下，觉得就是这里，可是，想不起来究竟是几层几号。她抬起头，仰看着一扇扇格子窗户，想着要不要大声喊林丽丽的名字。一低头，却见拐角处有一个女人，高挑挑的个子，戴着眼镜，耸着胸，东张西望地朝这边走来。袁媛看着正迎面而来的女人，嘴巴一咧，就笑起来。

方凡也看见站在楼下的袁媛了，她冲袁媛挥了挥手，加快了脚步。两人在楼梯口碰了头，相互问道："是这个门洞吗？"

"好像是302。"

"进去再说。"

"走吧。"

两个女人竟一点都不惊讶会在这里不期而遇，就像早就约好了似的，肩并肩地进了她们另一位女友家的楼道。

"叮咚叮咚……"林丽丽家的房门应声而开。

林丽丽手握门把手，脸上还残留着些许泪痕，她惊愕地看着门外的袁媛和方凡，眼泪又夺眶而出……

落　红

一、关于沙发

林妙珍坐在沙发上织绒线的画面，像一张经久不衰的照片，每天在这个家里展示着。沙发是单人的，二十世纪八十年代末的流行样式，狭窄、高挑，木柄扶手，四条木头细腿支撑着并不壮大的主体，粗厚的紫红帆布紧致地包裹着犟头倔脑的弹簧，把坐垫和靠背连成笔挺的直角。印着红牡丹的线毯严丝合缝地铺在沙发上，只露着两条经年被人的手臂摩擦触摸得发黄发亮的扶手。线毯洗过无数遍了，红牡丹便有些暗旧，如凋落了数日的花，强撑着花的型，却已无以掩饰奄奄一息的态。这沙发是一对，主人坐着的只能是其中的一只，所以另一只，虽隔着茶几，总像是第三者，在林妙珍和这一只亲密接触的时候，责无旁贷地充当着电灯泡。好在，林妙珍并不厚此薄彼，她通常会轮流着坐。因为一视同仁，这对沙发便保持着基本同步的衰老节奏。虽三十岁高龄了，布面没有一点破损，弹簧也没有走形，硬扎挺阔着，有些老当益壮的意思。

这种老式沙发已被大多数家庭淘汰，取而代之的是诸如真皮、布艺的新款沙发，低矮、庞大、柔软，坐下去会深深地陷入其中，仿佛坐进了云雾中。然而，林妙珍却怀旧，她一直保留着这对旧沙发。并且随着年龄的增长，每天身体与沙发厮磨的时间也呈攀升的趋势。与沙发配套的，还有一只木纹油漆三联橱，一只四尺半棕绷双人床，和床边那只被人们改名换姓叫作床头柜的“夜壶箱”。这些家具，是林妙珍当年的嫁妆，如今，它们全部蜗居在卧室里。卧室便保持了三十年前的模样，也算是自成一体。一门之外的客厅，就是另一个世界了。

客厅里也有沙发，是奶黄色仿皮的，带贵妃椅的那种。林小米吵着要买，起先，林妙珍说：“等你大学毕业有了工作，自己赚钱买好了。”可坚持了半年，拗不过女儿，只好给她买回来。新沙发搬进家时，林小米说：“姆妈，我们把旧沙发扔了吧。”

林妙珍说：“我要坐在上面织绒线的，不扔。”

林小米就说：“新沙发和旧沙发摆在一起，太不协调了。”

林妙珍看了一眼刚进家门的奶黄色庞然大物，目光里有一丝不屑，开口说出来的话，却带着醋意：“我坐不得这个，坐了要晕车的。我的沙发配不上你的沙发，我搬到自己房间里去好了。”

林小米和母亲咬文嚼字：“那也不能叫晕车，应该叫‘晕沙发’。姆妈，你创造了一个新词汇，天才啊！”

说完，林小米兀自“咯咯”疯笑，浑圆结实的年轻身体在新沙发里滚来滚去，仿佛把沙发当成了新交的男友，借着某一条理由，在他身上初试撒娇，是带着心机的刻意考验，看起来，却是天真得心无芥蒂。

林妙珍没搭理女儿，她卷起袖子，开始搬旧沙发。林小米停住笑，从新沙发里一跃而起：“姆妈，我们一起搬。”

其实，林小米倒不是一个有心机的女孩子，林妙珍呢，却赌气似的，一转身，用身体挡住了林小米。她不让女儿碰她的沙发，好似林小米是她多年的闺中密友，直到今天才忽然发现，她的女友居然是这样的重色轻友，便看透了似的，怎么都不愿意接受对方讨好的歉意了。

林妙珍是有些自作多情了，林小米并没有抱着歉意，她只是出于常理想帮母亲的忙，却受了阻挡，于是，便有了偷懒的理由。她重新把自己扔进她的“新欢”，四仰八叉地横躺下来，还打了一个颇为享受的哈欠。林妙珍便更觉委屈，她弯下腰，用了加倍的蛮力，沙发居然被她抬起了半边。

没有林小米帮忙，林妙珍独自把两只旧沙发移进了卧室，虽是勉为其难，但毕竟，沙发是搬好了。平时她哪来这么大力气？今日，分明是化悲痛而来的力量。说悲痛，是有些严重了，可林妙珍这个人，一辈子的时间，大部分用来坐在沙发上织绒线，又会有什么样的事情是严重的呢？偶尔有过那么一两件，也都是往事了。往事这种东西，不提也罢。

林妙珍摆妥沙发，气喘了好一会儿，直到急促的呼吸渐渐平息，才在沙发上坐了下来。好似担心移动过的沙发不再是原来的沙发，她故意扭了扭身体，制造出一些臀部与沙发之间的摩擦，又用后脑壳在沙发靠背上轻轻地撞了两下，这番考验还不够，她又拿起一副由四根棒针穿着的织到一半的绒线，试着操作了几针。还好，双臂搁在木柄扶手上的感觉，还像原来一样舒适，坐了三十年的坐垫，依然坚定而又坚韧地承受着她的躯体。相比林小米之于新沙发，林妙珍倒更像是把旧沙发当成了她的情人，且她又是多么坚贞的一个人，从一而终地投入这一个怀抱里，没有变心的意思。连她的身材，似也为了与这个并不宽大的怀抱匹配，而保持着年轻时的轻巧。

从这一天开始，林妙珍坐在沙发上织绒线的照片，从客厅移到了卧室里。客厅里的仿皮新沙发，她是从来不坐的。偶尔发现自己的拎包或者外套被林小米丢在新沙发上，她就快手快脚地收拾掉，生怕与新沙发有染而对不起旧沙发似的，心里不由得生出一些内疚。有一回，林妙珍去超市买菜，出来时，外面下雨了。她想起晾在阳台上的衣服要淋湿了，就冒雨跑回家。一进门，她就发现林小米已经把衣服收进来了。大约是怕湿衣服堆在一起发馊，林小米很内行地把半干的衣物一件件摊在仿皮沙发上。林妙珍惊恐地看到，她的一条平脚碎花棉布内裤蓬松松地撑开着，以一个小巧而饱满的臀形，触目惊心地平躺在新沙发奶黄色的仿皮上。

林妙珍暴跳如雷，这在她的情绪史上是从未有过的。林小米起先吓得目瞪口呆，她不明白母亲为什么发火。等到林妙珍的火气慢慢偃息下来，她依然不知道，衣服放在沙发上有什么错。于是，林小米接过母亲的火炬，开始发作。这一次，母女俩冷战了整整一个月。那条平脚花布内裤，林妙珍再也没有穿过。倒也没有扔，扔东西不是她的习惯，只是塞在专放内衣裤的抽屉角落里。如同皇帝的某一个妃子，莫名其妙地，不知把属于皇帝的贞操弄丢在了谁的手里，从此失去了被宠幸的机会。这条花布内裤也像女人一样，一旦失了宠，便迅速地凋零了。它蜷缩在抽屉一角，像团抹布似的，时间久了，便生出一股纺织品发霉的隔宿气，夹着樟脑味，越发显得猥琐焦枯。强撑过一段时日，最后，还是一个扔的结局。

现在，除了厨房和卫生间，林妙珍大多数时间待在卧室里。卧室里的电视机也是早年的旧货，调不出几个频道。图像倒还清晰，只是每隔三五秒钟，屏幕就闪一闪，像人的眼睛，总要不经意地眨一眨，再眨一眨。林妙珍并不在乎电视机如何，只是多一个响动而已。她更在乎的是沙发，沙发没有问题，她就安心了。

偶尔，林妙珍回一趟娘家，走一走亲戚，出门的时间长了点，等到回家，她就像是犯了瘾的烟民，急急地进到卧室，拿起某件也许已经织到快要开袖口的白色棒针衫，朝旧沙发里一坐。动作急迫且稍稍夸张，久违了似的，拉开腰身，摊手摊脚地，仿佛要尽力占满整个沙发。她要在沙发上赖一会儿，才坐直身体，一如既往地捏起棒针，开始织绒线。

电视机照旧是顺手开了，林妙珍一会儿低头看绒线，一会儿抬头看电视。因为手里是节奏均匀的熟练操作，身躯便也跟着一动、一动又一动，抽搐似的，仿佛是为了配合电视屏幕人眼般的一眨、一眨又一眨。大半件已经完成的白色棒针衫堆在她膝盖上，像一只慵懒的波斯猫，在有节奏的轻摇中，趴在她腿上惬意地瞌睡着。

二、关于内裤

林妙珍和林小米母女俩长得并不相像。林妙珍矮小，林小米高挑；林妙珍是瓜子脸、白皮肤、小鼻子小嘴巴，林小米是鹅蛋脸，皮肤呢，接近时下国际流行的茶色，高鼻梁、略大的嘴，轮廓很是鲜明。林妙珍是天生小巧的体型，且没有因年龄增长而发胖，又是平胸，人就显得单薄，身量如同没有充分发育的少女，加之眉眼的细小疏朗，表情便不生动，甚至稍显木讷，这就近乎是不谙世事的单纯了。又因为不太有剧烈的喜怒哀乐，皱纹就少有机会显露，这样，林妙珍就显得格外年轻。但毕竟，真实年龄的痕迹又无处不在。这单纯，便在眉宇间被岁月填充，变成一片平白。于是，整张脸显出的就是一种平庸。林小米呢，浑圆、突翘，身量健壮，可算早熟型的身材，因为年轻，这健壮就不是肥胖，而是紧实，是雌性荷尔蒙充分发挥了作用，皮肤内里止不住地要迸发出一些成熟女性的气味。这样，正在念大学三年级的林小米，看上去就像一个明天即可嫁人生子的婚龄女青年，似乎一眨眼，她就会变成一个少妇。这母女俩，只有一样是相似的，她们都长了一双单睑的细长眼睛。但同一类型的眼睛，生在林妙珍脸上，是矜持，是收敛，是小家碧玉式的低调；生在林小米脸上，原本略微粗糙的面相，就多了一丝风情，看人的时候，似是带着故意招人注意的勾引。

这一大一小，走在一起，旁人看不出她们的母女关系。因为年龄差别之大，又不可能是姐妹。所以，她们看上去更像一对虽有年龄差距，但并不影响知交的朋友。别人家的母亲，有着母亲的权威，女儿呢，总是与母亲撒娇、耍赖、纠缠，被母亲教训或者宠爱。然而林妙珍却比林小米更容易赌气、更喜欢钻牛角尖、更意气用事。林小米身上有着新时代大学生最典型的特征，乐观、无畏、不知天高地厚、没心没肺。于是，就经常会出现这样的情况：林小米考试不及格，着急的是林妙珍；老房子拆迁时，林妙珍左思右想不能决定用拆迁费买房还是租房，林小米一掌拍板，买房！林小米要赴某位男生的约会，林妙珍看着她换衣装扮，面无表情地说一些风言风语，好像她嫉妒她的女儿是名正言顺的。

可又不能说她们一点也不像母女，逢到周末，林小米挽着林妙珍的臂弯去逛街，倘若小的要吃哈根达斯，大的就掏出腰包来买，只买一份，她坐在旁边，看着小的吃，嘴里还要说：“慢点，当心吃太快了肚子痛。”或者，林小米感冒发烧，大的送小的去医院吊盐水，一路上，林妙珍三番五次地要用自己瘦弱的背脊驮人高马大的女儿走，她明知道她是驮不动的。这种时候，她又很像一个母亲，真心实意地要为女儿牺牲一些什么。林小米便也跟着，像一个做女儿的了。

这么一比较，就看出来了，其实，在这两个人的家里，林妙珍并不是没有权威，掌控着她们母女之间情绪主导的，还是她。她看似孱弱、无主见、不活跃，甚至还怯场，但就是这样恹恹的，却摆布着林小米有时做她的女儿，有时又反过来做着她的家长。林小米呢，高挑健康，又冲得出，很上得了台面的样子，但也就是咋咋呼呼，嘴比心快。林妙珍不愿意出头的事情，她就挺身而出，成了一家之主。林妙珍做母亲的时候，她又变得处处看她脸色行事。她总是被动的，可看起来，她又是那么主动。

照理，像林小米这样相貌当属良好级的年轻姑娘，是要祸害不少男孩子的。然而，祸害男孩子不是靠相貌就能做到的。林小米赴了那么多男生的约会，至今也没有一个相对固定的男朋友。可她好像并不在乎，还是隔三岔五地和不同的男生约会，欢天喜地的，下一回，换一个，依然是欢天喜地，似乎，没有固定的男朋友倒成了一种荣耀。

林妙珍对林小米这样的"胡闹"，并未表示过明确的反对，倒不是她特别开放，特别能理解现在的年轻人，而是在林小米的个人问题上，她向来是明哲保身的态度。最多说几句不冷不热的风凉话，意思全在听者的理解。这样的风凉话，在林小米听来，简直就是餐前小吃，只起到开胃作用，而无正餐还未上就已填饱肚子的危险。

那一日，林小米换上一套丝绵吊带衫和牛仔低腰热裤，准备出门约会。她在镜子前转着圈子照了一番，问林妙珍："姆妈，好不好看？"

初夏的黄梅天，什么都要发霉的季节，林妙珍刚整理过箱柜里的衣物，该晒的要拿出去晒，夏季服装要翻出来洗一遍，预备穿。总有几样以往舍不得扔的旧衣，这一次是下了决心要扔。比如现在，林妙珍要扔的，就是那条曾经躺在仿皮沙发上的碎花棉布内裤。林小米问她"姆妈，好不好看？"的时候，她正好捏着团起来的碎花布从卧室里出来。林妙珍看了一眼袒胸露背的女儿："穿这么少，也不怕人家动歪脑筋？"

林小米笑，很得意的样子："人家不动歪脑筋才没劲呢。"

林妙珍当然应该纠正林小米这种错误的思想，这不是故意勾引男人吗？可她说出来的话，又不像是在教育女儿："你弯个腰试试？"

林小米傻乎乎的，真的弯了一个三十度的腰，好像在给林妙珍鞠躬。林妙珍前前后后看过，说："好啦，里面的胸罩看得清清楚楚，后面的屁股沟沟也露出来啦。要是人家还不动歪脑筋，那就算你没本事了。"

林小米哈哈大笑："姆妈，你真幽默。"

林妙珍还没说完话，其实，她是想教育林小米几句的，可她还没说出口，林小米就换上透明细带高跟凉鞋，像一只热力四射的汉堡包，一弹一跳地出门走了。

林妙珍已经忘了刚才还想说什么，她脑子里是林小米弯下腰后，吊带衫里负重着一对饱满的乳房的胸罩，和低腰裤里露出来的一截透明网花内裤。这是整套的内衣裤，肉粉色，她从没见过晾出来的衣服里有这样一套内衣，肯定是林小米新买的。问题是，她看得十分清楚，那只胸罩是没有带子的，就是两块三角形的布片，岌岌可危地兜着一对活泼泼的肉。还有，更令她无法忍受的，是林小米腰口露出来的那一截透明网花内裤。虽然只是一截，但唯其这么一截，才是真正的诱惑。她想象到了整条内裤的样子，细窄到简直不能叫"裤"，叫什么呢？她当然不知道，这种内裤是有名字的，它叫丁字裤。这可真是太危险了，任何危险的情况，都有可能从这条内裤上引发。

林妙珍打开捏在手里的那团抹布似的东西，心里忽然升起一股无以名状的委屈。这是什么？碎花、棉布、平脚，像一只布袋，对，这只能叫布袋。将近五十年的生活中，她一直用这种廉价的布袋，装着她身体的某一部位。这一部位，恰恰又是她认定为女人身体中最重要、最宝贵的部位，是她珍视和爱护到觉得必须要严密看护，绝不能轻易暴露的部位。她甚至为着这一部位的神圣不可侵犯，牺牲了她的新郎。可正是这个部位的隐秘性，让她从不觉得需要给它一个精致美丽的包装。既是没有第二个人看见，那还需要什么包装呢？那些包装漂亮的部位，只是因为要见诸他人而已。可是林小米居然穿了一条肉粉色透明网花小内裤。虽然这条小内裤小到让她无法接受，但林妙珍不得不承认，它真的是漂亮的。她说不出它具体漂亮在哪里，她也分明觉得她是应该嫌恶这样一条小内裤的，可她又忍无可忍地发现，它对她是有诱惑的。这么想着，她就生出了几分怀疑，是不是她最珍视的身体的那个部位，恰是她这么些年来最亏待了它的？

林妙珍穿的内裤，是前些年买回零料自己做的，后来才到商店里买现成的，只要安全、舒适就可以。安全是第一的，所以，总是平脚的多数，再加棉布，就完全符合了要求。她也在商场的内衣柜台里见过那种小布片、小鱼网似的内裤，但她从不会在这种地方停留。她总是认为，这样的内衣裤与她是没有任何关系的。好比电视里那些漂亮女人的爱情故事，那是演出来消遣人的，她基本不会跟着角色落泪、笑出声，都不会。林妙珍很现实，现实让她表现出理性，可这理性只是习惯，又没有思想的指导，于是，这理性一经表现出来，就是淡漠。她因此与任何事物保持着距离，从没有主动接近的欲望。包括这种已经跟随着女人们的身体满世界飞扬的漂亮内裤，也被她推开在生活的视线之外。

然而，就在刚才，她看到了林小米身上的那一截漂亮的透明网花，她忽然发现，挂在大商场里的那些离自己十分遥远的内衣裤，已经穿在了离她最近的林小米身上，它实实在在而又勉为其难地包裹着那个她最熟悉的丰满的臀部。这种她还未知其名的叫“丁字裤”的内裤，这下子可真是刺激到了她。她隐约觉得她被林小米甩了，林小米正在抛弃她。可是，她又找不到林小米的错，于是她想：是否自己做错了什么，却一直不觉得错？

林妙珍找出一把剪刀，像是要销毁什么罪证，把那团抹布似的东西，分割成了十几个碎布条。若是过去，林妙珍会把这样的碎布条集中起来，积到一定量，做一个拖把。但是今天，她毫不犹豫地就把这一束碎布条扔进了垃圾袋。客厅里，奶黄色仿皮沙发堂而皇之地占据着大块面积，她忽然想，林小米那条漂亮的小内裤也会被她扔在这个沙发上的吧？接下来，她又情不自禁地想到，如果她也有这样一条漂亮的内裤，如果那天被林小米收进来、摊开在沙发上的，不是她的碎花棉布平脚裤，而是她已然拥有着的肉粉色、网花、透明的这样一条，那么，她还会对林小米暴跳如雷吗？

林妙珍把自己吓了一跳，她慌里慌张地绕开仿皮沙发，快步走进卧室，迫不及待地一屁股坐进旧沙发。好一会儿，她一直呆坐着，没有去拿绒线和棒针。突突急跳的心脏，久久不能平静。适才的经历实在有些凶险，还好，她想，现在，她坐在了自己的沙发上。她伸出手，轻轻抚了抚油亮的木柄扶手，心里滚过一阵悬崖勒马般的庆幸和感激。

三、关于朋友

林小米要请她的同学来家里过生日，林妙珍问："几个同学？"

林小米说："十来个吧。"

林妙珍平白的脸上，有了一丝忧愁："我做不来那么多人吃的饭，怎么办啊？"

林小米说："我早就想过了，不用你操心。我去超市买一些熟食、啤酒，再买一个蛋糕，自助餐就可以了。姆妈，就是要你赞助点人民币。"

林妙珍松了口气，她不是一个能干的女人，除了织绒线，别的家务事，只是勉强完成。林小米要请同学到家里过生日，这是第一次。她想起自己的生日，从来没有请谁来一起过的。不是不想过，而是从未想到过。可是，就算想到了，她又能请谁呢？林妙珍搜肠刮肚数了一圈，除了娘家的兄弟、弟媳，阿姐、姐夫，再没有别人了。可是这些人凑在一起，不是和过年过节走亲戚一样吗？家长里短的，又有什么意思呢？林妙珍没有上过大学，不知道大学生们聚集在一起会干什么。但她觉得，大学生们的聚会和兄弟、弟媳，阿姐、姐夫们的聚会，肯定是很不一样的。过去，她不会在意别人的生活，尤其不会关注与她不是同一层次的人的生活。然而，从那次看见林小米露出腰际的一截透明网花之后，她就有了些许改变。她变得经常要为自己的命运发出一些哀叹，转而羡慕别人的好运。林小米的任何境遇，于她，都有着无法抗拒的吸引力。她总是不经意地要把林小米当成自己的参照或者对手，许是因为这个家里，没有第三个人。她一家小厂的档案室管理员，很少与人打交道，所以，出了家门，她又几乎没什么朋友。

年轻时的林妙珍，因没有认识到朋友的重要性，便忽略了她身边可能发展成友谊的任何机会和任何人。当她在与林小米的相处中，渐渐发现了友情的意义时，她已经没有机会、也没有能力去结交朋友了。于是，林小米成了她唯一的朋友。大约，林妙珍是属于晚熟的女人，年轻姑娘们拥有的敏感和多情，她是直到林小米都长成了大女人的样子，才渐渐浮出水面的。或者说，是林小米催生了她原本隐匿于身体内部的情感需求。可她又已经养成了凡事漠然处之的习惯，所以，她一边为林小米要请同学到家里来过生日而兴奋着，一边又习惯性地表现出几分不屑和无所谓。可是内心里，她早已在盼望着这一天的到来了。

没有任何意外，这一天如期而至了。林妙珍是把自己精心打扮过的，她想，她不能与那些二十岁刚出头的小姑娘差得太远，虽然她比她们年长了二十多岁，但她不是晚熟吗？她不是刚刚苏醒过来，觉得这一切都是重要的吗？所以，不管如何，她总不能太落伍。林妙珍上身穿了一件雪青高腰羊绒衫，下身居然是牛仔裤。她是有足够的资本穿牛仔裤的，身材一点都没走样，平白而不甚生动的面容，又让她稍显沧桑。猛一看，就是一个三十多岁的少妇。从背后看，甚至比林小米还要年少。可大清早起来，穿戴整齐后，林妙珍却一直待在卧室里，还是坐在她的沙发上，还是织绒线。她没有帮林小米去超市采购，也没有帮她把买来的熟食拆封、装盘。她听到客厅里一阵阵"踢踢踏踏"凌乱的脚步声，塑料袋"窸窸窣窣"的摩擦声以及盘子杯子清脆的碰撞声。她想象着林小米手忙脚乱的样子，告诉自己，这是林小米的生日，不是她的。她有她要做的工作，她不是在织绒线吗？于是，手里的节奏就分外紧凑起来，仿佛眼下，这件绒线衫才是当务之急。可是，那些姑娘们真是笃定啊！好像天底下没有一件事能让她们着急的。林妙珍手里的绒线衫几乎要进入收尾阶段了，她们才嬉笑喧闹着，姗姗来迟了。

林妙珍终于可以放下绒线，从沙发上站起来走出卧室了。她是林小米的母亲，女儿的同学来，她出去主动打个招呼，是最起码的待客之道。她站起来，整了整羊绒衫的下摆，看了一眼三联橱中间一联镜子里的自己，清爽而不土气、时髦而不招摇，很好。她理了理齐肩的直发，出了卧室，走进客厅。

来客都已喧喧嚷嚷的在眼前了，林妙珍怔了一怔，她发现，居然不只是姑娘，十来个年轻人中，有一半是男生。他们挨挨挤挤地把青春的躯体摆布在那张仿皮沙发上，东倒西歪的。有两三个女生把脑袋凑在一起说着话，又轰然散开，哈哈大笑。有几个男生在抢电视遥控器，他们在为看武侠片还是看足球赛争执。有一个男生，干脆躺在了沙发一端的贵妃椅上，脑袋靠着单侧的扶手，扶手上却坐着一个女生，所以，男生的脑袋其实是靠在了女生的大腿上。林小米却并不在场。这一幕，有些热气腾腾的混乱，年轻人毫无障碍地把这里当成了他们的家，他们并没有注意到，真正的主人已经隆重地出现在了他们的圈子边上。林妙珍一下子不知道自己该怎么和她们打招呼了，她甚至觉得她出现得很不是时候，她本是缺乏人际交往的手段，这时候，真不知道手脚该往哪里放，嘴巴该如何开启了。她恨不得立即回到卧室去，要知道，这是在她的家里呀，她怎么能忍受一群小恶魔对她的无视？

幸好，林小米出现了。她挽着袖子，一手托一个盘子，从厨房里出来，大呼小叫着："哎哎哎快来帮忙。"

林妙珍顺手接过林小米手里装着切片红肠的盘子，她不得不放下架子去端盘子了，此刻，端盘子正是一个机会，掩盖了她被忽略的尴尬面色。男生女生们终于被林小米召唤得转过脑袋，他们这才发现，一个瘦小干净的女人，正在忙碌着摆放桌上的吃食。进来时他们并未见到这个女人，现在忽然出现，他们觉得有些突兀。关键是，那么一瞬间，他们猜测不出这个女人的身份。她是谁？不像是林小米的母亲，以他们的经验，母亲肯定要比这个女人老。是钟点工？也不像，钟点工不会穿这么好的羊绒衫干活，钟点工也不会有这样细腻白皙的肤色。是亲戚？表姐？小姨？年轻人的猜测还未从混乱的思维中抽离出来，就听到林小米说："哎，你们还不认识吧，我来介绍一下，这个，是我姆妈。"

"哇——"一阵此起彼伏的惊叹，"好年轻啊！"

"阿姨你是怎么保养的？"

"阿姨，你不像林小米的姆妈，你像她姐姐呀。"

……

林妙珍脸都红了，她什么时候得到过如此密集的赞美？这群小恶魔，适才他们目中无人到让她恨不得立即把他们赶出去。可是现在，他们又让她品尝到了前所未有的高浓度的赞美。其实，他们是这么识趣，这么懂得人情世故。并且，他们还不掩饰喜好，不吝啬赞美。这就是现在的大学生啊！林妙珍这么想着，就原谅了他们刚才的不礼貌，甚至有些喜欢这群年轻人了。

接下来，自助餐开始了，十来个年轻人，手里托着一次性塑料盘子，在餐桌上盛了红肠、新奥尔良烤鸡、黄瓜片、水果色拉，东一簇、西一堆地吃起来。好像饿了好几天的样子，很快，餐桌上的大盘，被他们翻得露了底，色拉酱滴到了台布上，烤鸡只剩下了脖子和屁股，台面上一副乱七八糟的残破相。林妙珍也端着一个一次性盘子，盘子里象征性地装了两片黄瓜。她没什么食欲，她的注意力全在今日的好感觉上了。她端着盘子走到一簇女生边上，女生们就停止了原来的话题，转到了她的身上："阿姨，你皮肤怎么保养得这么好？你是不是每天吃珍珠粉啊？"

"阿姨，你做不做健身？要不你的身材哪能会这么好？"

林妙珍的耳朵里灌满了鲜花，脸上却矜持地微笑着，并不作答有关珍珠粉或者健身的问题。她端着盘子，迈着越发款款的步子，换了一个男女混合的圈子。她又如期听到了类似的赞誉："阿姨，我要是到了你这个年龄，也能像你这样，我就满足了。"

"阿姨，你要是走在街上，我肯定认为你是一个大龄未婚女青年。"

说这话的，是方才在贵妃榻上脑袋靠着女生大腿的男生。他的话音刚落，旁边的女生们就笑成了一团。林妙珍的脸又红了，心里甜蜜到无以复加。她悄悄观察说话的男生，并不高壮的身量，白T恤挂在身上，肩膀一高一低歪斜着，好好的衣服，被他穿得拖泥带水。脸上的肤色，倒是白，但上唇浮着一层浓密的绒须，整张脸就往灰白里靠了。林妙珍感觉青春的力量在他的身体里是被压抑着的，这人看起来就不太爽利、不太有精神了。

此刻的林妙珍，是全无客观的判断力的，因为这男生拐弯抹角赞美她的话，便觉得这个看起来不是十分健康的男生，没来由地让她生出了隐隐的心疼。这种感觉，亦是前所未有的，她以为她原本缺乏见识的内心，因为这些年轻人而变得宽大了。

林妙珍周旋在这群年轻人中，那么的乐此不疲。她甚至差一点和他们一起，在仿皮沙发上坐下来了。然而，林小米终于开口请她回卧室了。就在大家都基本填饱肚子之后，有人提议，现在可以开啤酒了。开啤酒的另一层意思，就是狂欢即将开始。林妙珍在场，显然有碍年轻人的发挥。他们围绕着她说那么多赞誉之词，他们聪明地讨好着女主人，他们才不会白白吹捧人呢，他们的目的是让她不好意思不允许他们在这里进行他们的狂欢。

林妙珍听到要开啤酒，就找出开瓶起子。她已经丢掉了包裹着她的壳子，心甘情愿地为他们做开酒瓶这样的杂事了。可是，她听到林小米对她说："姆妈，你去忙你的吧，这里没事了，我们自己会干的。"

林妙珍刚把起子卡在瓶口上，就停住了动作。她终于知道，这个群体，还是把她视为多余。

"小恶魔！"她默默地骂了一句，然后，一脸平静地说，"你们继续玩，我还有事要做，不陪你们了。"

林妙珍在一声声"谢谢阿姨""阿姨再见"的告别声中，进了卧室。她关上房门，站定在三联橱的镜子前。她想看看，镜子里的人是不是真的像一个大龄未婚女青年。卧室里的光线不是很好，但她还是很清楚地看到，她第一次穿的牛仔裤上，两摊油腻腻的色拉酱，鲜明而突兀地浮在大腿处。

客厅里的吵闹声一阵强过一阵，林妙珍坐在沙发上，有一针、没一针地织着绒线。她没有开电视机，一墙之隔的笑声和说话声，为她手里并无必要的活计伴奏着。

四、关于贞操

林妙珍手里操弄着四根棒针，目光却不断扫向紧闭着的卧室门。门外，年轻的男声和女声混杂着，透过门壁传到她耳朵里。以前从未发现，这房子隔音这么差。况且，这些小恶魔们虽是为了他们有可能比较出格的狂欢而把她这个家长请进了卧室，但他们并未真的对她避嫌。这是多么难得的机会，一个相对封闭的空间，可以让他们做任何事都不受干扰，还有人免费为他们提供一场颇为奢侈的大餐，他们怎么可以不竭尽所能地利用这样的机会？他们是有些迫不及待了，哪里还有闲暇来关心隔墙有耳？他们请林妙珍进卧室，只是掩耳盗铃式的自欺欺人，是眼不见为净。事实上，他们很清楚，哪怕那个“未婚大龄女青年”关了房门，她依然可以清楚地听到他们的任何动静。

当然，起先，他们还有些顾忌，并没有完全放开手脚。开啤酒的声音尽力地压制着，嗓音还未曾拔高，笑也只是嬉笑，没有纵情。然而，等到点了生日蜡烛，用英文唱过《生日快乐》，又干过两次杯，接下去的响动，就变得越发不加克制了。最后，好像是谁把生日蛋糕的奶油涂到了林小米的脸上，随着一记爆破式的尖叫声，桌椅的碰撞声、起哄的笑闹声，一并喧嚣起来，并且越演越烈，简直要翻天了。林妙珍在混乱的声音中辨别，依稀听出是林小米在逃跑，所有人都在用奶油袭击她。可这么丁点儿地方，她终归是逃不掉的，于是，就有接二连三的尖叫声亢奋到绝望一般连续呼出。想必是众人正围攻着她，她根本没有招架的余地，只能任凭越来越多的奶油抹到她脸上。可她也不是真的要招架，这只是一个程式，过生日的人被涂奶油，自然是要逃的，逃的目的是为了被捉回来，涂上更多的奶油。这种时候，被众人擒着，心甘情愿地陷入无法自救而又求救无路的绝境，这快乐，便有些决绝的壮烈了，当属快乐中的癫极。这时候，就要有一个站出来解围的人，否则，这快乐很有可能就会转而乐极生悲。此刻，林妙珍就听见一个男声力压众声：“好了好了，大家别闹了。我来出个题目，林小米必须如实回答，要是回答得满意，就放过她，好不好？”

林妙珍认识这声音，正是说她是“大龄未婚女青年”的那个。她不由自主地轻轻咧开嘴角，无声地笑了一笑。游戏变得好玩起来，不尽是一味地胡闹了。林妙珍更是竖起了耳朵。

众声纷纷问：“什么问题？”

男声答：“林小米要不答应，我就不说。”

众声要挟："林小米，快答应，要不就不放过你。"

好像是又有人要把手里的奶油往林小米脸上涂，只听得一迭声的讨饶："别涂啦、别涂啦，好好好，我答应我答应。先让我去洗洗脸啊！"

然后，是一窝蜂挤向卫生间和厨房的脚步声，水龙头拧开后水流的"哗哗"声，很快，手脸的清洁工作完成，众人归位。那男声便在一片催促中，故意卖起了关子，油滑的语调显然说明他设置了陷阱："刚才说了，林小米必须如实回答问题，但是我们大概没办法证实林小米的回答是否诚实，所以，还要让她发个誓。"

催促声紧跟而来："林小米，快发誓、快发誓！"

林小米好像对发誓这件事没什么芥蒂，或许她也很好奇这男生究竟要提什么问题。不用威逼，她爽快地朗朗念道："我发誓，我说的都是实话，决不欺骗大家。"

那男声却说："欺骗大家没关系，你要向上帝发誓。"

林小米几乎要不耐烦了："好好，我发誓，我说的都是实话，决不欺骗上帝。"

那男声还要纠缠，众人也不耐烦了，都说可以了，快提问题吧，再不问上帝也要等急了。那男声便隆重地咳嗽了两记，而后，一改先前油滑的语调，在一片寂静中，发出了语气郑重的提问："林小米，请你如实回答，你，是处女吗？"

"哇——"外面响起一片欢叫声，而后是乱七八糟的跺脚声和兴奋的嚷嚷声。坐在沙发上的林妙珍，两只手腕没来由地软了一软，绒线顿时脱了几针。随即，脊梁骨里渗出了一层细汗。好像这问题，问的不是林小米，而是在问她。现在的年轻人，怎么放肆到这样的地步？她万万不会想到，他们会把这种问题拿来做游戏。

外面的吵闹声渐渐平息下来，只听见林小米一个人的声音："哎呀，怎么是这个问题啊？不说不说不说。"

众人又闹腾起来："你发过誓的，你要不说，上帝会惩罚你的。"

林妙珍听着，替林小米焦急起来：这个戆大，你回答"是"不就完了吗？人家又不会来检查你。难不成，你小小年纪，已经不是处女了？要死了，不肯回答，是不是真的已经不是处女了？这可成了什么？羞煞人的事情了！

林妙珍越想越觉得问题严重，林小米啊林小米，你会怎么回答呢？

这边厢，林妙珍正干着急，外面，林小米坚持了一会儿，终于不敌众人的胁迫和上帝的威慑，吞吞吐吐地说："好啦，别吵啦，说就说，有什么稀奇！"

"要说实话！"

"实话就实话。"仿佛是鼓起勇气，下了决心。

年轻人总是这样，把正经事当游戏，游戏呢，又像对待事业一样的认真。许是为了表示该游戏的严肃性和参与者的真诚，也是为了让大家安静下来，男声再一次重复了刚才的问题。这一回，更是像课堂上老师提问的口吻，正式又带了亲切的诱导："林小米，请大胆回答，你，是不是处女？"

静静等待的片刻，林妙珍的腿都要软了，她宁愿自己是个聋子，宁愿听不见林小米的回答。可她又急切地想知道答案，这个要命的问题啊！林妙珍几乎要晕过去了，随即，一个清脆利落而毫无扭捏的声音传到她的耳朵里：

"不是！"准确无误，是林小米的回答。

"啊——噢——"随着一声轰然炸开的欢呼，热烈的掌声紧跟着响起来。

林妙珍坐在沙发里的身躯一下子蹦了起来，心脏拼命狂跳着，仿佛要冲出胸腔扑到客厅里，质问这个没脸没皮的：林小米，你什么时候干下的坏事？居然还有脸承认？

那提问的男声又脱颖而出："林小米，我代表我们男生敬你一杯酒，祝贺你！来，干杯！"

又是一阵热烈的掌声以及杯子与杯子激烈的碰撞声。一瞬间，林妙珍以为自己的神经错乱了，她不太明白那些掌声、欢呼声、祝贺声，究竟是什么意思。他们为什么那么起劲地鼓掌？是喝彩？还是嘲笑？到底是怎么回事？

林妙珍最终没有冲出房间，她颓然倒进沙发，只觉浑身无力。林小米不是处女？连林小米都不是处女了？什么是处女？林妙珍有些恍惚，外面的杯盏相碰声，女生不甘示弱加入敬酒行列的吵闹声，全都隐退到了遥远的背景中。她的身躯，被记忆带着，像一条影子，在某种疾病吞噬了的往事中，飘忽行游，不知所终。

傍晚，林妙珍被林小米叫醒过来，她靠在沙发上睡着了。原来，人在极度兴奋或者气愤过后的颓丧中，是很容易疲倦的。林妙珍从不追究别人是如何渡过心理难关的，至于她，每每遭遇不快、悲伤，甚至打击，她总是在短暂的激烈情绪过后，很快就疲倦得睡了过去。仿佛她天生具备自疗的机能，这疗伤的方法就是睡觉。她也不曾自省过，其实，像她这样一个事事不出头、处处被动的人，唯有睡眠才可以避免现实的重重矛盾。于是，就用睡眠让自己在虚拟的平静中过去。一觉醒来，她就可以照旧坐在沙发上织绒线了。也许，她是自知没有能力迎头出击，亦没有勇气担当责任，哪怕是为自己担当。也或者，她只是一个少了思想的人，她能做的只有坐以待毙，换句话说，以不变应万变。

林小米推醒了她："姆妈，吃晚饭了。"

暮色把未开灯的卧室笼罩得暗淡沉郁，周遭寂静无声，客厅里的狂欢已经曲终人散，那群小恶魔，不知何时消失了踪影。林小米见母亲醒了，便要折身出去。林妙珍唤住她，犹豫了片刻，终于像母亲一样，开口说："小米，你要是有了男朋友，要跟我说的。"

林小米不太明白她的意思，但还是如实说："我没有男朋友啊！"

林妙珍继续她不太熟练的家教训导："你是一个女孩子，不可以太随便。放在过去，女孩子结婚前，是万万不能破身的。"

林小米终于听明白，哈哈大笑起来："姆妈，刚才我们在客厅里说的话，你是不是都听见了？"

林妙珍不置可否。林小米继续说："哎呀，姆妈，我们是闹着玩的，那种话你还当真呀？"

林妙珍不懂，那种话还能不当真？便说："你不是发誓了吗？"

林小米笑得肩膀乱抖："发誓算什么呀？你放心姆妈，我是处女，我发誓！哦不不，发誓你也不会信了。我保证，我保证我是处女。”

“处女”这两个字，林小米一口一个地往自己身上按，林妙珍却羞于出口：“那我就搞不懂了，既然你没有……那你为什么说……”

林小米撇撇嘴，有些瞧不起人的表情，更是自惭形秽的意思：“我要承认是处女，那多没面子啊？现在哪个大三女生还是处女的？说出来多丢人。”

林妙珍这下真的搞不懂了：“处女丢人？为什么？”

“这不是明摆着告诉人家，没有男人欢喜我吗？”

林妙珍心里一惊，未等缓过神来，林小米已经转过身，“蹬蹬蹬”地走出了林妙珍的卧室。故意加重的脚步，表示她已不耐烦，又似是因提到了她的伤心处，赌气似的，浑圆的屁股一撅一撅，像只负气的皮球。

五、关于女性

林妙珍在浴缸里泡了很久，她和自己斗争了半天，终于爬出浴缸，擦干身体，然后，把一条肉色网花内裤套上了她扁平的臀部。这条内裤，是她跑到很远的浦东第一八佰伴去买的。陌生的大型购物中心，没有一张面孔是认识的，人头攒动的地方，反而有足够的安全感。林妙珍从未有过这么高效的行动力，从走进大门，到付款提货，仅仅用了二十分钟。自然是没有挑选的时间，只冲着内衣层面一径而去，毫无余地的，她在敞开式货架上拽下夹得平平整整的其中一条。整个过程，像是有谁在身后追着她。好在，她有明确的参照标准，林小米低腰裤口露出的那一截，是她的摹本，她早已在心里描摹成型。又好在，这大型购物中心里，货色齐全，而且毫无保留地敞开展示，自动扶梯刚升到这一层，她就看见了她想要的那一条。

那次，关于处女问题的探讨，终于让林妙珍下了决心，要去买这种新式的、漂亮的内裤。当然，那也不能叫探讨，林妙珍不可能向林小米宣布自己的贞操观，所以，那只能叫领受，她领受了林小米的贞操观，也是现在的年轻人的贞操观。这可真是一次颠覆啊！在她还未来得及想清楚时，世界已经发生了巨变。或者说，她根本不曾有过要去想清楚这件事情的念头。然而，哪怕她每天坐在沙发上织绒线，不去探究和追索，这个巨变过的世界还是轰然砸在了她面前。她是无论如何躲不过这种侵犯了，她因此有一种受伤的感觉，同时，一种过去从未有过的冲动，迎头而上、挑衅、反叛的冲动，油然而生。

现在，这条如同一块三角布片样的内裤，已经穿在了林妙珍身上。起初，她觉得没有把内裤辗平整，粘在身上疙疙棱棱的，不妥帖。反复整理过后，还是这样，她就气馁了似的，索性一转身，面向了盥洗台边的镜子。镜子里，是一个细胳膊细腿的小女人，紧致的皮肤因刚出浴而略微泛出红润的光泽。胸亦是弱小，像某一种未完全成熟的水果。腰部以上是蒙昧而简略的线条，像素描，只用几笔，就勾勒出了上半身，且是年轻女子的上半身。然而，下半身却不是素描，而是，而是什么呢？林妙珍想起了旅游频道里看到的敦煌莫高窟的壁画，对，是壁画，而且是古典的，那种华丽的、精致的、接近繁复的、有情节的图案。这可真是非同小可的改变，一个小布片，完全扭转了格局。如果单是看上半身，那就是还没开蒙的少女，是未经女性礼仪课程调教的质朴之躯。然而下半身，却是一具养尊处优又不失调理的躯体。可毕竟，这躯体不似飞天舞女般丰腴，因没有多余的赘肉，就没有淫欲之气。所以，她又不是敦煌壁画里的舞女。大凡这样的下半身，属于童话故事里早夭的公主。她从不曾长大，不是早夭，又能如何？

林妙珍几乎不能忍受用她的本白棉布胸罩来裹住她的上半身了，如若不用，还可算未蒙少女，用了，就完全跌入了乡土妇女的角色。这怎么能与下半身匹配呢？林妙珍几乎后悔起来，她怎么就没在买内裤的时候，一起买上配套的文胸？

林妙珍长时间站在镜子前，她看着镜中的女人，往事如同影片，在镜子的荧幕里浮现而出。她不由得想：若是现在，他对我动了念头，那我会不会依了他？

林妙珍终于敢这么想了，她差不多已经忘了那个男人，曾经是她的未婚夫的“他”。今天，她居然敢默默地自问“那我会不会依了他”，可是当年，当年她怎么就不能这么想呢？她都已经准备好要嫁给他了，那对沙发和沙发配套的茶几，就是她备下的嫁妆，和着他买的三联橱、床、夜壶箱，一起摆进了新房。然而，她这个待嫁新娘，仅仅知道，是女人，就要嫁人。嫁人，就是换一个崭新的环境生活。先前不是说，她晚熟吗？她还没有领略过思春的滋味，就到了嫁人的年龄。于是，她被热情的长辈们撮合给了一位条件相当的男子。许是家教的偏颇，又是淡漠的性格，她没有机会，也没有欲望去感知女性之于男性的真正意义。只要这个男人看起来不讨厌，只要他能提供合适于她的生活，那么，他就是一个可在未来朝夕共处的家人。那时候的林妙珍，就是这么单纯。

当然，男人也是单纯的男人。林妙珍的单纯，是把嫁人当成过日子的单纯。男人呢，是因了最本性的需要而娶一个女人，是另一种单纯。他们都没有把事情联系到情感的层面，或许，于他们这样生活在逼仄环境中的、最底层的市民来说，谈情说爱，真是奢侈而不实际的。可是，他在与她半年多的交往中，也没有给过她除却情感之外的、有关男女关系的启蒙教育。也是因为，他们没有这个条件。拥挤着众多家庭成员的狭小居所，肩膀挨着肩膀的外滩情人墙，窘迫的经济收入，这些都使他没有机会引导她。她的不缠绵、公事公办的态度，也总是阻止着他偶尔的蠢蠢欲动。一直到商议婚嫁，都是台面上的程式，别人怎么做，他们看得见的，就照样。于是，他们费尽周折地租到了房子，用微薄的积蓄购买了家具。然后，就是等待共同生活的到来。

事情就发生在那段即刻就要见分晓的日子里。租来的房子打扫干净了，新家具也搬进去了，还剩下林妙珍置备的一套沙发，这个周末，他陪她去家具厂装回来。林妙珍就是这么沉得住气，在这之前，她只去过一次新房，且是同她的母亲一起去的。这一回，林妙珍首次单独行动，他们在家具厂门口碰了头，然后，很顺利地提了货，把沙发装上了三轮车。三轮车是男人向菜场工作的朋友借的。许是除了装着沙发和茶几，还有半个臀部挨在车边铁栏上的林妙珍，男人就格外地不惜力，把三轮车骑得赛过了摩托车。到家后，又一个人把沙发和茶几扛进新房。林妙珍呢，指挥着，摆在这里，摆在那里，主意变了又变，总算停当，男人已经出了无数身臭汗。男人说："热死啦，我去卫生间冲一冲。"

林妙珍说："煤气还没通，不能烧热水。"

男人说："洗惯冷水浴的，不碍事。"

林妙珍没有再反对。这两个人，对话都是家常的，没有一点恋爱中的浪漫与缠绵。男人进卫生间了，林妙珍呢，环视着新房，检查着还有什么疏忽遗漏的细节。她对新生活的来临亦是热情的，只是，这热情都倾注在身心以外的事物上了。好像，她是要和这一所房子结婚，和装在房子里的新家具结婚，和一场隆重的仪式结婚，和一大群盛装的宾朋结婚。她要嫁的这个男人，倒成了媒介。若没有这个男人，她怎么能在单位里开出介绍信租借到这所房子呢？怎么有理由在这所房子里奢侈地摆满新家具呢？若没有这个男人，她怎么有资格隆重地举行一场叫作"婚礼"的仪式呢？怎么有机会穿上订做的新衣在如云的宾朋中成为被关注的中心呢？这个男人是多么重要啊！可是，这样一个男人，好像并不能构成独一无二的条件，换作任何一个别的男人，房子、家具、仪式、新衣，她同样可以拥有。所以，并不是这个男人有多重要，对于待嫁的林妙珍来说，一个可嫁的男人，就是重要的。

林妙珍可真是个乖孩子啊！这个乖孩子承父母之命，在做一件女人毕生的事业呢。所以，她从头至尾都是认真的。这就不太像结婚了，倒像是要举办一次大型会议。新娘呢，像会议主办方的负责人，肩负着前所未有的使命感和责任心，在基本准备齐全的新房里，认真地检查着设施设备。

冲完澡的男人从卫生间出来，只穿一条短裤。林妙珍看了一眼，没有表示任何责怪。这很正常，林妙珍的父亲在家里也经常这样，穿着一条大裤衩，光着膀子走来走去。弄堂里，赤膊的男人到烟纸店里给自己买香烟、给老婆打酱油，都是很常见的。林妙珍不会介意，林妙珍介意的，是新房的布置还有几个毛病。“那个台灯，灯罩有点歪，你重新装一下吧。那个窗帘，在布店里看是粉红的，挂上去怎么能变成橘黄的了？那个沙发，要不要做个罩子？那个……”

男人嘴里“嗯嗯”答应着，人就不知不觉靠近了林妙珍。林妙珍下意识地后退了两步，把自己挪得离男人远一些。男人呢，却紧一步地靠了上来，靠得还更近了。她看到他渐渐涨起潮红色晕的面孔几乎挨上她的额角，他赤裸的胸膛在她眼皮底下一高一低地起伏，他越发粗重急促的呼吸已近在毫厘。林妙珍并不知道，这是即将发生某一事件的预兆，但她意识到了不寻常，于是，她又后退了两步，说："哎，你别走到我眼前呀，洗完澡也不揩干，湿答答的，碰到我身上了。"

男人终于在她的这句话里找到了与身体有关的词汇，不管这词汇是对他的行为的默许抑或反对，他一概地让自己的身体听命了一厢情愿的召唤。林妙珍的话音刚落，男人就一把拽过她，女人的脸蛋撞在了他“湿答答”的胸膛上，然后，她娇小的身体被他整个地抱了起来。她还来不及反应，就已经摔倒在了崭新的双人床上。事情发生得太突然了，只是短暂的瞬间，林妙珍的身上就只剩下一条岌岌可危的内裤。男人如同一头鲁莽而幼稚的动物，在她裸露的体肤上横冲直撞而又不得要领。像一股蓄积了许久的洪水，忽然泛滥，便有着巨大的爆发力，速度之迅疾，力量之巨大，简直不可阻挡。然而她终于猛然醒了过来，她的意识忽然恢复了，脑子里便跳出一个词汇——强奸！

顿时，她像一条垂死的鱼一样挣扎着弹跳而起，并且张开嘴巴，发出了声嘶力竭的呼喊："救命——救命啊——"

这声音实在是太恐怖了，幸好是白天，幸好窗外的大街上，喧闹的人声和车流声盖过了她尖锐而颤抖的呼喊声。男人不是强奸犯，男人没有在女人凄厉的求救声和绝不配合的挣扎中越发坚挺的怪癖。男人颓然倒下，林妙珍顿时脱险。洪峰来势凶猛，却即刻过去了，并未造成什么危害。女人呆怔了两秒，随即，一阵巨响的号啕从她嘴里喷薄而出。林妙珍很少这样大哭，最多是无声的流泪。可这一回，她不但大声哭了，而且，一边哭一边还不忘用语言还击已经失去攻击能力的男人："流氓！你这个臭流氓！强奸犯！"

这个缺少策略而又无甚见识的男人，遇到了一个更无见识的女人。他像一只遭遇霜打的蔫瘪茄子，佝偻着身躯，穿衣，穿鞋，而后，一声不响地在女人的号哭和诅咒中离开了新房。

事后，女性长辈的规劝使林妙珍稍稍明白了一点点作为一个女人必尽的义务。女性长辈们说，"结婚就是这样的""每个女人嫁给男人都要这样的"，好像没有一位女性长辈认为这是她们的权利。林妙珍几乎惊跳起来，她何曾知道，做女人，还要配合着男人，来侵犯女人自己？她们说，"他只是比结婚早了一点点要这样，你就原谅他吧"。然而，她已无法推翻先入为主的印象，她已经把男人定性为流氓和强奸犯，哪怕她想尝试着接受"每个女人嫁给男人都要这样"的事实，也不能再接受这一个男人了。林妙珍把自己关在房间里，连续睡了三天。大睡过后，林妙珍宣布取消婚约。房子是她单位出面借的，归她所有。她让媒人转告男人，把他买的家具搬走。可男人没有再出现，他把三联橱、双人床和夜壶箱留给了林妙珍。

林妙珍为了她的处女权，牺牲了一场迫在眉睫的婚姻，真是贞烈女子呵。这么说很牵强，其实，不是她要刻意保住她的处女身，而是，她根本不明白，有些时候，男女之间是可以把"耍流氓"叫作"亲热"的。后来，她总算明白了一点点，可明白的时候，她贞烈的名声，也已成了美谈。许是林妙珍的好名声吓退了世上的坏男人，此后的几次相亲都没有成功。久而久之，林妙珍自己也相信，她就是一个贞烈女子了，为了这名声，她又怎么能苟且嫁人呢？就这样，林妙珍成了一个未婚大龄女青年，然后，又成了未婚中年女人。

六、关于爱情

当十三岁的林小米背着书包从乡下出来，来做城里人的时候，林妙珍已经三十多岁。还是女性长辈做主，替她在农村亲戚那里过继了一个养女，说是老来没有伴可以，但一定要有小辈伺候。乡下亲戚很开通，正好把小姑娘送进城里读书，哪怕跟了林妙珍的姓，改个名字叫“林小米”，他们也没意见。十三岁的女孩子，什么都懂了，还能忘了她的生身父母？这个女孩子，也仿佛被教化得很是顺服，又好像小小年纪，就很实际，懂得既来之则安之的道理。所以，毫无障碍地，就开口叫林妙珍“姆妈”了。

林妙珍并没有“一把屎、一把尿”地把女儿养育大的经验，所以，她这个母亲，实在做得不熟练。起初，一不小心，她会忘了她还有一个女儿。比如，她只准备了一个人的晚餐，等林小米放学回家，她已经吃完了。林小米也不委屈、不生气，乡下孩子能吃苦，当家早，下个面条，煎个荷包蛋，不在话下。再比如，林妙珍从不会像母亲教育孩子一样教育林小米，也从没有参加过林小米学校的家长会。林小米呢，像一棵野草，没什么规矩，倒也茁壮成长起来了。一直到考上大学，她身上乡下孩子的痕迹已经丝毫没有了。她在长大，并且没有家长的约束，她的成熟速度加快了。甚至，她迅速赶上并且超过了林妙珍。她的世界已经远远大于林妙珍的世界了。林妙珍呢，始终处于一个封闭的小世界，却因林小米而开始被动地见识到外面的大世界了。或者说，林小米是她的窗口，是她领略外面世界的通道。就这样，林妙珍和林小米，保持着她们还算和谐的、似是而非的母女关系，过到了如今。

然而，林妙珍坐在老沙发里安安心心织绒线的平静生活，却不断地被打破着。尤其是林小米进大学以后，出入于成人社会，一夜之间变成大人了。林小米要求买新沙发，林小米穿起了性感漂亮的小内裤，林小米在同学面前大胆谎称自己不是处女……林小米终于刺激到了林妙珍，林妙珍有所觉悟了。当然，落于她这个现实的人，她的觉悟只是表现为买一条新式内裤这样的行为，她自以为她是出于不甘心被林小米抛弃的原因。这驱动着她觉悟的力量，使她的“贞操观”也面临着颠覆的危机。她发现，她前所未有地产生了强烈的求知欲，她过去没有兴趣，或者没有勇气去探究的事物，现在，她充满了好奇心。可她好奇的、求知的，是多么上不了台面的掩臜事啊！这些本该是由母亲私下里教育和引导女儿的，现在，居然是女儿在教育和引导着她。实在是她没有经验，这一领域在她的世界里是空白的，她，林妙珍，还是一个处女。

现在，林妙珍一想起“处女”这两个字，就感到浑身别扭。原本她是常常为她的贞洁而默默骄傲的，可是，林小米不是说了吗？没有男人要的女人，才会是处女。如果林小米知道她还是处女，是不是会看不起她？如果有一天，她老了，还被人骂“老处女”，那她是不是就白做一回女人了？这样想着，她就怀疑，将近三十年来，她保着自己的处女身，是不是完全没有意义？林妙珍已经失去了尺度，她不知道什么是对的，什么是错的。甚至，她都要看不起她自己了。可是如今，怎样才能改变她“老处女”的恶名？谁来给她破身？这个世界上，没有一个男人是专为留下来等着为她破身的，老天本来给过她一个，但她弃权了。除却这个已经定性的男人，林妙珍发现，她的世界里居然真的不再有第二个男人。

林妙珍几乎要自暴自弃了。

林小米快要期末考试了，这个周日，她躲在家里复习功课，没有去和哪个男生喝咖啡、看电影。林妙珍呢，照旧坐在她的沙发上织绒线。家里没有第三个人，寂静蔓延到每一个角落、每一寸空间，侵吞了这所房子里本就缺少的人烟气。林妙珍卧室里的电视机坏了，本来有规律的眨眼，变成了高频率无节奏的乱闪。许是因没有伴奏，林妙珍几次停下手里的活，走出卧室，探看林小米关闭着的房门。她有些心神不定，仿佛盼望着发生一些什么，又似是感觉到有什么即将要发生，而躁动不安着。

林妙珍何曾有过如此心念浮躁的时候？是不是最近她头脑里的一些变化触发了她的感觉器官，因此变得敏感了？

果然，下午家里就来了客人。林妙珍从猫眼里认出来，敲门的是林小米的同学，那个说她是“未婚大龄女青年”的男生。林妙珍窃喜，开了门，把男生引进客厅，又去敲林小米的门：“小米出来，你同学来了。”

不用指点，男生已经熟门熟路地坐在了沙发上。林妙珍打量了一眼男生，发现跟上次有些不一样。他没有穿T恤，而是着一件浅蓝色条纹休闲衬衣。上唇的绒须，更黑更茂密了，但因为衬衣的天蓝色是洁净干练的色彩，所以，脸色倒不再是灰白，而是接近黑。大约是晒多了太阳的缘故，看起来壮实、健康了一些。肩膀还是一高一低歪斜着，却没有上一次的拖泥带水，而是另一种做派，是少年的邋遢转变而来的，成年人的风流和隐藏得更深的圆滑。仿佛短短一个多月，他长了好几岁。

上次，因为他给了林妙珍一句比较特殊的赞美，她就记住了这男生的声音和容貌。只是这一次，她全没有了心疼的感觉。好像他不再是那个压抑着青春而略显萎靡的男生，而是，而是一个……对男人，林妙珍缺乏经验，她想象不出现在的他算是什么类型。男生正好仰脸看她，她便冲着他绽开了一个温和柔软的笑容。

林小米迟迟不出房间，林妙珍又敲了一次门，她才趿着拖鞋懒洋洋地出来。显然，林小米不欢迎男生的到来，她不冷不热地问："你怎么来了？有什么事吗？"

男生倒并不尴尬："上个星期就跟你说过，今天去森林公园，我来接你。"

"我不去，快考试了，我要复习。"说完，林小米像一只鼓胀的气球，一溜烟地飘进了自己房间。"砰"的一声，房门关闭的撞击，恰如气球的爆破。

林小米如此无礼，林妙珍顿觉对不起男生，她歉疚地说："这小姑娘，不晓得哪根神经搭错了。不要管她，你坐着，我去给你拿饮料。"

男生一脸无辜地笑笑，点头。

林妙珍从冰箱里拿了一罐可乐，回到客厅。她想替他拉开易拉罐，可没有指甲，手指又使不上力气，抠了好一会儿，还是没有打开。男生看着她努力开启而又开启不了，便站起来，探过上身，要拿她手里的易拉罐："给我，我自己来吧。"

好客的主人想再试一次，便缩了缩手。好像替客人打开这个易拉罐有多么重要似的。可她的手实在是不利索，她干家务就是这样生涩僵硬。男生大概等不及了，干脆伸出手，一把抓住她手里的易拉罐：

"来来来，还是给我吧。"

男生的手毕竟大，这一把几乎把林妙珍的手连同易拉罐，一并包裹进了他巨大的掌心里。男生赶紧松手，林妙珍也慌忙松手，易拉罐很不幸地"咚"一声，掉在了地板上。于是，两人又不约而同地蹲下去拣。结果，两个蹲着的人都停住伸到一半的手。随即，男生哈哈大笑起来，林妙珍也憋不住，"扑哧"一声，笑了出来。

当然，最后是男生拣起了易拉罐，很轻易地就打开了，然后仰起脖子猛灌一气，好像口渴得严重。至少喝了大半罐，他才喘着气停下，见林妙珍看着他，眼睛一眯，嘴角一扯，再一次毫无顾忌地哈哈笑起来。

林妙珍一哆嗦，心里便泛起一阵微微的疼痛。这笑可真是稚嫩、无邪啊！这样的笑，就把他脸上的风流笑得没了踪影。这一笑使他变回了一个男孩，一个纯真、坦率而又颇解人意的大男孩。林妙珍又一次感觉到了心疼。可这心疼不是完全的痛感，而是带着一丝隐约的欢愉和紧张。她是被一种来自陌生人的陌生情绪所吸引，她开始关注一个当属素不相识的男人。虽然，这个男人是那么年轻，但他是男人，毫无疑问。

这一段小小的周折无意中使林妙珍在男生面前自然了许多。又似是为弥补林小米对男生的无礼，她干脆搬一把靠背椅，摆在沙发边坐下。似乎这男生是她的访客，她是有义务陪着他的。

林妙珍坐定后，却又不知如何说起，便用遥控器开了电视。正好是音乐频道，在播放张国荣的演唱会录像。男生仰身一靠，整个人陷在沙发里，欣赏起了音乐。年轻人本就是百无禁忌的，哪怕他邀约的女生对他恶声恶气、横眉冷对，他依然可以在她家里，与她的家人谈笑风生。况且，这家人与他有了某种似是而非的默契，适才，他们为了拣一个易拉罐而蹲在地上相视而笑的一瞬，可不就是这种叫作"默契"的感觉？这男生，可真是仗着年轻，给他点阳光就灿烂了。他在林妙珍的笑里，捕捉到了一种放任、一种纵容，乃至一种鼓励。于是，男生便心安理得地，以舒适的姿势靠在沙发上，欣赏起了张国荣的演唱。

张国荣独自唱了几分钟，林妙珍才找到话题："学期快结束了，小米要考试，你，不考吗？"

男生眼睛看着电视，嘴里回答："我比小米高两届，今年刚工作。"

"哦，你们不是同班同学，怎么会认识的？"林妙珍问出口，又觉得像查户口似的不好，便接着说，"你家里，爸爸妈妈还好吧？"

男生从电视上转回目光，眼睛里悄然浮出好奇的笑意："林小米进校时我念大三，认识的机会太多了。您刚才问我父母好不好？他们不好也不坏。我爸整天忙着在外面做生意，我妈在家里做瑜伽，减肥，她想要活出第二春，可再努力也赶不上您这样年轻。我妈不能和您比，你俩要站在一起，就像两代人。"

男生每一次的赞美都叫林妙珍心里生出新鲜的喜悦。嘴上却还是客套："哪里啊，我只不过是样样偷懒。"

男生笑了笑，这回笑得坏坏的："其实，我们早就知道，林小米不是你的……亲生女儿。你，最多只能做我们的姐。"

林妙珍吓了一跳，脱口而出："你怎么知道？"

男生回答得若无其事："林小米跟我们说的。上次来这里过生日，我们好奇嘛，都觉得你太年轻，不像做妈的。"

林妙珍的脸上，腾起一片飞红，嘴里轻骂道："死东西，这也说出来。"

男生很不以为然："这有什么？又不是见不得人的秘密。我们同学之间说说，都很正常的。你放心吧，说你的，只有好话，没有坏话。"

男生不露声色地宽解了林妙珍，让她免去了尴尬，可又是心无城府、口没遮拦的样子，显得很是稚嫩。可这种稚嫩，真是消解了林妙珍隐藏在内心的禁忌。这稚嫩就是更上了一个层次的成熟，是接近大智若愚的一种坦率、直接。她觉得与他聊天，居然没有心理负担。林妙珍从未有过与一位异性长时间谈话的经历，眼前的男生也只能叫"准异性"，因为她始终在提醒自己，他是林小米的同学，他只是一个大男孩。可他又和林小米那么不同，当然，他也不是老于世故。她只觉得，她喜欢听他说话，喜欢听到那些无所顾忌脱口而出的话，甚至有些混账的话，她都感觉新鲜、好玩，而且受用。

男生呢，也真是鬼灵精怪的人。林妙珍沉默着，他却明白她想听什么似的，半开玩笑说："我看，以后我就认你做'姐'吧，想改善伙食的时候，有地方蹭饭啊！"

果然是混账的话，说完，还"嘿嘿"笑，仿佛占了便宜一样，自鸣得意。林妙珍这才想起来，今天这男生从进门开始，就没有叫过她一声"阿姨"。到底是在社会上混了一段时间的，打情骂俏都熟练。林妙珍呢，倒是红了脸，像是比面前的男生还要年幼的女生，低着头、"喏喏"地，语无伦次着："开玩笑啊，说什么呢，你要没地方吃饭，来吃也可以的，不过……"

男生"嘻嘻哈哈"笑了好一阵，才停住，拿起可乐罐，"咕咚咕咚"一气喝完，然后站起来，耍赖似的说："以后，林小米不欢迎我，我就说，我找我姐。好啦，我要走了。"

"姐，再见！"男生向林妙珍眨了眨眼睛，转身出了门。林妙珍根本没有拒绝的机会，她不知道如何回答他，只能脸热心跳地看着男生出门。直到轻快的脚步声在楼梯上渐渐消失，她才轻骂出口："小恶魔！"

这骂人的话说出来，却分明是甜腻腻的。

晚饭时，林小米终于从房里出来了。她说："蒋舟阳这个厚脸皮，我对他那么凶，他还好意思坐在这里不走。姆妈，他跟你聊什么了？"

原来他叫蒋舟阳，林妙珍紧张得连他的名字都忘了问。好不容易恢复平静，被林小米这么一问，一股热血又冲上林妙珍的脸。幸好天已向晚，房里又没开灯。林妙珍没回答林小米，而是反过来问："小米，这个男同学喜欢你？"

"赖皮，我才不要理睬他。"林小米好像很气愤。

林妙珍有些想不通："没人喜欢你呢，你非要在人家面前说你已经不是处女，有人喜欢你了，你又不理人家。真搞不懂！"

林小米"扑哧"一声笑出来："姆妈，这根本是两码事。爱情，你知道爱情吗？我不爱他，我对他产生不了爱情，就和他做不了那事。”

林妙珍怔住了，她有些想不过来。“爱情”这个词汇，她从来都是在影视、文学之类的艺术作品中听到、看到的，她一直认为，这只是一个与文艺有关的词汇。她的生活怎么可能与文艺搭上边呢？所以，林小米理直气壮地以“爱情”为由，拒绝着某一个男人，或者某一些男人，这让林妙珍觉得很遥远，很隔阂，很不真实。可事实上，她也知道，这一切都发生在她身边。

那天晚上，林妙珍坐在沙发上织绒线，一直到后半夜。她想了很久，最后，她似乎想明白了一个道理，为什么她把她要嫁的那个男人叫“强奸犯”，为什么在他对她“耍流氓”的时候，她没办法认为那是“亲热”。按照林小米的逻辑，因为，她不爱他，她对他产生不了爱情。

七、关于心事

这段日子，林妙珍的脑袋里已经充塞了太多信息，她前所未有地成了一个善于思考的人。可她的思考，又是那么混乱，那么没有条理。她未曾料到，生活有这么复杂。过去，她是连那场未战而终的婚姻都不觉得有多么重大的。就像织绒线，任凭花样多繁复的针法，在她的手里，都是一环一环地链接下去，只要不错漏一针，结果一定是结成一张整体的网。这张网套在人身上，就是一件毛衣。生活也未必不是这样，循规蹈矩，一天一步，小小的变化，就是一个交错、一个间色的花样，万变不离其宗。犹如她掌握着棒针编织的基本技术，其实林妙珍是掌握着最本质的生活技巧。她过得安然淡定，因无甚欲望，便无甚忧患亦无甚惊喜，这才是最好的生活的常态。只是，她靠的是缺乏敏锐知觉的天性，危机和凶险在无知无觉中，一轮轮地过去了。她却也不可能总结出生活的理论，只是就这么过着。这又好比未经世事的孩童，总是比成年人更容易忘记创伤，那是因为，孩童的未蒙让她的心有自动滤清生活杂质的本能。好比池塘里有足够多的清水，便可自行消解污浊，而污浊沉淀得过多了，池塘的澄清能力，一定也会下降。长大中的孩子，就是一口不断沉淀着污浊的池塘。

林妙珍简直是一个有着天然佛性的人，或者说，她就是一个成长得比一般人缓慢的孩童。若不是乐于融入和出没于现世的林小米把世俗带给了她，也许她是可以永远在无知无觉中安度人生的。也或者，多年以前那个即将成为她丈夫的男人，是有机会引领她涉世的脚步的。然而，男人却因缺乏策略和见识，终而让他们的婚姻功亏一篑。自此，她就织茧自裹，世界在她身外包围着她，而她，却与世界无关。

然而，林妙珍的池塘终于还是被接踵而至的污浊弄混了。她以为这是一种自我的醒悟，便暗自庆幸着。她甚至有些后怕，若永远不去思考那些有关爱情、有关贞操的问题，那她是不是真的白活一世了？她甚至回忆不起来，过去她是怎样度过寂寞的每一天的。她的脑子从来没有这样高密度使用过。仿佛，女儿林小米的青春期症状一并地发生在了她的身上。用她自己的话说，那就是，她有心事了。她居然无法如同过去那样，长时间在卧室里的沙发上坐着、织绒线。这个动作像照片一样定格了几十年。现在，她却总是坐立不安，为着一些莫须有的缘故，做出一副忙忙碌碌的样子。一件绒线衫，织了一个多月，还停留在腰部，进展缓慢得连她自己都不相信。

林小米期末考试结束，放暑假了。可她没在家里待着，而是去人才市场应聘后，在金融区的一个写字楼里打工。她说，这是社会实践，是进入大四后的主要课程。就像那些穿着漂亮挺阔的职业装的女人，每天挤地铁，在南京西路或者陆家嘴下站，然后从地下上升到地面，再从地面上升到那些高层建筑的半空中去上班。在这种地方上班的人，叫白领。女性白领，也叫“office lady”。

林小米说：“姆妈，明天是周末，我想去淮海路，到巴黎春天和美美百货去看看，买套好一点的职业装。在那种楼里上班，穿衣服都很讲究的。姆妈，我向你贷款好了，以后我用实习工资分期还贷。”

林妙珍说：“买一套好一点的职业装，要几钿？”

林小米说："不低于一千块吧。"

林妙珍倒抽了一口冷气，但她向来是找不出反对理由的。理由就是道理，林妙珍最不擅长的就是讲道理。她想，这衣服是金子银子做的，要这么贵？她自己几时穿过这么贵的衣服？她倒是想见识见识呢。现在，但凡林小米要做的事情，她是一百样有兴趣去关注。便说："身上带着许多钞票，你一个人去？"

林小米却转了话题："对了姆妈，蒋舟阳打电话约我明天去周庄玩，我不想去。估计，他会到家里来寻我的。他要来，你就给我应付一下，别讲我兜淮海路去了，就讲我加班。"

林妙珍的心脏不易察觉地激跳了两下。本来她想陪林小米一起去买衣服，现在她忽然不想去了。明天，她们要是都出去，蒋舟阳若是来，不就没人转告他林小米加班的消息了？

林妙珍在心里默默地说服了自己，便拿出一张信用卡："小米，这张卡里有两千块钱，我把密码抄给你，可不许透支啊！"

林小米接过信用卡，欢天喜地、指天发誓，说了一大堆"您是天底下最好的妈""将来一定会孝敬您"之类的话。

林妙珍没想过将来，她是一个缺乏想象力的女人，亦没有长远的打算。所以，她不富裕却也从不吝啬，她不觉得钱和未来有什么必然的联系。就像过去，她从没想过，一对男女之所以要结婚，与一种叫"爱情"的东西有着重要的关系。现在，她变得敏感多了，虽然她的想象力依然贫乏，但至少她已经有了知觉和疑问。这本该是在成年之际就要经历的，可在于林妙珍，却是全新。她自觉需要弥补，便重新拾起中断许久的功课。可她实在荒废了太多时日，成绩无论如何都上不去。她补课心切，可这功课又不能大张旗鼓地补，不能不耻下问，不能用实践去检验，只能悄悄地、暗暗地摸索。林妙珍可真是感觉到了疲惫以及兴奋。这兴奋的情绪中，还带了一丝不安、忐忑、羞涩，她简直就是一个内心失去宁静的、怀春的少女了。

这会儿，林妙珍又提出了新的疑问："小米，你不喜欢蒋舟阳，为啥上次请他来过生日？"

林小米笑起来："姆妈，照你这样讲，那还有好几个男同学都来给我过生日的，是不是我都要喜欢他们了？”

林妙珍哑然，林小米顾自说下去：“我要寻，也不会寻蒋舟阳这样的花花公子。这个人，做朋友可以，做老公候选人不行，他女朋友都谈了一打了。”

林妙珍脱口问：“你哪能晓得？”

林小米“嘿嘿”笑了两声：“他自己在我们面前吹的。”

林妙珍不太相信：“他在你们面前吹？真的？为啥啊？”

林小米像只健壮的小马一样打了一个气息充足的响鼻：“嗤，显得他有魅力呀。哎呀，管他是不是真的，反正我是不会欢喜他的。”

林妙珍暗暗松了一口气，仿佛闺中密友不中意蒋舟阳，她就不需负疚了。可她为什么要负疚呢？她又没干什么，她只是没有明确拒绝蒋舟阳叫她“姐”。这么想着，林妙珍的心里又充满了愁绪。她想，蒋舟阳居然有一打女朋友，他可怎么摆平十多个女孩子啊？想了一会儿，又觉得自己完全是瞎起劲，别人怎么摆平女朋友，和她有什么关系呢？于是，默默地骂自己一句：十三点！然后，惆怅着进了卧室。

林妙珍开了卧室的灯，拿起棒针绒线，准备坐下，突然就发现，铺在沙发上的线毯在灯光下分外显旧，红色的牡丹花也不是鲜红的，像是凋落的残花，黯然的赭红，一朵大一些，一朵小一些。又因为坐得太多，花型被揉捻得走了样，没了立体感，成了一滩一滩的，仿佛来例假时，坐久了，染上了不小心漏出的经血。林妙珍伸手抚了抚线毯，平面的牡丹花更平了，林妙珍轻泛涟漪的心情，便也仿佛被抻平了一些。她这才坐下来，安心织起了绒线。

第二天，林妙珍早早起了床，照常梳洗更衣，而后出去买菜。逛了一圈超市，回到家已是九点多。林小米刚起来，看见林妙珍进门，惊叹一声：“哇，姆妈，你好漂亮，要去哪里做客吗？”

林妙珍心里一紧，嘴上却淡淡回答：“是吗？我没觉得呀。”

幸好，林小米没有继续追究下去，她的心思早已飞到那套即将获得的昂贵的职业装上了。她很快梳洗完毕，喝了两口牛奶，出了门。林妙珍这才进到卧室，站在了三联橱的镜子前。

适才，林小米说她漂亮，确是把她吓了一跳。好像精心隐藏的秘密被发现了，且这秘密又是那么暧昧而见不得人。可林妙珍并不是刻意的，她起床，她梳洗更衣，她去买菜，多么正常！可是，她自己也不知道什么时候，她已经把她这一季最好的衣服穿在了身上。甚至包括那条美丽的小内裤，和后来补买的美丽的文胸。不对不对，内裤和文胸，是昨夜睡前洗澡后就换的，不是今早。林妙珍这么想，是尽力要把自己从暧昧中拉出来，可似乎她在自拔的同时，又在不断地陷落。现在，她看着镜子里的女人，白色真丝连衣裙，齐肩直发，眉眼间竟还带着一丝桃花笑意。她无可奈何地确定，镜子里的女人比过去的任何一天都要年轻漂亮。她情不自禁地想：这样子，就真的是大龄未婚女青年了；这样子，才更像蒋舟阳的"姐"。好像她变得这么年轻漂亮，完全是为了有资格做那个"姐"。

接下来的时间，林妙珍当然还是坐在沙发上织绒线。这沙发真是个好东西，带着什么样的心情往上一坐，哪怕痛苦、喜悦、愤怒、激动，都会降下量度。沙发很好地控制着林妙珍，让她在任何情况下不至失态。可是，就算她平静坦然，也实在觉得时光流逝得太过缓慢。她一再告诉自己，她并没有在等待什么，但还是止不住把外面的一点点响动，都当成家门即将被敲响的前兆。她安坐的表象内，隐藏了某种激烈的情绪。结果呢，又因为激情这东西，终归是爆发力有余而耐力不足，便在这漫长的时间流逝中，很快疲倦了。

敲门声响起时，林妙珍已经斜靠在沙发上睡着了。她就是这么容易睡着，仿佛这一天之内的等待，她都没有勇气和力量去承担。只有用睡觉的方式，才可以逃过这一段等待的煎熬。敲门声惊醒了睡得并不踏实的女人，她一跃而起，快步走出卧室，经过三联橱时，还不忘看一眼镜子里的自己。这一眼是仓促了一些，但她还是看到了一个不错的整体形象。没有什么意外，林妙珍通过猫眼确认了门外的人是蒋舟阳，便打开家门，把今日的男主角请上了她的家庭舞台。说男主角应该不算夸张，从太阳刚刚升起的早晨，一直到现在，这一整天的所有内容，林妙珍不都在等着他来填充吗？

当然，林妙珍的想法很简单，她是为了林小米，才留在家里等这个男生的。所以，蒋舟阳还没有坐下来，她就急急地告诉他："对不起啊！小米去加班了，她特地关照我，要我告诉你一声。”

蒋舟阳，这个男生，不，应该叫男人，年轻的男人。蒋舟阳，这个穿着浅蓝色休闲衬衣的男人，长长地“哦”了一声，似笑非笑地说：“我猜到了。”然后，他忽然停住口，把林妙珍上下打量了足足三十秒，仿佛是舞台剧启幕前长时间的寂静，大幕正在徐徐拉开，终于，演出开始了：“这位姐姐，漂亮的姐姐，可怜可怜，给口水喝吧。”

林妙珍赶紧说：“我去拿，我去拿。”说完，就要去拿饮料。这是她过去从未经历过的剧情，她分不清哪一分钟是真的，哪一分钟是假的，所以，每一分钟她都是认真的。在蒋舟阳面前，她变成了一个认真的小女孩。然而，就在她转身向厨房走去时，蒋舟阳哈哈大笑起来，他笑着喊她：“不用不用啊，我和你闹着玩的，快回来。”说着，抬起坐在沙发上的身体，伸手拉住了林妙珍。

林妙珍太认真了，她急于解决年轻男人的口渴问题，朝厨房方向前倾的身体带着一定的速度。那拉住她的一臂之力，又因她的急切而施加了更为强疾的力。就如紧急刹车，向前的力受阻，反射而来的是更大的向后的力。她的大脑，却依然在向前。于是，在这样的力量冲突中，她白色连衣裙的娇小身躯，便失去了平衡，后仰着踉跄倒退。

蒋舟阳那只拉住她的手，及时行使了另一种功能。这只手紧紧地抓着她的手臂，撑住了即将摔倒的女人。当然，这只手的主人也迅速脱离沙发，像一棵大树一样站在了女人的身边。恢复了身体平衡的林妙珍，像一只差一点跌入悬崖的白兔，在救起她的猎人手里，瑟瑟颤抖着。

八、关于处女

年轻的男人总是把自己当探险者，他扮演的是一个多情的侠客，雁过留声，人过留名，仅此而已。他是彻底的过程主义者，前途茫茫，他不可能在某一个驿站停留下来，并从此安居乐业。这不是侠客的理想，侠客只需走过、路过、爱过、恨过，侠客的人生意义，就是在行侠途中的体验和修炼。现在，侠客寻求真理、真情、真性的脚步走到了悬崖边，他遇到了一个女人，这个女人，与他过去遇到的诸多女人，是那么不同。她有着母性的宽柔，又有着少女的羞怯；她复杂到无以探知内心，又单纯到不解人情世故；她既成熟，又年轻；既美丽，又无知……这样的女人，怎么会没有诱惑力？侠客崇尚的人生信条，就是为纯粹的爱恨情仇而不枉度生命。所以，他怎能不抓住这机会，行使他作为侠客的壮举？且那么年轻的侠客，因生命力旺盛而有着强劲的胃口和消化能力，以及随和而不怎么挑食的优点。

林妙珍听到耳畔有粗重的呼吸，她看到近在咫尺的浅蓝色身躯上，正在剧烈起伏的浅蓝色胸膛。这一切，与多年前的那次遭遇多么相似啊！当然，现在的林妙珍，不是多年前的林妙珍，所以她不会说出“你别走到我跟前”“你别碰到我身上”这样的话。然而她也不可能坐以待毙、任其宰割。她习惯性地要挣扎。她用力甩掉紧紧握住她手臂的那只大手，转过身举起自己的双手，手掌向外推了一把挡住她的浅蓝色胸膛。她可真是没有力气啊！或者说，她压根就没想真的用力推，那面并不厚实的胸膛，居然纹丝不动。她几乎动了怒，嘴里发出了轻而严厉的呵斥：“别挡我，让开啊！”

可是，她连呵斥都是那么无力，这个挡住她不知哪一条去路的年轻人，恰恰被这呵斥激起了征服的欲望和决心。被她甩脱的手，重振旗鼓，又一次抓住了她，这一回，是肩膀。她脸色都发白了，她感觉到她的肩膀在颤抖，不不，不是她的肩膀，是他的手，他的手在颤抖。这侠客，终究是有些过于年轻了，他颤抖的手泄露了他内心并不那么强悍的秘密。这也怪不得他，他面对的是一个如此特殊的女人，超乎常理的年长于他，又是他的女同学的养母，这关系，无论如何，说得上违背伦理。毕竟，他还没有彻底玩世不恭，他还有着准则的记忆，以及模糊的芥蒂。从另一角度说，他对她的亲近，又确是出于真情，冲动的真情，欲望的真情。所以，他无法再强装老练，他的稚嫩、紧张、非理性，一概地流露而出。

林妙珍抬起头，试图用目光逼退他，然而，她看到的是他汗津津的脖子、上下滚动的喉结、上唇的黑色绒须、耷拉着的眼皮、咬紧牙关的腮帮子……林妙珍的心忽然一软，心疼的感觉再次袭来。她几乎慌张失措起来，她意识杂乱混沌，头脑里却无法抑制地闪出一个疑问，她问自己：是不是，这心疼的感觉，就是林小米说的——爱情？

这可真是一个神奇的词汇，“爱情”这两个字一经跃出，刹那间，两泓滚烫的热泪涌出林妙珍的眼睛。这个封闭、怯懦、固守陈规的女人，正在跌进一潭深水。她觉得，她无法像三十年前那样理直气壮地做一名无知的贞女，她做不到了。她曾经吓跑过一个男人，现在，这个叫她心疼的大男孩，这个让她此时此刻依然不能摆脱伦理自责的大男孩，她舍不得吓着他。她曾经用错误的思想指导了过去几十年的生活，或者说，她是毫无思想地过了几十年苍白的生活。现在，她隐约觉得，她有了精神追求，虽然她不清楚她究竟要追求什么，但她分明感觉到一种发自内心的、真实存在的感情。尽管这感情的所指对象纯属偶然，况且又是那么年轻，与她的差距是那么大，可她感觉到，他和她都不反感这一切的发生。幸好，幸好她不是林小米的亲生母亲；幸好这个叫蒋舟阳的年轻人，不是林小米钟情的；幸好他和林小米不是同班同学；幸好他已经工作，他不是大学还没毕业的毛头小子。已经工作的男人，应该算成年男人。甚至，她庆幸他曾经有过一打女朋友，她不需要为他的青春被她撷取而担负罪名……可是，可是他居然有一打女朋友，他那么有女人缘，他既不缺女人，又何以来招惹她？她是谁？她，林妙珍，是一个什么样的女人啊！一个没有经历过任何男人、没有做过一回真正的女人的——处女。

林妙珍忽然感到无比的委屈，眼泪干脆毫无节制地流淌而下，人，也变得没有招架，呆站着，只晓得掉眼泪。片刻，她感觉到，那只不曾离开过她肩膀的手，颤抖的手，居然放开了。然后，她的整个身体被一个潮湿而蒸腾着热气的怀抱，紧紧地包围了起来。

仿佛做了一个漫长而沉重的梦，直到天色将黑，林妙珍才渐渐苏醒过来。她轻轻挪了挪疼痛的身体，身体却陷在一团柔软中，像一堆被掩埋的死肉。她又扭了扭酸痛的脖子，侧向的视线内，充入大片奶黄色。她发现，她是躺在那只她从来不愿坐一坐的仿皮沙发上，适才发生的一切，都是在客厅里，在这只沙发上。

林妙珍努力回忆着一些片段，她想起，那个年轻的男人在完成他冲动的、欲望的真情宣泄后，唯一说的那句话："我靠，你还是处女？不早说!"

这是一句什么样的话啊！突兀、恼怒、烦躁，像一阵冰雹、一锋匕首、一颗子弹……一把钝器，向她劈头砸来。她感觉心脏猛一抽搐，痛感袭击而来，迅速蔓延到全身的每一根神经、每一个细胞。就像一台曾经受过重创的汽车，好不容易修整到重新启动、投入行驶，却在刚开上大路时，突然又遭遇一记更为沉钝的重击，于是，干脆丧失了行驶的功能，彻底报废了。这个掏出钝器砸她的人，有着瘦骨伶仃的胸膛、汗津津的脖子、上下滚动的喉结、上唇的黑色绒须、耷拉着眼皮不愿正视她的眼睛……几分钟的沉默后，整装完毕的年轻男人，斜着一高一低的肩膀，走向门口。一记沉闷的碰撞声，撞破了林妙珍的梦，她睁着眼睛想：又吓跑了！

那么简单，那么快，一切就成了往事。好像，林妙珍只用了短短半小时，就过完了别人的半辈子。转瞬间，她觉得她已经变成了一个白发苍苍的老太婆。

林妙珍依然每天坐在卧室里的沙发上织绒线，她似乎越来越离不开她的老沙发了。除了吃饭、上厕所，几乎所有时间，她都在沙发上度过。有时候，她织着绒线，就靠在沙发上睡着了。她可真的成了一部报废的汽车，把自己安置在最安全、最没有风险的仓库里，上路太叵测、太危险，那就不上路，哪怕占着"汽车"——"女人"这个徒有虚名的称谓。

林妙珍给她的老沙发换铺了新的线毯，原来的线毯上印的红牡丹旧成了赭红色，实在像是凋落的残花，或者那种肮脏的血液，看上去不雅到触心，早该换掉了。新的线毯，是黄不黄、白不白，看上去永远没有洗干净却也不易染脏的浅咖啡色。林妙珍就坐在咖啡色的老沙发里，安心地、孜孜不倦地织着她长久的、永远织不完的绒线。

双眼皮

一

开学第一天，冯煦就发现林素那双东方女人特有的丹凤吊梢眼，竟变成了一对双眼皮大眼睛，他带着略微夸张的表情惊叹道："咦！一个假期不见，变成大美女啦！"

林素怔了怔，冷冷一笑："什么意思？"

林素的神经正处于高度敏感期，说话有些冲，因为这个假期，她的丈夫张西凯正和她闹离婚。准确地说，一周前，张西凯留下一纸离婚协议书，拖着拉杆箱，搬出了他们共同生活了七年的家，和林素分居了。

冯煦似不知情，在林素脸上细细端详了一番，点了点胖大的脑袋，追加了一句："嗯，是眼睛变大了。"

林素不由得伸手揉了揉沉甸甸的眼皮，预备铃恰在此时响起，冯煦抱起一堆中外名酒空瓶冲向走廊，壮硕的身影消失在办公室门口的瞬间，她听到他急匆匆说："等我下课！"

办公室内只剩下林素一人，她拉开抽屉，拿出一面小圆镜，迅速看了一眼。镜中是一张白得有些呆气的鹅蛋脸，眼皮略微红肿，却是实打实的双眼皮，眼睛倒是显得大了，只不过，并不是常态，看起来很假。

林素的眼睛，原本是细细长长的丹凤眼，单眼皮，黑眼仁，眼梢微微斜吊，比较古典。因眉毛与眼睛之间距离颇大，配上她并不高耸的鼻子和过于小的嘴，虽清爽简洁，但缺了立体感，表情又不丰富，就不能算美女了。林素生得不抢眼，江南小镇出身的居家女子，不似城里女孩那样娇养，从小受的是勤俭节约、吃苦耐劳的传统教育，没有太多蛊惑男人的魅力，却是男人最愿意娶回家相夫教子的类型。

然而，如林素这样的贤妻良母，居然也面临离婚，这就让人想不通了。林素的父母一致认为，一定有一个第三者插足了女儿原本和睦的家庭。虽然张西凯从头至尾没有承认过提出离婚是为了别的女人，但据林素的妹妹林洁回忆，她曾经和朋友一起去泡吧，巧遇过张西凯和一个陌生女人在一起，看起来比较亲密。林洁说："姐，那种女人，怎么能和你这个艺术教育工作者比？就是年轻一点，可年轻有什么用？总归要老的，我看张西凯是昏了头。"

对于妹妹的好意，林素并不领情："人家自然有她的优点，张西凯又不是傻瓜。"

林素宁愿相信那个女人是美丽而强大的，那样，她反倒觉得，即便输，也输得体面一些。被一个什么都不如自己的女人打败，那是很丢脸的。此时的林素，完全是一个倔强的战败者，好像唯其承认敌人的强大，才能证明她亦不算弱者。正是基于此种心态，张西凯提出离婚时，她甚至都没有为保全即将破碎的婚姻而决一死战，她只是采取了"非暴力不合作"策略，把张西凯撂在了一边。并不是她自认为没有能力战胜对方，要知道，不战而退是热爱和平者的姿态，至少在一场没有正面交锋的战争中，人们没有资格论断究竟谁更强大，输掉的一方只是不恋战。

然而，究竟是不恋战，还是不敢战？林素没有细想这个问题。问题的关键是，林素的确是一个受害者，是张西凯要离婚，她即将被抛弃，或者说，她已经被抛弃。一个真正的被抛弃者，最不愿意承认的，恰是自己的被抛弃。

林洁比林素小五岁，性格比林素泼辣："姐，别把张西凯想得那么纯洁，什么优点缺点，男人就是图新鲜。”

林素心头的沮丧稍稍减弱，好像林洁这么一说，就证明了张西凯只不过是犯了一次全世界男人都会犯的病，倒霉的并非她一个人，便幽幽地说：“我知道男人的德性。他想看看外面的世界有多精彩，那就让他去感受一下吧。要是那个女人真稀罕他，我就成全他们。”

说“成全他们”的时候，林素的眼睛里射出两朵灼亮的光芒，像一个正发着高烧的人，面红耳赤、眼睛透亮，浑身散发着腾腾的热量，仿佛她是为着牺牲自己成就他人的美事而骄傲，骄傲得近乎亢奋。

在这场离婚事件中，亲人们一边倒地替林素抱不平，然而，同情医治不了林素心里的创伤，甚至连安慰的效果都达不到。林素究竟是输了第一回合，以旁人的说法来概括这件事，那就是：张西凯外面有女人了，张西凯要抛弃林素。

林素的“非暴力不合作”运动进行了整整两个月，结果是，张西凯离家出走，搬出去住了。他是这么对林素说的：“其实，你是个好女人，可是，我，我实在受不了你的眼睛！和你结婚七年多，我就没睡过一个踏实觉，你那双眼睛，总是监视人，再这样下去，我要得忧郁症了……”

张西凯说得很认真，没有调侃的口吻，也不像一个急于离婚的男人在为自己找借口，他甚至带着扼腕痛惜的表情，好像离婚实在是万般无奈之举。林素嘴角一撇，竟笑了笑，侧目而视道：“是吗？原来你在外面找女人，也是我的眼睛给逼的，真对不起你了。”

这是张西凯提出离婚后，林素首次出言反诘。她从未当面举证过男人出轨的例子，这样做，有失自己的水准。当然，她也没有掌握确凿的证据来讨伐张西凯，更没有去追究那个女人究竟是谁，自尊心逼迫她必须对第三者“不屑一顾”。

然而，张西凯的离婚理由竟这么有创意，实在令林素意想不到。在这之前，她从不知道，她的眼睛会有如此威力，竟可以承担起男人出轨的责任。林素不禁产生了些许疑惑，是不是，这么多年来，她的确太低估了自己的眼睛？或者，她始终没有充分利用过自己这双其实有着巨大潜能的眼睛？

张西凯留下一纸离婚协议，去追寻一双不会令他得忧郁症的眼睛了。林素知道，这是正式离婚的最后一段前奏，如果她继续采取“非暴力不合作”手段，她将真的成全了他。可她从来没有学过怎样用“暴力抵抗”的方式为自己争取或者挽回什么，张西凯拖着拉杆箱跨出家门的那一刻，她觉得她的婚姻已然陷入了绝境。

林素躲在家里，一个星期没有出门，幸好是暑假期间，不用去艺校上班，可以尽情地闭门独哀，为不幸的遭遇失眠、痛哭、骂人、绝食乃至神经质地翻箱倒柜寻找所有可以证明张西凯出轨的有关衣物用品。

这一个星期，林素的眼睛在泪水的反复洗涤下，产生了些微的视觉障碍，看什么东西都是模模糊糊的。直到第七天早上，翻天的热浪把她逼醒，睁眼时，感觉眼皮很厚很重，好像裹着一层随时都有可能脱落下来的蛇蜕。她用力眨了眨眼睛，涩而微痒，并无眼泪涌出，大约这一个星期，她把一辈子的眼泪都流光了，现在，必须出门晾晒一下了。

林素已经一个星期没有照过镜子，此刻对镜梳妆，竟恍若身在一个陌生世界。镜子里呈虚像状态的家具、摆设、墙上挂的照片，与身后的真实图景如出一辙，然而一伸手，却是冰凉的平板一块，心里霎时又有酸痛感涌出。手机恰在此时有短信提示，打开看，是冯煦发来的一则笑话：丈夫问妻子，为什么上帝把女人造得那么美丽却又那么愚蠢？妻子回答，上帝把我们造得美丽，你们才会爱我们；把我们造得愚蠢，我们才会爱你们。

林素咧了咧嘴角，脸上开出一个半生不熟的笑，眼睛里的热流回溯。她给冯煦回了短信，就一个字：哈。

冯煦的第二个短信很快来了，也极简单：祝你快乐！

林素眼睛里好不容易收回的热流，再一次涌上来。她没有再回短信，合上手机，开始整理一个星期未曾打扫过的容颜。打开热水龙头，洗了一把脸，再往脸上涂防晒霜。林素的手势有些过于激烈，面皮在手掌的揉搓下不断地褶皱变形，仿佛要让防晒霜完全渗透进肌肤，就可以让她换一张脸，洗心革面一样。

林素用了足足三分钟才涂完防晒霜，然后抬头，便惊异地发现，镜中的女人有些不一样。白皙的肤色变成了小麦黄，脸颊深凹，原本平坦的面孔忽然呈现出山高水低的纵深感。最奇怪的是，那双三十五年如一日的丹凤吊梢眼不见了，竟变成了一对双眼皮大眼睛。

二

林素是从小被人夸大的孩子，亲朋邻里都夸她懂事，夸她学习自觉用功，夸她手风琴拉得好，只是，极少有人夸她漂亮。虽然有时候人们会夸她的眼睛长得好，但这并不能说明她的眼睛真的有多美，因为夸她的人，都是至亲熟人，识得其好，是因了解其人。

林素吊着一双丹凤眼，做着一个乖女孩，也有偶尔变成双眼皮大眼睛的时候，比如某一天早晨醒来，发现眼皮内隐隐多出一条线，那就表示，今日她要生病了。果然，不会超过半个时辰，体温就节节攀升，也不是什么大病，去医院报到一下，打个针吃个药，买些水果零食，花点钱就好了，微恙而已。

少女时代的林素，常常渴望生病。不仅是因为生病可以让她享受水果、零食、请假不上学、父母的宠爱等平时享受不到的优待。更重要是，生病可以让她变成一个双眼皮大眼睛的漂亮女孩。健康时的林素，因为健康，白皙的脸庞格外圆润，本就是单眼皮的眼睛也格外细小。看起来，这孩子只是长得干净，有些木然的干净。病时的她，反倒显得精力充沛，一会儿喝水，一会儿上厕所，还喜欢站在镜子前欣赏自己。镜中的女孩，面色是淡黄的，眼睛变大了，瞳仁里闪着两团亮亮的火焰，因为体温高，颧骨处顶着两朵红晕，双颊却微微凹陷，缺乏经历的脸上，平添了一些来历不明的憔悴，显出几分病态的娇美。少女林素便会找出丝巾、头绳、发箍之类的小饰件，对着镜子搔首弄姿一番，仿佛病中的女孩，恰是登上了一个陌生而新鲜的舞台，她所扮演的，是一个全新的自己。这状态，令她好奇而兴奋。

然而，长大后，林素的这个特点就消失了。哪怕是高烧到40度，依然是一双丹凤吊梢眼，安安静静地镶嵌在平坦的脸上。对此，林素的母亲有经验，她说："小孩一生病，眼睛就会变，因为小孩命根子还没扎牢。眼睛不变了，那就是扎根了，成人了，好比蝌蚪长到癞蛤蟆，就把尾巴给长没了。"

如果说，双眼皮是林素的病，那么粗粗算来，她已经有十五年没有犯过病了。按母亲的说法，十五年前，她就从蝌蚪长成了癞蛤蟆。可现在，双眼皮又出现，对镜自审，她发现果然又回到了小时候生病的状态，眼睛灼亮，浑身发烫，精力充沛，情绪亢奋。她近乎自虐地想，大概闹离婚就是生一场病，因为闹离婚，她变得漂亮了。可是，离婚究竟不是发个烧，三五天就好，她有一种预感，这一次，可能凶多吉少。

林素略微收拾了一下妆容，换了一身天蓝色斜格连衣裙，出了门。艺校明天开学，今天是教师报到日。八月底的太阳依然猛烈，她没有打遮阳伞，天蓝色连衣裙让她像春天一样明媚。然而，表情却迟疑，似一只蛰伏的虫子，想从隆冬里走出来，因不知路途而迷茫，又因害怕被人伤害而胆怯。就这样，林素像一股迟疑的春风一样迷茫而胆怯地来到了艺校。

林素的工作单位，全称是"海博艺术学校"，位于市郊交界处，离住处不远，轻轨三站路。艺校的学生，大多家里有钱，不爱念书，就送来学一门工艺装潢、广告设计或者音乐方面的专业，也学不成大器。只是这批孩子，九年义务制教育完成后，得有个去处。从某种角度来说，海博艺校也是一个托儿所，在这里教书没多大压力。倒是假期艺术短训班，林素教键盘乐器，学生比较多，短训班是她薪水以外的重要收入来源。只是今年暑期，林素的心思全不在挣钱上，都要离婚了，还有什么心情教小孩弹琴？

冯煦见到林素的第一句话就是："咦！一个假期不见，你变成大美女啦！"

林素当即问："什么意思？"

这是一个充满戒备的短句。显然，她为自己穿起了铠甲，然而记忆还是让她产生了少女时代曾经有过的满足感。什么样的感觉呢？心脏里牵出一丝丝疼痛，情绪却躁动，浑身上下充满了激情。她不禁想，是不是以前她的生活的确过得太平淡了？是不是她早已过得厌烦了？她只是不自知，还被一股惯性挟持着，以为离婚是一件多么痛苦、多么丢脸、多么不堪的事。直到张西凯真的离开了家，她才发现，即便真的离了婚，她也还是要活下去，还是要见人，还是要来到学校，面对她的同事和学生……

林素从椅子里站起来，她要去教材组领课本，还要去教务科拷贝教案软件。校园公开网上有下载通道，但网速很慢，她得亲自去一趟。其实网速不是问题，问题是，林素觉得她需要见人。关了那么久禁闭，现在她要释放自己。她不能做一只把脑袋埋在沙丘里的鸵鸟，她也不是掩耳盗铃者，她要正视现实。现实就是具有杀菌作用的紫外线，她必须裸露在紫外线中，伤口才会更快地愈合。

林素整了整连衣裙下摆，又拢了拢额前的碎发，出了办公室。她去了一趟教务科，又去了一趟教材组，还去医务室把女教师福利的卫生巾领了回来。然而，她没有得到任何反馈，不知是学校里无人知道她正在闹离婚，还是人们有意在她面前不流露哪怕一丝异样的表情。总之，她想象中的效果一概没有出现。她有些自作多情，她以为她被男人抛弃的消息已经传遍了全校，她有必要让全校教职员工看到她良好的状态，她并未被离婚事件击倒。她在同事面前笑脸明媚、热情洋溢、废话连篇，她果然不像一个正闹离婚的女人，倒像一个从未上过战场的士兵。这位士兵披着厚重的盔甲，手拿坚实的盾牌，做好了要去拼杀的准备。可上了战场，她连单兵片甲都没遇到，只有几个拿着笤帚扫地的清洁工，还有几个栽树除草的园丁。他们根本就没把她当对手，他们一如既往的客气、冷淡，态度亦是公事公办。这几乎刺伤了林素，他们怎么可以对一个被男人抛弃的女人这样熟视无睹？哪怕表示一下关切，哪怕好奇心使然而向她打听事情的来龙去脉，而后到处传播，哪怕骂她几句呆瓜木瓜傻瓜，也比漠视要让她更能接受。

林素想着还可以去哪里？环顾了一圈偌大的校园，办公楼高耸在剧烈的阳光下，楼里却人迹寥落；茶色玻璃笼罩的体育馆像一口褐色的大棺材，默默地匍匐在操场尽头；学生还未报到，人工喷泉池静静地闹着旱灾；假山上的一棵无名小树已经变成了干柴，炎夏的余威让万物焦灼干裂……林素终于承认，她已经找不到第四处有理由去的地方。浑身一松，手里的大塑料袋“扑通”一下，掉在了发烫的水泥地面上，好像袋子里装的不是蓬蓬松松的妇女用品，而是死沉死沉的石块，她已经不堪重负，她都累得筋疲力尽了。

林素站在稍稍偏斜的日头底下，忽然感觉孤独得可怕，她不知道要怎么做才能重新回到人群中。事实上，她从未留意自己是否进入过人群，而此刻，她却分外介意起了这种感觉。孤独，孤独的感觉，这种感觉甚至比真的离婚还要令她沮丧。如果遭遇婚变就是得一场病，那么现在她的感觉，就是得了病的人正无处就医。除非得了绝症，人们才会注意到她吗？真的要等到离了婚，才算是绝症吗？可是现在她的处境，和离婚又有什么区别？

烈日晒得皮肤暴烫，林素却没有出一滴汗，热量淤积在身体里，蒸腾得脸色发红。她不知道接下来她还可以干什么。过去，她总是在下班时间未到就做好了打算，去菜场买老农自己种的新鲜蔬菜，去超市买张西凯喜欢吃的上海大红肠，去西饼屋买第二天全家的早餐面包，去幼儿园接女儿……这几天女儿住在母亲家，不用她接。至于张西凯，他已经向女主人呈递了辞职报告，今日起，家中没有一个男人等着吃她做出来的热饭热菜，亦无人让她为自己扮演厨娘是否优秀而忐忑期待。林素心里一酸，眼泪又涌了上来。

手机轻轻抖动了一下，是冯煦的短信：不等我了？

林素这才想起，刚才冯煦抱着一堆中外名酒空瓶，去给酒吧从业人员培训班上课，出办公室时，他对她说过“等我下课！”

三

冯煦是海博艺校一年前招聘的教师，高级调酒师。近年来，为迎合市场需求，学校开设了一些新专业，酒吧文化专业是其中之一，与艺术勉强搭边，听起来比较时尚。因还没有建立起有规模的教师队伍，屈指可数的几位专业教师就分散在了不同的办公室。冯煦的办公桌在器乐组，和林素同屋。一个爱说笑话的大龄男青年，长个大脑袋，卷曲的头发留到脖根，一年四季戴棒球帽，穿登山鞋，衣着举止有个性，喜欢毫无理由地给同事发一通网络幽默短信，浑身上下散发出“艺术”的气息，倒是不枉为一名艺校教师。

林素对冯煦的底细知之甚少，只晓得他在进艺校前开过一家酒吧。后来不知为什么，把酒吧抵给了朋友，做了教书匠。每次有人问他为啥老板不做要来教书，他总是用轻描淡写的语气朗诵海子的诗：从明天起，做一个幸福的人/喂马，劈柴，周游世界/从明天起，关心粮食和蔬菜。我有一所房子，面朝大海，春暖花开……

言下之意，累了，不想玩了，安安心心做份工作，过正常人的生活。

冯煦的确过得很潇洒。他白天教着酒吧专业课，晚上就去泡酒吧，或者喝咖啡、看电影。一进寒暑假，他就开着他的“指南者”越野吉普，果真周游世界去了。只是，他好像从来不提他的婚姻大事，按普通人的看法，不讨老婆，怎么做一个幸福的人？可冯煦很幸福，至少看起来很幸福。

冯煦对林素，似乎好过对别的同事，也许是年龄相当，有共同语言。有一回下班前，办公室里就他们两人，林素从抽屉里拿出一个折叠好的塑料袋，自言自语道：“下班啦，买菜去，女儿要吃水果色拉……”

冯煦忽然回头问林素：“林老师，你说，做个人，为什么非要结婚呢？”

林素以为他在说笑话，便回答：“不是非要结婚，但是没结过婚呢，就结一回试试，不行还可以离嘛，要不做个人，一辈子都没结过婚，多亏啊！”

冯煦就“哗啦啦”地笑开了：“还真看不出来，林老师你挺开放啊！”

林素也笑：“我？我开放吗？和你开玩笑呢。怎么啦，家里人逼你结婚你不愿意?"

冯煦居然轻叹一声:"唉!错啦,是我想结婚,可是人家不愿意嫁我啊!"

冯煦这个人,嘻嘻哈哈从没正经。之前,林素只以为他不愿意受家务俗事管束,所以不结婚,不想,倒还挺传统。也许是遭遇过一场情感挫折,被恋人抛弃了,还没有从失恋中拔身而出。假如真有这样一个女孩,被他这么执着地喜欢着,一心一意地想着要娶她,那这个女孩真是错过了一生的幸福呢。林素不禁自问:要是我遇到这样一个痴情的男人,怎么舍得不和他结婚?

这么想着,林素就暗笑起来。张西凯不就是那样一个男人吗?当初追她,就是为了和她结婚,她的确没舍得不结婚,她和张西凯结婚了,而且过得挺好。

就是那次聊天后,冯煦和林素的关系,就与别人不太一样了。冯煦和人开玩笑,给人发幽默短信,与别人交流,都比较客气。对林素却随便,有时候还拿她当笑料,当众开玩笑。可她分明感觉到,他不是不尊重她,而是,他视她更为贴心。偶尔,办公室里没有别人,他还是会和她聊一些高深晦涩的话题,比如:爱人移情别恋了,你会如何对待?工作是为了生活,还是生活是为了工作?……这些话题,可归类为思想层面的交流,冯煦如此信任林素,愿意与她探讨精神领域的务虚话题,这使林素陡然产生了比较良好的自我感觉,便觉得应该对他提出的问题予以郑重其事的回答。当然,林素是一个安分守己的女人,不会给出太异端的答案。她也知道,他并不是真的希望从她嘴里得到答案。于是,聊天时,便总也聊不到深处,有时候回答得太正经,让话题显得过于严肃;有时候,又不肯仔细剖析,仿佛怕把话说得太深入,一不小心就会暴露了自己的内心。林素的内心,就是这么提醒自己的,不要自作多情,不要不知深浅,她只是一个他信赖的、可宣泄内心的交流对象,如此而已。

不过说实话,林素还挺愿意担当这个角色。什么角色呢?说冯煦把她当姐姐,林素并不乐意,说红颜知己?没到那个分上。她既是因得到丈夫以外的男人的重视而感到满足,又不需要承担超越朋友关系的不安全感。总之，冯煦这个男人，给她平淡的生活增添了一点不平淡的意味。一如今天，他是全校唯一一个在她遭遇婚变事故时有所表现的人，他给她发来了短信：不等我了？

林素眼眶里即将涌出的泪水闪了两下，倒流了回去。他在等她，这世上还有人在等她，并且是一个男人，这让她心头的孤独感减弱了许多。她给冯煦回了短信，只一个字：等。

快到办公室时，林素忽然觉得手里的一大兜妇女用品妨碍了她。过去，每次来月事的第一天，她都会把医务室领的卫生巾大方地带回办公室，从不躲避冯煦以及任何一位异性同事。有一次，她领了卫生巾回办公室，冯煦见了，当即给同事们说了一个笑话：几个小男孩凑了十几块钱想买玩具，但不知该买什么，其中一个提议，去买卫生巾吧！众不解，问为什么？男孩说，我也不清楚，不过电视上说，有了它，就可以爬山、滑水、打球、溜冰，而且快乐没有烦恼。

冯煦说完，率先哈哈大笑，同事们也哄然而笑，拎着一大包卫生巾的林素也咧嘴笑。她知道，没有人会介意一个三十五岁的女人暴露自己身上专属女性的并非隐私的隐私。

然而今天，她变得有些敏感，也许是正在遭遇婚变的女人该当如此。或者，冯煦的短信让她忽然恢复了作为女人的知觉。总之，她就对手里的一大袋卫生巾生出了芥蒂，就觉得它们庞大憨厚而不知羞耻的样子实在是煞风景。于是，她拦住迎面走来的两位新疆班提前报到的女生，把大袋子塞到其中一位怀里："送给你们了。"

两个女孩瞪大眼睛，一脸疑惑不解。林素没做任何解释，丢下她们，径直向办公室走去。

冯煦正跷着二郎腿哼歌玩手机，听到林素进门的脚步声，搁在椅子靠背上的脑袋转过来，眯起眼睛一笑，胡子拉碴的上唇边，漾出两个浅浅的酒窝。林素从未注意过冯煦竟是一个长酒窝的男人。这酒窝，让他那张略显粗糙的脸多了一些调皮。他漾着酒窝笑嘻嘻地冲林素说："我不发短信给你，你就准备抛弃我了？"

林素被烈日晒得焦裂的嘴唇紧紧一抿，表情立即警觉起来。她听不得"抛弃"这两个字，虽然冯煦是开玩笑，但她还是有些轻微的恼怒，想回敬他一句旗鼓相当的话，却想不起可以说什么。冯煦却追加了一句："不对，我说错了，抛弃是有条件的，不曾拥有，何来抛弃？"

不等林素反应，冯煦一跃从椅子里站起来，说："请你吃饭，我朋友开了一家海鲜餐馆，去捧捧场。"

林素怔了怔："还有别人吗？"

办公室成员偶尔有聚餐活动，但一般都在学期结束时搞，冯煦的邀请让林素感到突兀。

冯煦摇头："没别人，就你一个，算你可怜我，为我牺牲一个晚上，成不成？"

林素咧开抿紧的嘴唇，露出一丝笑意。可她还是习惯性地想拒绝，冯煦却抢在前面说："不要说没时间，我知道你有，走吧。"

说完，不由林素辩解，冯煦跨出了办公室。

林素站在教学楼底层走廊门口，汽车马达轰鸣声和轮胎与地面尖锐的摩擦声由远及近，一辆草绿色吉普车向着教学楼方向飞来，"嘎——"一声，停在了林素面前，驾驶座上的棒球帽冲林素一甩："上车！"

适才还在犹豫不决的女人，此刻却不假思索地绕到副驾驶一侧，开门上了这辆叫"指南者"的越野吉普。

吉普向着郊外驶去，车窗外的景色越来越疏朗静寂。林素一路沉默，她不打算询问究竟要去哪里，也不去想接下来会发生什么，更不去想身侧的男人如何会雪中送炭似的，出现在正孤独到恐慌的她身边。

开始出现海堤，长江入海口的泥沙使海水变成深黄色，太阳正在下沉，红彤彤的火球落到防护林后面，如同一颗过分硕大的果实，悬挂在杂乱的枝条上，颤颤巍巍的，显得不堪重负。林素的心头，便生出了一种危险的满足感，她忽然意识到，她已经不是原来那个居家过日子的贤妻良母，虽然她还未曾真的离婚，但男人已经向她呈递了辞职信，只等她签字了。现在的她，岂不等同于一个单身女人？她又何必坚持着一个贤妻良母的操守？此刻，她坐在一辆撒野般飞驰着的草绿色越野吉普车里，一个留长发、戴棒球帽、胡子拉碴的胖大男人劫持了她，没有商量余地，也没有任何思想准备，她就被带进了一个单身女人的境地。

冯煦说了一句话，风大，林素没听清，他拔亮嗓子大声重复："怎么不说话?"

林素也大声回答："不知道说什么。"

冯煦喊道："我来讲个笑话，你听好了。"

冯煦手握方向盘，眼睛盯着前方的路，用喊叫的声音说起了笑话："长颈鹿嫁给了英俊的猴子。一年后，长颈鹿提出离婚，理由是，它再也不要过这种上蹿下跳的日子了！猴子大怒说，离就离！我他妈早就跟你过够了！亲个嘴还得爬树!"

冯煦手握方形盘，顾自哈哈大笑，笑声被风吹得支离破碎。"离婚"笑话让林素心头轻轻一抽，随即绷着脸说："好笑吗?"

吉普的轰鸣淹没了说话声，冯煦没听见。车一拐弯，开进了一个简陋的小港口，长长的栈桥通向海中的一幢吊脚屋。冯煦停车，指着吊脚屋对林素说："到了，就在那里。"

林素很严肃地看着冯煦，突兀地问了一句话："你怎么知道我要离婚?"

冯煦放下粗壮的手臂，咧了咧嘴，浅浅的酒窝轻旋而出："你要离婚?我不知道啊!"

冯煦脸上略有尴尬，林素断定他知道，便追问："说吧，你怎么知道的?"

冯煦哈哈一笑："可能是你自己告诉过我又忘了?不是吗?那就是别人告诉我的，总之，不是我自己想象出来的。"

说完，冯煦一跃跳下车，独自走上了栈桥。

林素紧随其后，眯起眼睛看远处，吊脚屋孤零零地立在浩瀚的海水中，蓝黑格子男人正向黄色的大海深处移动。一阵风吹过，栈桥摇晃起来，林素觉得眩晕，便扶住栏杆，伸手揉了揉沉甸甸的眼皮，她知道，眼皮是双的，她还在病中。

四

林素的小日子，其实过得挺美满。张西凯冶金学院毕业，服务于本市一家钢铁公司，目前混到中层管理职务，薪水不低，每月交给林素的家用足够开支。女儿蓓蓓健康可爱，长得像爸爸，没有遗传林素那双丹凤吊梢眼。作为人妻的林素，亦是相夫教子，勤俭持家，把家里打扫得纤尘不染，家务做得妥妥帖帖，事事有目标、订计划，每一天都在为小家庭的发展进步而努力奋斗着。小夫妻曾经的共同目标是，五年内住进一套属于自己的三室一厅，十年内拥有一辆汽车，十五年内还清房屋贷款，二十年内出国旅游一次……他们已经完成了第一个五年计划，当然只是首付款，还清贷款是第三个五年计划的事情。正当他们朝着第二个五年计划奔去时，张西凯提出了离婚。

那天，张西凯一如既往没有回家吃晚饭，林素对此已经习惯。九点过后，林素哄女儿睡着，就坐到电脑前，开始玩一种叫“连连看”的游戏。这一天，林素的心情其实挺好，手感也特别顺，电脑屏幕上，一只只长相诡异色彩斑斓的小怪兽紧密列队，正等待着玩家找出相同的两只连接消除。林素很顺利地过了第六关，这是前所未有的战绩。进入第七关后，难度陡然增大，她集中注意力，准备在今夜打破以往一过第六关就死的纪录。

“连连看”是妹妹林洁介绍给林素的，也不知是谁发明的无聊游戏，竟能让上至五十岁阿姨、下至五岁孩童都迷恋上。可林素实在是不长进，玩了一年“连连看”，竟一次都没有完成过全盘十关，今夜，她是首次过第六关。对林素来说，破“连连看”纪录并无任何实际意义，但这是她务实的生活中，唯一一样不务实的活动。人是一种很奇怪的动物，越是有意义的工作，越会日久生厌，而无意义的游戏，却往往会牵住人的鼻子。这会儿，林素就被“连连看”牵住了鼻子，她握着鼠标，神情严肃、目光炯炯地冲杀进了第七关。

客厅传来钥匙开门的声音，张西凯回来了。林素没有起身迎接，她牢牢地坐在电脑椅上，眼睛盯着屏幕里的小兽，嘴里说着："回来啦。"

只有开关鞋柜的声音，张西凯在换鞋，她又问了一句："吃饭了吗？"

这种时候，还能没吃过晚饭？张西凯没有回答，拖鞋踢踢踏踏地进了卫生间，紧接着，是水龙头"哗哗"的声音。他要洗澡了，林素想，在他洗完澡之前，得冲过第七关。

张西凯洗完澡直接进了卧室，没有像以往那样到电脑边来观摩一下林素的战况，并给予一两句温和的取笑。林素听到卧室里响起电视机的声音，是探索纪实频道。张西凯只喜欢看两个节目，除此之外就是体育频道。林素加紧了鼠标的点击频率，男人并未催促，但她提醒自已，不能没有节制，尤其是游戏，更要谨防玩物丧志。

五分钟后，屏幕上跳出一张沮丧的黄脸，宣布了玩家没有通过第七关。林素松了一口气，略有遗憾地关闭了电脑。进卧室时，看见张西凯斜躺在床上，手里捏着遥控器，眼睛盯着屏幕，几只秃鹫正密密麻麻地覆盖在一头羚羊的尸骸上茹毛饮血。林素脱口说："真恶心。"

张西凯看了她一眼，立即用遥控器关了电视。林素觉得奇怪，她在他沉浸于动物世界相互厮杀的血腥场面时，说过无数次"真恶心"，可他从不会因此而关电视机。看来，今天他想与她"认真同眠"，他们已经多久没有"认真同眠"过了？这么想着，林素就脱掉了睡衣睡裤，穿着背心裤衩爬上床。刚抓住张西凯的毛巾被，想钻进去，感觉一股力量阻止了她的手，抬头看，男人正压住被角，眼神竟有些陌生。林素心里一惊，就听见张西凯说出了一句令她无论如何想不到的话："林素，我们离婚吧。"

"为什么？"林素还来不及反应过来，问"为什么"的时候，就像遇到了一个最普通的家务问题。

"不为什么，就觉得没意思了。"张西凯显然不想说出真相，随便捡了一个毫无说服力的理由来搪塞。

林素眯起丹凤眼，竟笑了笑："开玩笑吧？"

张西凯也笑了笑："是真的。"

林素怔住了，伤心或者愤怒还来不及涌上心头，只觉得脑子霎时不能思索。隔壁房间传来几声呜咽，林素立即下床，去了女儿的小房间。

女儿做噩梦了，哭着说大灰狼要吃掉她，林素把声音放到竭尽温柔，哄了好一会儿，女儿才睡着。回到卧室已是半小时后，张西凯整个人平卧在毛巾被里，闭着眼睛，无声无息。林素小心翼翼地上床，盖上自己的毛巾被，尽量减少动静，她知道他还没睡着，只是，她不想让他觉得她在故意骚扰他。

林素背朝张西凯侧身躺下，两条毛巾被中间几乎没有距离，她能感觉到他的呼吸带动着身体轻轻的起伏，但她不知道，身后这个熟悉的身体，究竟出了什么问题？她回忆了一下他最近的变化，仿佛回播一段摄像头的记录：应酬越来越频繁，回家也比过去更晚，夫妻生活过得少了，手机短信比以往多了……回忆让林素忽觉恐惧，她发现，自己真的变成了一个摄像头，事无巨细地记录着男人的行为，却无法透视到他的内心。她有多久没有关心他在想什么了？她要关心的事太多了，关心女儿，关心水电煤气、油盐酱醋，关心银行存单的数目……关心家里的一切。关心这个家，不就等于关心家中的男人吗？她甚至关心电视剧里别人的家庭危机，也会分析危机中的丈夫和妻子孰对孰错。可她就是没有想到，这样的危机也会出现在她的家庭中。

张西凯翻了一个身，身体贴上了林素的背脊，这是他求欢的习惯动作。接下去，他应该把手伸过来，搭在她的胸口。但是今天他不会了，她想，他只是无意间碰到了她。她缩了缩后背，自尊心促使她躲避他的身体。然而，她还是感觉到，有一只手伸进了她的毛巾被，然后，没有悬念地搭在了她的胸口。她想，她应该拨开这只手，还是默默地接受？男人却在背后很轻地问了一句："想不想要？"

张西凯没有等她回答，身躯就整个地贴了上来，并迅速把自己挪进了她的被窝，一双手熟门熟路地伸进她身上因穿得太久而异常薄软的小背心。她没有拒绝，那一瞬，她忽然产生幻觉，适才说要和她离婚的丈夫，究竟是不是身边这个男人？

男人轻轻一拨她的肩膀，便侧身翻上了她已经仰面朝天的身躯，动作熟练而毫无芥蒂，似从未说过离婚的话，或者，他并不认为提出离婚就意味着不再上床。林素习惯性地配合着他，事情有些突然，她还不知道如何拒绝他。他一如往常地闭着眼睛，按部就班地做着他男人的工作，她却不敢相信似的睁眼看着几乎完全覆盖在她身上的男人的面孔。台灯光正好照在他脸上，她无比熟悉的这张脸，肌肉的每一丝牵动，表情的瞬息变化，都代表着他此刻的身体感受。她无法投入，只观察着男人的表情，心思早已游离到了身躯之外。她愈发觉得奇怪，他们已经一个多月没有同房了，自从生了女儿，他们的房事越来越稀少。可是此刻，这个一小时前很认真地说要离婚的男人，正无所顾忌地和她做爱。为什么？他这是在给她恩赐吗？他是在尽他男人最后的义务吗？她忽然觉得受了侮辱，眼泪"刷"的一下从她那双丹凤吊梢眼里滑落下来。

张西凯感觉到了，猛地睁开眼睛，一双细长的丹凤眼定定地看着他，泪水正源源不断地涌出。

男人一下子泄了气，赤裸的身体从女人身上滚落下来，喘着粗气说："房子存款都留给你，我出去。"

林素忽然坐起身："她是谁？"

张西凯没有回答，她又追问了一遍："告诉我，她是谁？"

男人闷闷的声音透过毛巾被传出来："没有谁，即使有，也不是我要离婚的原因，你别乱想。"

张西凯的回答有些暧昧，但已经很说明问题，林素觉得没有必要再问下去了。她了解他，他不会承认离婚是为别的女人，但他又不愿意否认他外面有女人，撒谎不是他的习惯，或者说，在林素面前，他从来不需要撒谎。

林素不像大多数女人那样对丈夫看管得很严，当然，对丈夫的工作、交友、行踪，她也例行公事地询问，但不会刨根问底。张西凯的回答，也总是让她觉得无懈可击。这几年，他的职位升迁，他拿回家的薪水，都证明了他的忙碌是值得的。她因此觉得，她的丈夫可信任。现在，她不明白究竟是哪里出了问题，是张西凯本就花心，还是她过于信任他，使他失去了归属感？

可是这个男人，像是一个要离婚的男人吗？太不真实了，连她自己，都是那么不真实。当她听到丈夫要离婚的消息后，为什么不焦躁、不愤怒，甚至没有感到强烈的威胁？她只是觉得有些伤心，有些伤自尊。他们简直像一对严守同居协约的男女，而不像一对夫妻，他们都不喜欢感情用事，只是按着计划、向着目标，有规律地生活着。一旦计划需要改变，就通过协商妥善解决。可是，一对有感情的男女，怎么可能不感情用事？这么一想，林素就把自己吓了一跳，是不是，张西凯早已对她没有了感情？她甚至怀疑，她对张西凯，是否也一样？他们早已没有了那种相互依恋、相互需要的感情？

这是一个危险的猜测，也是撕破婚姻协约最好的理由。林素摇了摇头，重新躺下。她努力纠正着脑子里可怕的想法，也许，张西凯只是喝多了，明天早上醒来，就忘了自己曾经提过离婚。可是身侧的男人渐渐粗重均匀起来的呼吸中，并没有酒精气味，他没有喝酒，离婚并不是他酒后胡言，而是真的，他真的要离婚！

林素面对张西凯侧躺着，暗弱的台灯光下，男人微黑的皮肤上蒙着一层橘色的光晕，眼睛闭着，嘴角微微下弯，眉头轻皱，好像时刻保持着警惕，又多少带着点委屈和烦躁。林素看着睡眠中的张西凯，她已经很久没有这么仔细看过他了。以前，每次房事完成，他总是很快睡着，她却没那么容易入睡，就侧身看着睡眠中的男人。他也偶尔会醒来，发现她还看着他，便说一句“还不睡？”翻过身，留一个背影给她。她并不介意，继续看他的后背，并不是她太迷恋这个男人，而是，看着他，就像数羊催眠，张西凯只是林素睡着前要数的那群羊。

现在，林素就这么长时间地侧卧着，眼睛盯着张西凯的脸。这一回的看，却不再是数羊催眠，而是真的想要从他脸上看出真相一般。睡着后的张西凯，似还保持着警惕，他感觉到她还在看他，翕了翕鼻翼，睁开了眼睛。

张西凯一睁眼，就被一双近距离盯着他的眼睛吓到了。林素的丹凤吊梢眼凑得太近，两道灼烫的目光黑色闪电般射向他，逼得他困顿的双眼忽觉一阵刺痛。他躲避似的往被窝里一缩，迅速闭上眼睛，发出一声虚弱的哀叹："你，你又在监视我！"

五

张西凯是林素的堂兄林风的同学。林风婚礼那天，他是伴郎，林素是伴娘，就这样认识了。从那以后，林素每次去伯父家，总会巧遇张西凯。直到他们正式谈恋爱，他才说出来："哪有这么巧的事？其实我早就和林风串通好了，只要你去他们家，他就通知我，我立马赶到。"

林素被感动了，张西凯为了追求她，这么有耐心、有毅力，一次次等待机会，一次次往林风家里赶，不能说他处心积虑，只能说，他是一个很执着的人。一年以后，水到渠成，瓜熟蒂落，林素和张西凯结婚了。两年后，就有了女儿。

除了和林风串通好来追求林素这件事，他就再没什么特别值得回忆的浪漫经历了。好在，林素并不是一个浪漫的女人，即便从小学拉手风琴，也没有因音乐而改变她务实的性格。也是这种性格，让她在音乐上没有太大成就，只学成了一样混饭吃的技术，上升不到艺术的高度。对男人的认识，她也素来是成熟理性的，只要无恶习，长得不太丑，工作努力，要求上进，便是可托付的了。直到林洁告诉她，在一家酒吧里见到张西凯和"那个女人"在一起，她才想起，她倒从来没有和他一起去泡过咖啡馆或酒吧。是不是，她这个女人，实在太不识风情、太没有情趣，男人与她在一起，也就不需要去制造浪漫情调了？

结婚第一年的情人节，张西凯给林素买了一盒费列罗巧克力和一瓶香奈尔香水。拿到礼物时，她显得很愉快，说了声"谢谢老公"，还踮起脚尖吻了吻他的脸。可是一个星期后，林洁过生日，这瓶香水就原封不动地到了她妹妹手里，连包装也没拆过。当时张西凯也看见了，但他什么意见也没提，好像根本不在乎老婆把他送的情人节礼物转送给别人。回家后，他问林素："那盒费列罗，你吃过吗？"

林素摇头："没有，你想吃？我去拿。"

张西凯笑嘻嘻地说："不不，我不吃。我的意思是，下次你去看伯父时，可以顺便送给林风的儿子吃。"

林素一拍脑袋："对！我怎么没想到？星期天正好要去看望伯父伯母，我还在想，要不要给林风家的宝贝带样礼物。"

张西凯"哈"一声，拍了拍林素的肩膀："老婆真能持家，我运气怎么这么好？居然娶到这么实在的老婆。"

林素理所当然地认为，这是她作为女人的美德，张西凯应该满意于她的勤俭持家。

此后，张西凯若要送礼物给她，就会预先征求她的意见："老婆，你生日快到了，送你个包包吧？"

林素摇头："要那么多包包干什么？结婚前你送我的那只LV，用过没几次呢。"

张西凯就说："那给你买条'施华洛世奇'水晶项链？"

林素的头摇得更厉害了："太贵了，还是人造水晶，又不是天然的。"

张西凯就没耐心了，结婚后，他已经不如追求林素那会儿有耐心了："那你自己说，要什么？"

林素想了想，说："买双'达芙妮'皮鞋吧，谢谢老公啊！"

这是每逢重要节日，小夫妻都要上演的一出戏。后来，随着女儿的出生，这出戏也越演越简单。当然，张西凯还是会无一遗漏地记得那些重要的节日："后天是结婚六周年纪念日，你想要什么？"

林素已经不再需要张西凯一次次提建议，而是直截了当地说："手机有一个按键坏了，买个新的吧，谢谢老公！"

林素永远都不会忘了说"谢谢老公"，这是她保留至今唯一所谓的"情趣"，至于说完之后踮起脚尖吻吻老公，也被她当作繁文缛节省略掉了，更别说那些华而不实、复杂啰嗦的礼物包装，或者来个突然袭击、意想不到的惊喜之类，都毫无必要。然而，礼物却是必要的，这是证明赠送方和收受方之间权利、地位、感情等互属关系的一种重要形式，是原则问题，假如连礼物都省略了，那就是男人的失职或弃权了。

然而，对别人送的礼物，林素却从不认为非要当宝贝似的珍视。礼物一旦送出，究竟如何处置，那就是收受方的事了。林素常常把张西凯送的礼物转送给别人，也有返送回张西凯的。现在他用的那只手机，就是他送给她的结婚六周年礼物，林素保管了一个星期，连同崭新的盒子和说明书，全还给了张西凯，还说："我的手机按键修好了，还能用，你的手机太旧了，这个你用吧。"

张西凯简直哭笑不得，世上怎会有这样的女人？或者说，这样的女人世上不多见，但就让他张西凯娶到了。林素就是一个江南小镇长大的女子，从小勤俭节约，生活精打细算，情感却并不细腻，不似城里女人那样会撒娇、有手段。她只是按着原则行事，行动远远大于言语，一板一眼地过日子，顶真时让人受不了，有些事，又马虎得不可思议。说实话，这种女人，过日子是真的实惠。可是，七年来从未失职过的张西凯，却忽然想弃权，男人果真是贱，他是身在福中不知福！

从张西凯提出离婚，到正式分居，林素整整坚持了两个月。第一个月，林素依旧保持着一贯的生活规律，每天接送女儿，做好家务，为男人准备爱喝的铁观音和爱吃的上海大红肠，甚至还在客厅里摆上一瓶鲜花，在床上铺好新买的床单……陷入婚姻危机的女人试图用实际行动拉回丈夫的心。张西凯好像也有些犹豫，他没有再提离婚，偶尔还会把自己挪进林素的被窝，问她"想不想要"，似乎想通过在妻子身上的耕耘，努力拯救正在堕落的自己。

男人的现实以及荒诞就在于，他并没有因为想离婚而放弃他暂时还背负着的丈夫的责任，甚至，以前一个多月才有一次的房事，在提出离婚后，反而主动增加了。也许，他只是想表示，他并不是一个不负责任的男人，在他们还维持着夫妻关系的阶段内，他要做到仁至义尽。或者，当他和女人睡在同一张床上时，哪怕他想离婚，也不能抵挡身体的需求而向这个女人求欢。做爱这件事，既是男人的责任，又是男人的需求。只是，当张西凯主动为男人的责任而向林素求欢时，却常常在林素那双丹凤吊梢眼犀利的逼视下半途而废。

这是一个多么令男人灰心丧气的女人啊！她怎么就不知道，哪怕她是一个不洗碗、不擦地板、不做任何家务的懒女人，只要她娇滴滴地向男人讨要一点点怜悯和关爱，男人坚硬的心也许就会立即柔软融化。可是林素不懂，或者说，林素懂，可她宁愿用行动去证明自己是一个无懈可击的妻子，也不愿意为求得丈夫的回心转意而做娇弱委屈状。

林素的行为，恰是在告诉张西凯：你娶了一个多么好的妻子，难道你还不知悔改吗？

在她的想象中，他应该如此回答：我只能用一辈子的忠诚来报答你。

他却以实际行动给予了她无声的回答：我用一辈子的忠诚也无法弥补我的过错，干脆错到底吧。

一个月后，张西凯卷起自己那床毛巾被，铺到了客厅里的沙发上。林素却依然如故，保持着不卑不亢、自尊好强的态度。除了照顾女儿，也没有放弃照顾男人。洗熨他的衣服，为他泡茶，准备他的早餐，铺好他堆在沙发上的毛巾被，就是没有邀请他回床上睡。

又是一个月后，张西凯再次提出离婚："考虑得怎么样了？与其两个人都痛苦，不如分开算了。"

林素说："分开，你就快乐了，是吗？"

张西凯："这样下去，你觉得快乐吗？"

林素无语，她看起来是那么骄傲，似不屑与男人争辩。事实上，她只是无以言对，她没有任何对付的办法。一个没有办法对付男人的可怜女人，却让男人觉得她骄傲得可怕。也许林素不会想到，她貌似坚强的这一优点，正是让她陷入被动局面的致命弱点。

张西凯收拾了自己的衣物，留下一张离婚协议书，离开了家。这个以怨报德的男人，真是伤透了林素的心，她恨不得立即在协议书上签字，她想挺起胸膛告诉他，其实她早就想甩了他。现在既然你要走，那就请便，走吧，求之不得。如果真的那样，该有多么扬眉吐气！遗憾的是，这不是林素的想法，她也没有勇气这么说、这么做，她只是捏着一纸离婚协议，泪水长流。

林洁说："姐，你千万别签字，离婚？没那么便宜，你拖他三年五年，看他逍遥！"

林素苦笑："这样有意思吗？"

林洁咬牙切齿："张西凯的日子好不了，听说，那个女人开了一家店，饭店还是咖啡馆之类的。张西凯经常带朋友和客户去照顾她的生意。他一个国企中层干部，又不是富翁，总有一天会栽在那个女人手里……"

林素打断妹妹的话："别跟我说这些，听着腻味，大不了离婚，我就不相信，离了他我会过不下去。"

林素就是这样的人，流着柔软的血液，说出来的话，却硬得像石头，简直可以砸死世上所有的负心男人。

张西凯忽然打来电话，问林素最近在忙些什么。这是分居后他第一次主动找她。林素的心脏急跳了两下，随即缓了缓气息，尽力让语调显得冷淡和镇定："找我有事吗？有事快说，我要上课去了。"

林素其实没课，电话里传来张西凯稍有犹豫的声音："想知道，你好不好。"

"我挺好，谢谢你，就这事？"林素用公事公办的口吻说。

张西凯停顿了几秒钟，才吞吞吐吐地说："你们学校有一个调酒师，以前开过酒吧的，有没有？"

"有，有事吗？"

"没什么大事，就是听说，最近，你和他，你们走得比较近。"

林素吓了一跳，她和冯煦关系不错，但仅限于办公室里的聊天。只有一次，冯煦带她去海鲜餐馆吃过饭，不记得遇到过熟人。张西凯怎么会知道？林素有些紧张，态度却强悍："这事和你有关系吗？"

张西凯解释："别误会，我不是要干涉你的事，只不过，那个调酒师，听说经历蛮复杂的，我怕你吃亏……"

林素打断他："谢谢你张西凯，你听着，第一，我们只是同事，没有你想象的那么肮脏，我也没兴趣关心人家的经历；第二，即便真的像你说的那样，我和他走得比较近，那也和你没什么关系，是不是？就这样吧，祝你快乐。"

林素挂断电话，心还狂跳不止，她默默重复了一遍自己的回答，不禁感到有些扬眉吐气。她从未对张西凯说过如此刻薄的话，甚至他提出离婚时，她也没有在言语上过于为难他。当然，在行为上，她更是被动地配合了他，成全了他从灵魂到肉体完整的移情别恋。现在，林素用张西凯的方式以牙还牙地回答了他，区别在于，张西凯外面有了女人，为避免回答"她是谁"而模棱两可。林素却刻意要让所谓的"走得比较近"，成为一桩可猜度的暧昧事件，她希望被张西凯怀疑，至少这样一来，她就知道了，他在乎她和别的男人的交往，他担心她会吃亏，这说明，他还关心她，他在吃醋。

这么想着，林素心里便掠过一丝轻轻的安慰。想想张西凯说她和冯煦"走得比较近"，也不能算错，但远没有达到他所认为的那种关系。这个，刚才她已经在第一点里说清楚了。可她为什么要向张西凯说明她和一个男人的关系是否纯洁？难道她还介意他的看法？

不是，她想她已经不在乎，分居一个多月来，她一直在努力做的一件事，就是让自己去适应这种等同于单身的模拟离婚生活。她一心一意照顾女儿，认认真真上班，教学生拉琴，她还向冯煦借了几本酒文化书籍，在他的推荐和指导下，现在，她每天晚餐必喝半杯红葡萄酒，这既有利于睡眠，又对心血管健康有好处，还可以美容。

一个月的准单身生活下来，林素发现，自己果然不是离了男人就过不下去。她只是少了一个要去操心的人。本来，家务都是她做，女儿也是她接送。张西凯除了每月交给她一笔开支，其余什么都帮不上忙。相反，她还要分出精力来照顾他，洗熨他的衣服，冲泡他每天必喝的铁观音，去"马可波罗"面包房买他喜欢的早餐，准备好他当宵夜的一百年不变的上海大红肠……没有男人的女人，好像过得更加自如了。她不依赖男人，经济上不依赖，情感上似乎也不再依赖。她甚至怀疑，她从来就没有认真爱过他，只是没有很大的分歧，没有严重的性格不合，便嫁了他。现在，她更是不需要介意他的看法。所以，林素想，她急于在张西凯面前表白与冯煦没有关系，只是一种习惯。她习惯让自己在他人眼里是有道德准则的，她介意自己的形象，她不是一个不检点的的女人，哪怕她已经与丈夫分居，哪怕她有时间、有条件做做偷情之类“不检点”的事。

这么一想，林素就觉得自己太亏了，丈夫出轨在先，都已经离开了家，她还固守着做一个居家女人，难道她还要为已经移情别恋的男人守节吗？

办公室门“哐当”一声被撞开，冯煦一手提着一个藤条酒篮，一手抱着一个不锈钢冰桶闯进来，嘴里大叫：“太热了！才半堂课冰块就化了，上鸡尾酒课怎么可以没有冰块？”

林素主动迎上去，替冯煦接下藤条篮。一个挺大的长方形藤篮，里面分好几格，其中一格里，有半瓶白兰地、大半瓶碧绿的薄荷酒和一盒柳橙汁，另一格里是两个金黄的柠檬和一小瓶糖渍车厘子，还有一格，是摇酒壶、调酒棒、牙签、冰夹、高脚杯等用具。林素从未注意过冯煦的教具这么丰富，笑说：“调一杯鸡尾酒请我尝尝嘛！”

冯煦放下冰桶，擦着满头大汗说：“冰块都融成一整块了，没法做鸡尾酒。下回请你到我酒吧里去喝酒，我亲自给你调酒。”

林素就说：“你的酒吧？还是你的吗？真可惜，干嘛要抵掉？”

冯煦收拾着酒篮和器具：“亏本生意，不抵押给朋友，我就要喝西北风了。”

“那你朋友为什么愿意接手？你做亏本，人家做就不亏本？”

冯煦举着两只脏手：“酒吧这种生意，很难说的，你没做过，不明白。我去洗手。”

说着，冯煦出了办公室。

距离上次去吃海鲜已经两个月，他们没有再单独出去过。冯煦约过林素几次，但她拒绝了。她是一个正在闹离婚的女人，她已经当仁不让地成为同事们茶余饭后的谈资，她不想让有关她的话题在别人嘴里经久不衰并且不断更新增添。然而，适才张西凯的一个电话忽然让她感到跃跃欲试。她和冯煦什么都没做呢，“走得比较近”的传说就已经飞到了张西凯的耳朵里，她又何必过于苛刻地要求自己？

冯煦洗手回来时，林素已经做出决定。她对正在擦手的冯煦说："今晚有安排吗？"

冯煦摇了摇胖大的脑袋："没有，你的意思是，准备安排我？"

林素笑："有这打算，晚上请你吃饭，答谢上次的款待。"

冯煦湿漉漉的汗脸上堆起惊喜："那当然好啊！林老师终于发慈悲要请客了，说，去哪里吃饭？"

林素很少外出吃饭，对餐馆之类没有经验，便说："你决定吧。"

"我决定，那就是我请客了。"

林素爽快地说："行，你请客，我埋单。"

林素很少开玩笑，冯煦忍不住看她。她发现了，目光迎向他，四目相对了一秒钟，林素忽然笑出来："哈，看什么啊？我脸上有花吗？"

冯煦感慨道："哎！女人的眼睛是不是就爱多变？我明明记得你是单眼皮吊梢眼，怎么就成了双眼皮大眼睛了？"

林素的右眼忽然跳了两下，与张西凯分居后，双眼皮持续至今，她伸手揉了揉沉甸甸的眼睛，问："双眼皮不好吗？"

冯煦想了想："说实话？"

"当然。"

"还真是，以前从没觉得你漂亮，可自从你变成双眼皮大眼睛后，就觉得你漂亮了。"

"可这是暂时的，我从小就这样，一生病就变双眼皮，也许明天早上醒来，就变回去了。"林素摊开双手表示无奈。

"我不会让你变回去的。"冯煦说完这句话，一转身，拎着车钥匙，快步走出了办公室。

林素心跳加速，脚步却不敢懈怠，紧跟着出了办公室。

七

冯煦开着他的“指南者”，把林素带到了一家川菜馆。看菜单价格时，林素心里默默地感动了一下。这个男人心很细，挑了一家中档餐馆，他在为她省钱。服务员过来点菜，没等林素开口，冯煦已经报出了几道菜名：“这家餐馆我熟悉，做得最好的是三椒烤鱼，其次是口水牛蛙，还有一道特色点心，叫黑米糍粑，也一定要尝尝，还有，我想想……”

冯煦发现，林素捧着菜单正呆呆地看着他，便说：“我是不是篡权了？你请客，应该你点菜。”

林素：“你是专家，在你面前，我就不逞能了。”

便合上菜单，对服务员说：“就按先生说的点。”

服务员：“喝什么酒水饮料？”

冯煦问林素：“今天喝点酒吧？”

林素：“你不开车了？”

冯煦：“可以打出租，车停在酒店车库里，明天上班前来开。”

林素：“不好吧？”

冯煦抬头看服务员：“小姐你说怎么办？老婆不让喝酒啊！”

林素的脸“刷”的一下红到了耳根，一副尴尬而不知所措的样子。服务员笑眯眯说：“太太，我们餐馆下面的车库很安全的，通宵都有值班人员看管，你就让先生喝吧，我给你们推荐一款红酒，‘皇轩雷蒙庄园’，怎么样？”

冯煦摆了摆手：“不要‘雷蒙庄园’，就喝‘解百纳’。”

林素猜测，冯煦还是在给她省钱，“雷蒙庄园”听起来要比“解百纳”贵。

服务员下菜单去了，冯煦说：“对不起啊，刚才开个玩笑。不过，都是孤男寡女，你不会介意，对不对？”

林素忽然想起张西凯电话里说的话，“他经历蛮复杂的，我怕你吃亏”。她不知道冯煦究竟有什么样的复杂经历，她只知道他单身，开过酒吧做过老板，一年前当上了教书匠，想必有过女朋友，也许断了，要不怎么有时间陪女同事吃饭？可是有一件事，林素一直没想通，他怎么知道她正在闹离婚？上次出去吃饭，她就问过，他回答得很耍赖。更让她想不通的是，张西凯又怎么知道她和冯煦“走得比较近”？看来，这世上真的没有不透风的墙。

服务员送来“皇轩解百纳”，瓶口已经启开，冯煦内行地拣起平躺在托盘里的瓶塞，凑到鼻子边闻了闻：“嗯，果味浓郁，酒香充盈，不错。”

说着，冯煦接过服务员手里的酒瓶：“我们自己来吧。”

冯煦拿起一块餐巾包住瓶子，无名指托住瓶底，手握瓶身，慢慢倾斜，绛红色酒液闪烁着红宝石般的光芒，轻缓而流畅地注入透明的高脚玻璃杯，倒至三分之一处，轻轻一抬手，流动的酒液霎时止住，竟滴酒不洒。林素赞道：“动作真漂亮，不愧是高级调酒师。”

冯煦抿嘴微笑，嘴角边轻轻旋出两个酒窝，爽朗的大男人顿时显得羞涩：“这是最低级的技术活。”然后举起酒杯说：“找个理由干了第一杯吧。”

林素：“我没什么要干杯的好事，就祝你早日娶上一个好老婆吧。”

冯煦大摇其头：“不不不，与其娶老婆，不如自由身。来，为自由的我们，干杯！”

林素笑了：“你是自由的，我不算。”

“算！此时，此地，你就是自由的。”

林素心头一热，举起酒杯：“好吧，为自由，干杯。”

林素仰头一饮而尽，一股热流直入胸腔。放下酒杯，看了冯煦一眼，他也看了她一眼，嘴巴抿了抿，微微一笑，酒窝又轻轻漾了出来。林素只觉心里的热潮“呼啦”一下涌到了眼睛里，视线内的物事便如忽然被蒸汽蒙住，模糊而眩晕起来。

菜很快上来了，两人边吃边聊，气氛很是融洽愉快。冯煦是一个很有感染力的男人，和他一起吃饭，林素感觉很舒展，不拘束，也不寂寞，幽默笑话信手拈来。一瓶红酒很快只剩下瓶底，林素喝了三分之一，其余都是冯煦喝的。

也许是酒精的缘故，林素的脸上浮起一层红晕，胸膛内有热浪不断翻滚涌动着，随时有可能冲垮堤防泛滥起来。她眯起眼睛看对面的冯煦，心里禁不住想，为什么她从来没有在张西凯面前有过这样的心潮涌动？哪怕是谈恋爱的时候也没有，为什么？

冯煦拿起酒杯碰了碰她的杯子："想什么呢？"

林素抬头看冯煦，很突兀地问："你为什么不结婚？"

冯煦咬了一口黑米糍粑，大嚼了一通，说："给你讲个笑话吧。有一天，丈夫对妻子说，亲爱的，'明晚我要请一位同事来吃晚饭。'妻子大叫，'你疯了吗？房子已经很久没有打扫过了，我也很久没有去超市买东西了，家里的三十个碟子都还没洗，我也不知道可以做点什么像样的菜！'丈夫说，'我知道，亲爱的。'妻子很气愤地说，'那你干吗还请同事来吃饭？'丈夫回答，'因为那个傻小子居然满脑子想着要结婚。'"

林素笑："这就是你不结婚的理由吗？"

"是，也不是。"

"不是每个妻子都那样的。"说这话的时候，林素想到了自己。

冯煦像是知道她在想什么，笑得贼贼的："要是像你这样的女人呢，倒也可以考虑把自己关进婚姻的牢狱。"

林素的心脏又猛跳了几下，本已泛红的脸色更红了，简直像把葡萄酒直接涂在了脸上。她不知如何回答，便冲远处的服务员喊道："小姐，埋单。"

服务员送来账单，一共218元。林素拿出一只大钱包，掏出两张百元纸币交给服务员，又翻包寻找零钱。冯煦忽然说："为了提倡男女平等，今天这餐晚饭，我们实行AA制。"

林素慌忙阻止："不行不行，早就说好的。"

冯煦却绷住脸，很认真地说："一定要AA制，这是我做人的原则。"

说着，他从口袋里摸出两张十元纸币递给服务员："这是我的，收好了，公平起见，找零不要了。”

服务员怔了怔，才反应过来，收下冯煦手里的钱，笑着说：“太太，你先生真幽默，和他一起过日子肯定不会发愁。”

林素一脸正经，心里却荡漾起一泓甜蜜的涟漪。冯煦瘪了瘪嘴说：“太太，你能不能给我点面子啊！”

林素这才笑出来，笑完，忽然就来了兴致，便指着冯煦问服务员：“小姐，你看他有趣吧？”

服务员点头说是，林素又问：“那你觉得，这个男人可嫁吗？”

服务员被问得愣住了，冯煦却配合着林素说：“小姐，实话告诉你吧，我们还没结婚，她还在考验我，今天你就帮帮我，替我说句好话吧。”

这两人，仿佛在做一次行为艺术表演，面对的是陌生人，便不受约束，说话格外大胆。服务员也因为受了客人的重视，郑重其事起来，她仔细打量了一下冯煦，想了想，才对林素说：“我们乡下有句老话说，宁愿嫁个‘刮皮鬼’，也不要嫁个‘懒潦痞’，这位先生很会省钱，又会说笑话，过日子肯定很好的。”

林素捂住嘴猛笑，冯煦笑着朝服务员直摆手：“行了行了，你这是帮我忙呢，还是拆我台啊？你的意思，我是‘刮皮鬼’了？”

服务员急了：“我们乡下说的‘刮皮鬼’，是勤俭节约的意思。‘懒潦痞’就是又懒又乱花钱，过得很潦倒的那种人，那才不好呢。”

林素忙说：“谢谢你小姐，我会慎重考虑你的意见的。”

服务员这才笑眯眯地拿着钱去了收银台，留下两人面对面坐在餐桌边。忽然，就没有了话题，就冷场了，仿佛舞台上的一对演员，正很投入地饰演着一对谈婚论嫁的情侣，剧情进入高潮便是尾声，演员的情绪还留在戏里，大幕却已徐徐地落了下来，便忽然停顿在了那个瞬间，不知身在现实还是戏中。

两人正沉默着，忽然听见邻桌发出一声巨响，紧接着传来一个女人的呵斥声：“叫你小心点，现在好，要赔人家盘子了！”

一个男声小声劝道：“你自己没看住他，还怪孩子？算了算了，不就是一个盘子吗？值得这样大喊大叫！”

冯煦冲林素闪了闪眼睛，轻声说："这就是婚姻的好处。"

林素微笑，以沉默表示同意。冯煦看了看手机，说："时间还早，要不要再去'千窗'喝一杯？"

"'千窗'是什么？"林素问。

"就是我的酒吧啊！去不去？"

林素不假思索地回答："去，当然要去，要是不请我去，以后就再不理你了。"

话一说完，林素自己也吃了一惊，脸上又泛起一阵红潮。她什么时候变得这样矫情，这样厚脸皮了？这种低级的撒娇话不该从她嘴里说出来，她已经是一个三十五岁的女人。可是，哪怕她二十五岁的时候，也没有和张西凯这么撒过娇。当然，张西凯从来没有和她开过这样的玩笑，他们也从来没有在陌生人面前玩过这样的游戏。可是在冯煦面前，她怎么就变了一个人？

冯煦站起来，走到林素跟前，轻声说了一句："我不会让你不理我的。"

而后，伸手在她肩上一揽："走吧。"

林素只觉肩头一暖，男人厚实的掌心沉沉地覆盖在她肩胛上，不由自主地，她就随着这手掌里暗暗的引导力，向餐馆外走去。

八

冯煦决定走着去"千窗"酒吧，边走边聊。林素也想走走，很久没有这样的兴致了，更是从来没有和一个不是自己丈夫的男人在夜色下的林荫道上散步，这让她感到兴奋。

一年前，"千窗"的老板还是冯煦，现在易主了，盘下酒吧的是冯煦的朋友，所以，只要泡吧，他就选择"千窗"，其一是照顾朋友的生意，其二，他还是舍不得离开。冯煦叹了一口气："唉——我对'千窗'有感情啊！什么样的感情呢？这么说吧，就像旧情人，明明已经和她断了关系，就是忍不住要去打听她的消息，悄悄地站在街角看她一眼，或者，干脆假装潇洒和她做普通朋友，只为可以经常见到她。”

林素听着竟有些心酸，大概是喝了酒，胆子也大了，便借着路灯光，看着冯煦，亮开嗓子一字一句地说：“那是因为，你还爱着她。”

冯煦厚实的巴掌朝林素肩头猛地一拍：“说得对！”

林素本就有些晃悠的身子顿时踉跄了一下，冯煦顺势揽住她，搂着她的肩膀继续往前走：“我这个酒吧，是我自己设计的，一会儿带你好好参观参观。”

“‘你这个酒吧’为什么叫‘千窗’？”林素故意加重了“你这个酒吧”的语气。冯煦就笑起来：“别嘲笑我，给你说个真实的故事吧。我有个朋友，离婚了，但和前妻有生意上的合作，关系还挺友好。有一次，他约了一位客户到我酒吧里谈生意，他是和前妻一起来的，当时，我朋友就指着他前妻向我介绍，‘这是我老婆’。他前妻朝我点了点头，好像她不反对他这么介绍。你说，这是为什么？”

林素像学生回答老师的问题一样，咬着嘴唇，字字清晰地说：“那是因为，她还爱着那个男人。”

冯煦又朝林素肩头拍了一巴掌：“说得对！不过你漏了一点，那个男人也爱着他的前妻。”

林素甩开冯煦的手：“要是我，就不会接受。”

冯煦脱口而出：“那就是说，你要是和张西凯离了婚，他指着你说‘这是我老婆’，你会当场纠正他？”

林素大声回答：“是！”答完，忽然意识到什么，停住了脚步。冯煦也怔住，他知道自己说漏嘴了，便垂下脑袋，尽着林素探究的目光在他脸上扫视。

昏暗的街灯下，斑驳的树影洒落在男人高壮的肩头，棒球帽的帽檐在他脸上投下一小片阴影，眼睛隐没其中。林素看了好一会儿，无法看清他的表情，只能轻叹一声：“唉！原来你早就认识张西凯。”

冯煦想辩解，却语无伦次：“不，其实我……”

林素“扑哧”一声笑出来，忽然提高音量：“可这又有什么关系呢？一点关系都没有。快走吧，我要喝你调的鸡尾酒，要喝红色、黄色、蓝色、紫色，像彩虹一样一层一层的鸡尾酒……”

林素主动揽住冯煦粗壮的腰，用力拽着他朝前挪。冯煦却像一只又懒惰又羞涩的狗熊，牢牢地钉在地上不肯移动一步。林素拽不动他，便放开手说：“不走？不走我回家了。”

说完，她忽然撒腿向前飞跑起来，边跑边回头喊：“要是追不上我，以后别想叫我再理你。”

林素真的喝多了，酒精让一个三十五岁的少妇变成了十五岁的少女，她有多久没有这样疯癫过了？她怎么从来不知道，她也是一个会撒娇、会开玩笑、会玩游戏、会引诱男人的女人啊！

冯煦飞奔起来，他壮硕的身躯煞是敏捷，很快追到林素身后。他没有一下子抓住她，他与她保持着半步之遥，跟在她身后跑了几十米。她跑不动了，渐渐地慢下来，渐渐地落到了与他齐平的位置。他伸出手，一把抓住她，拽进了怀里。

他们就这么站在大街上，拥抱在了一起。林素滚烫的面孔埋在冯煦厚实宽大的胸膛里，她感到快要窒息了，心脏狂跳着，几乎蹿出喉咙。他双臂交错紧裹着她，庞大的身躯笼罩住她整个人。

两个年轻人走过，侧目注视着他们，又掩嘴窃笑；街对面，一对老夫妻向着他们的方向指指点点、啧啧有声；一大一小两辆自行车远远地骑过来，大自行车上的大人说：“儿子加油！”小自行车上的小人说：“爸爸加油！”

冯煦低着头，戴着棒球帽的头颅紧贴着林素的脸庞。她感觉到耳边有急促的呼吸，带着好闻的酒精味。他卷曲的发根触到了她的颈项，痒痒的，让她狂热的心跳里出现几个意外变奏的音节。她听到，那个童声已经近在咫尺：“爸爸，他们在干什么？”

大人的声音擦身而过：“儿子，他们在告别。”

稚嫩的童音渐渐远去：“什么叫告别？”

成熟的男声越来越远：“告别就是再见……”

她听到他轻而干脆的声音，命令的口吻，不容她争辩：“跟我回家。”

他们没有走到“千窗”，就折回了……

第二天清晨，林素醒来，一瞬间竟不知道身在何处，耳畔传来男人轻微的鼾声，顿时一阵惊喜："张西凯！"

林素把自己彻底叫醒了，冯煦却依然熟睡，均匀的鼾声随着呼吸酣畅而出，一条粗壮的胳膊还沉甸甸地压在她的小腹上。不，不是张西凯，睡在身边的男人，是冯煦，昨夜发生的一切，一幕接着一幕，跃入林素的脑海。

昨夜，他们没有去"千窗"，她被冯煦带回了家。这一夜，他留给她的印象，是调皮、粗犷、野蛮、激情四溢，她在醉意中接受着这个男人传递给她的陌生信息。其实，她并不能完全适应他的激烈和开放，但借着醉意，她还是努力配合着他。她默默鼓励着自己，这是对的，这没什么错。她还不断地问自己，是不是真的喜欢这个男人？每次自问的答案，总要犹豫和挣扎一番，但结果还是肯定的。于是，她便松开了手脚，松开了心里的禁锢。她想，从此，她要做一个懂得男欢女爱、识风情、有情趣的女人。

然而，醒来后，她竟把冯煦当作了张西凯，更让她自责的是，她居然惊喜了。张西凯要抛弃她，她怎么还能因为他的出现而惊喜？幸好冯煦没有被她喊醒。

微弱的晨曦透过薄纱窗帘洒进房间，林素不敢动弹，只平躺着，用目光环视屋内的景致，家具、摆设、光线，一切都是陌生的，她吸了吸鼻子，闻到一股酒精和汗液混合的体味，亦是陌生。她轻轻拨开压在小腹上的胳膊，男人一个翻身，发出梦呓的声音："猫猫，来一杯马天尼，加苦艾酒。"

随即咂了咂嘴，轻微的鼾声继续响起。"猫猫"是谁？是一个人的绰号？应该也是一个调酒师，她听他说过，马天尼是一种很经典的鸡尾酒。这个男人，睡梦中都在调酒，他放弃他的酒吧，真是可惜。其实，他是一个很有事业心的人呢。她扭头看他，他睡得四仰八叉，几乎占据了整张床，一条薄被子裹住身体，两只脚丫子伸在外面，腿上布满黑沉沉浓密的汗毛，双手举过头顶，像一个投降的俘虏，下巴和上唇一夜之间被一圈络腮胡子围了起来。因为平躺，面部微微凹陷，一张胡子拉碴的宽脸脏兮兮的，竟显得粗鲁。

林素吓了一跳，这是谁？她怎么好像不认识这个男人？她习惯于看他戴着棒球帽，习惯于他满脸不正经地说笑话、嘻嘻哈哈的样子，那时候的冯煦，生动而活跃，调皮得讨人喜欢。可是现在，他完全裸露着呈现在她面前，裸露着身体，裸露着脑袋，闭着眼睛、沉默无语、没有表情……她怎么会和一个陌生男人睡在一起？

林素不敢再看下去了，她翻过身，把背脊对着男人，却发现床下的地板上扔着一堆衣服，她的外套、内衣、丝袜和文胸，他的牛仔裤、广告衫、格子绒衬衣，凌乱杂沓地纠缠在一起。两米外的窗下，那顶藏蓝色棒球帽歪歪扭扭地静卧着，似一个促狭的旁观者，正咧嘴坏笑。

林素忽然感到心虚，她觉得，自己就是一个偷情的女人，跑到别人家里，与别的男人睡了一夜。这想法让她羞愧得无地自容，她决定起床，必须在太阳完全升起来前离开这里，好像片刻之后即将长驱直入的阳光会堵住他们，把他们捉奸在床。

天色正在逐渐亮起来，她轻手轻脚下地，在一堆衣物中找出自己的衣服，一件件穿起来，然后，动作极轻地走出卧室，开门，跨出了这所陌生的房子。关门离开时，她朝房内环顾了一圈，一个念头一闪即过：以后还会再来这里吗？

林素走出楼洞，走上了清晨的大街，凉风一经吹到身上，便觉浑身激灵灵，头脑顿时清醒起来。冯煦调皮、粗犷、野蛮、激情四溢的样子，再一次跃入脑海，心里顿时涌起一股热流，未及清洗的干燥的脸，又红了起来。

离开了男人的床，林素反倒觉得他不再是一个粗鲁、肮脏的陌生男人，很奇妙，距离反而让她能够接受这个男人了，甚至，她感觉到了甜蜜。两个多月来，她第一次从心底里感到愉悦，她还不敢用“幸福”这个词来描摹此刻的感受，她只觉得胸腔里荡漾着一波波涟漪，甜甜的，让人茫茫然，竟有些迷失了方向。

大概，这就是恋爱的感觉吧？林素咧了咧嘴，脸上露出了一丝笑意，她为适才挥之不去的羞耻感而觉得荒唐可笑：我不是在偷情，我这是在恋爱啊！

如果这的确是一场恋爱，那么这是林素这辈子的第二次恋爱。她不由自主地把冯煦和张西凯摆在一起，做起了比较。冯煦活跃、时尚、浪漫、激情，身上有邪气，却天真，像个鲁莽的勇士；张西凯成熟、沉稳、老练、有心机，像一个老谋深算的绅士。

果然是两个完全不同的男人，假如在一起生活，冯煦会不会比张西凯更合适？假如冯煦向她求婚，她要不要答应？当然，她先要和张西凯离婚。可是她还不能确定，冯煦是不是一个可托付的男人。她总是用“可托付”来测评一个男人是否可嫁，她亦是在认可了张西凯的“可托付”之后才嫁了他。然而，她以为可托付的男人，最终还不是要和她离婚？

林素还没有正式离婚，就陷入了一场新的情感纠葛。她无法阻挡那种诱惑，就像不擅游泳的人，不慎掉进水里，又遇到一个有着极强的吸引力的漩涡，不由自主地，就被卷进去了。她总是疑惑，为什么在张西凯身上，她从未有过这种欲罢不能的体验？或者，张西凯并没有发掘出林素身上的浪漫潜质。同样是男人，冯煦就不一样，他怎么就能让一个如此传统的女人睡到他的床上？女人不识风情，看来责任不在女人自己，而是在男人身上。

现在，林素觉得，不管冯煦是否向她求婚，不管她是否答应嫁给他，至少，她有勇气在张西凯的离婚协议上签字了，她想象着什么时候打电话给张西凯，告诉他，去民政局，我们离婚吧，她早就想离婚了！

这么想着，林素感觉真是解气。可是一转念，忽又想到，倘若她和张西凯真的离了婚，冯煦并没有要娶她，那她该怎么办？于是，林素甜蜜而愉悦的心境里，便无端地生出了一些忐忑。

九

事情果真没朝着林素希望的方向发展，冯煦没有向林素求婚。他还是和从前一样，戴着藏蓝色棒球帽，开着草绿色越野车，风风火火地来上班。下班时间一到，他就扬长而去，不是去泡吧，就是去喝咖啡。他还是喜欢在办公室里说笑话，还是会把林素拿来当现编笑话的素材。她还会收到他的幽默短信，只不过，是群发信息的其中一条。连续一星期，他和她没说过几句话，他甚至比过去更加“正常”，以前经常聊的有关人生、有关情感的务虚话题，也不再与她谈论。

起初，林素还耐心等待着他的反应，可是一个多星期过去了，他竟一次都没有向她发出过邀请，哪怕吃饭、泡吧也没有。每每在办公室里与冯煦对视，林素的眼神里总是交织着幽怨与愤怒。可他却似什么都没发现，有一次，竟指着她说：“哎，奇怪啊！你的眼睛，怎么还是双眼皮呢？变不回去啦？”

林素反唇相讥：“有人说过，不会让它变回去的。”

冯煦竟愣愣地问：“谁说的？”

不知是他真忘了，还是装傻，林素简直被他气糊涂了，她几乎怀疑，那晚她只是做了一个梦，一个令她无比羞耻的春梦。她觉得她受骗上当了，可是，他并没有向她承诺过什么，怎么能叫骗她？她又一次想起张西凯的话：他经历蛮复杂的，我怕你吃亏。

她果然吃亏了，这个亏吃得不大不小，不明不白。这个男人，难道真的只是喜欢玩游戏？大概，他从来都不会玩真的。林素觉得受伤了，很严重，这种感觉，甚至比张西凯要和她离婚还耻辱，本来已经出现裂痕的心，简直被撕得支离破碎。

张西凯打电话给林素，说要回家看女儿。林素想，她和冯煦的事，他是不是已经知道？便不冷不热地说：“你究竟是要来看女儿，还是看我的笑话？”

张西凯在电话里说：“怎么会看你笑话？我只是怕你吃亏。”

林素便把话说得愈发尖刻：“你经历简单，你从来不会让我吃亏？”

张西凯忽然沉默，只有急促的呼吸，似是被林素气得不轻，片刻后，才说：“林素，你怎么就不肯给人机会，不肯留余地呢？谁不会犯错？”

话没说完，林素就挂断了电话，也许他什么都知道了，这就更让她觉得无地自容，羞恼和怨恨让她把全天下的男人都看成了天敌。

那天，办公室里的同事都在，冯煦又说笑话了：一位大学者对他的弟子说，孩子，你应该结婚了。如果你娶到一个聪明贤惠的妻子，你就会感到幸福；如果你娶到一个轻浮的泼妇，你就会成为一个哲学家。

一位同事与冯煦开玩笑："我代表大学者劝告你，冯老师，不管是做幸福的男人，还是做哲学家，你都可以结婚了。"

林素忽然感觉鼻酸，眼泪霎时涌入了眼眶。

下班后，冯煦去停车场开车，看见林素正等在他的"指南者"边，他怔了怔，问："有事？"

林素绷着脸，像是排练了无数遍，流利而快速地说出她的台词："你答应过带我去'千窗'，忘了吗？"

话刚说完，眼睛又潮湿了。冯煦哈哈一笑："怎么会忘？就是一直没时间。那就今晚吧，现在还早，先送你回家，晚上八点我去接你。"

说着，拉开车门，冯煦率先跳上了驾驶座，林素也跟着上了副驾驶。冯煦一踩油门，"指南者"飞驰而去。车内音响正播放一支摇滚歌曲，冯煦问林素："知道这是谁唱的吗？"

林素对此没有研究，只摇了摇头。冯煦说："你再听听，很有名的。"

林素哪有心思听音乐？她简直像是上了战场，于她而言，这样的主动出击，真可算是"豁出去"的举动了。

冯煦说："你还是个搞音乐教学的人呢，连'披头士'都不知道？甲壳虫，知道吗？列侬呢？也不知道？"

林素的确不知道什么披头士、甲壳虫，她是靠着音乐吃饭的人，可她和音乐完全不是一家子，她能操作各种键盘乐器，可艺术细胞却贫乏。冯煦还在数落："我建议，你去考一张调琴师证书，你这个人吧，还真不能做演奏，顶多算个高级技师，你技术还是很不错的，可以做个调琴师。"

林素羞得面红耳赤，冯煦说得不无道理，可是此刻，即便再有道理的话，在她听来，全都成了对她的羞辱。恰在此时，林素的手机响了，她看了一眼来电显示，是张西凯，便接通了电话。似是为了平衡心态，又好像是为了表示对冯煦的抗议，她亮开嗓子，语气竟然温和友好："张西凯吗？看女儿？好啊，星期六吗？上午吧，回家吃饭，好，那就这样，再见！"

冯煦扭头看了林素一眼，没有再说话。

回到家，林素给母亲打电话，让她去幼儿园接女儿，今晚让女儿住母亲家。母亲在电话里关照，回家不要太晚，女人要有女人的样子，要注意影响。林素口上答应，心里却觉得酸楚。母亲从小就是这么教育她的，女孩子晚上不可以出门，不能和陌生男人搭讪，不要经不住诱惑上了男人的当，女孩子不可以又馋又懒，只要沾上了馋和懒，就会堕落……母亲把她教育成一个规规矩矩、温良贤惠的女人。可是现在，她发现，做一个温良贤惠的女人，远比做一个放荡女人要艰辛得多。她是事事都要有因有果，种瓜就想得瓜，种豆就要得豆，和一个男人睡了一夜，就一定要得到合情合理的解释，还要一个圆圆满满的结果，否则，她就不能释怀，就过不去。

林素活得太较真、太踏实了，可是她的生活，却因此而变得毫无趣味，这样的女人，怎么不会吓跑男人？哪怕男人起初是喜欢她的较真和踏实的，也经不住她经营的那种有计划、有目标、日日如一、按部就班的生活的磨砺吧？

林素调整了一下午，心情才稍事平静。晚上，她给自己化了一个淡妆，换了一身衣服，对镜审视，觉得身材还不错，黑色裙装衬得脸色格外白皙，眼睛也显得很大，双眼皮果然让她看起来更漂亮。只是，她想，她的病怎么还没有好？这一回，病得可真久。

晚上八点，冯煦发来短信：楼下有请。

林素尽力把脚步迈得轻盈一些，让表情显得自然一些，她要让冯煦看到，她并不是在逼迫他什么，她只是跟一个男人出去泡吧，如此而已，她要让自己潇洒起来，即便假装，也要装下去。

"指南者"很快开到酒吧街，泊好车，冯煦带着林素，走到一家门面并不招摇的酒吧前。黑色木格子门，门框边挂着一块黑色木牌，木牌上刷着两个字——千窗，古朴中有时尚，独特的简约风格。

一进门，小服务生就和冯煦打招呼："老板来啦！"

冯煦伸手指了指吧台说："别老这么叫我，你的老板在那里呢。"

林素顺着冯煦的手指方向看，吧台里，一个穿白衬衣打领结留板寸头的小男生，正低头操作碎冰机。林素不禁想：这么年轻的小老板？

冯煦边往里走，边问林素："知道为什么叫'千窗'吗？"

林素扫视着酒吧的每一个角落，最底部是一个马蹄形吧台，中间是由一扇扇半人高的窗户隔开的小空间，每个空间里都有一张酒桌和一圈沙发。最奇特的是，四周的墙壁上，挖出了许多扇小窗户，每一扇窗户里都有一样摆设，而每堵墙的摆设都不同类。东墙是吧台，墙上自然是各种酒具；南墙的窗户里，摆着各种中外名酒的空瓶；北墙的窗户里，全是发黄的老照片；西墙，也就是正对吧台的那面墙上，每一格竟都摆着一样破烂，有市面上已经绝迹的老半导体、指针静止不动的三五牌台钟、蝴蝶牌缝纫机头、早先学堂里用的手摇铃，甚至还有一部不知哪个小孩玩腻了扔掉的铁壳玩具公共汽车……

林素第一次泡吧，没有对比，但觉得这样装饰，有一种拙朴而又桀骜不驯的气息。她指着墙上的小窗户说："这就是'千窗'？看来新老板和你的审美趣味很相投，连酒吧的名字都没改。"

冯煦笑："你很聪明。实话告诉你，其实什么道理都没有，只不过是随意起的名。我这个人呢，有一个爱好，就是捡破烂，酒吧设计成这样，就是为了摆放我的破烂。'千窗'，也可以解释为'千疮百孔'，本来就是摆破烂的嘛！"

林素："明白了，怪不得，你把女人也当破烂捡了。"

冯煦笑："你这个人啊！不要这样不饶人行不行？"

说着，冯煦拉起林素走到吧台边，一屁股坐在一张高脚凳子上，向吧台内的男孩招呼道："生意好啊！"

林素在冯煦旁边坐下，男孩抬起头，嘴角一牵，冲冯煦笑笑，又朝林素点了点头，低头继续做碎冰，态度并不十分热情。

男孩的个头比较矮小，下巴尖尖的，眼睛又大又水灵，吧台顶上的射灯打出几束光，照在他脸上，微黑的皮肤亮亮的，像漂亮的印度男孩，简直令人惊艳。林素想：一个男孩，长得这样美，都要招女人妒忌，真是浪费。冯煦说过，他喜欢大眼睛美女，这个小老板的眼睛很大，要是长在自己脸上就好了。可是，冯煦怎么会和这样一个美少男交上朋友的？林素脑中忽然冒出一个荒唐的想法：他不会是同性恋吧？

她用力甩了甩脑袋，想把这荒谬的想法甩掉，就听见冯煦问她："你喝什么？"

她摇头："随便。"

冯煦朝男孩喊道："老规矩，猫猫，来一杯马天尼，哦不，两杯。"

猫猫！原来猫猫就是这个小老板。那天清晨林素听到冯煦说的梦话里，就有猫猫和马天尼，她没有猜错，猫猫果然是一个调酒师。

男孩从架上取下一瓶杜松子酒，又拿出两个三角型鸡尾酒杯，开始调酒。冯煦注视着男孩的操作步骤，就像老师看着做实验的学生，随时准备指导一番似的。男孩很熟练地调好两杯鸡尾酒，放在吧台上，推至冯煦和林素面前，刚想转身，冯煦却绷着脸说："等等，猫猫，你缺了一个步骤，辛辣苦艾酒，你没有加。'千窗'不做偷工减料的鸡尾酒，除非你把酒吧名字改掉……"

冯煦的语气过于严厉，林素有些挂不住脸，她很想告诉他，人家是老板，不是海博艺校酒吧文化专业的学生。可男孩却并不辩驳，只沉默着，直到冯煦教训完，才开口回了一句："你是来喝酒呢，还是来找茬？"

这句话从男孩嘴里一说出，林素就吓了一大跳。不仅是因为这句话听来火药味十足，还因为，这个一直没有发过声音的小老板，一开口，竟是女声。林素惊得瞪大了眼睛，冯煦的朋友，盘下酒吧的小老板竟是一个女孩？一个穿着白衬衣，打着领结，留板寸头的女孩。她若不说话，林素大概永远都不会想到她是女孩。突然，冯煦曾经说过的话，像飓风般在她脑子里席卷而过：

我对"千窗"有感情啊！……就像旧情人，你明明已经和她断了关系，但你就是忍不住要去打听她的消息，悄悄地站在街角看她一眼，或者，干脆假装潇洒和她做普通朋友，只为可以经常见到她……

林素忽觉醍醐灌顶，扭头看冯煦，再看小老板，两人被吧台阻隔着，一个在内，一个在外，四目相对，剑拔弩张，似要用眼光较量出一个高下来。

林素无法继续坐下去，便对冯煦说："冯老师，我得回去了，女儿还在妈妈家里，我要去接的。"

她故意叫他"冯老师"，她想让女孩明白，她和冯煦只是普通朋友，她不想掺在其中，与他们组成一种奇怪而混乱的三角关系。

冯煦被林素提醒了，胖大的脑袋忽然垂下，"哈哈"一笑，说："急什么？我们还没喝呢，来，尝一尝不加辛辣苦艾酒的马天尼。"

冯煦端起杯子喝了一口，林素却站起来，转身准备离开。冯煦一把抓住她的手臂："别，林素，不要走。"

她暗暗用力挣扎了一下，没有挣开。她知道，此刻她所有的动作和表情，吧台里的女孩都可以清楚地看见，她必须保持她的优雅，即使走，也要走得大方得体。她微笑着对冯煦说："我必须回去了，谢谢你的招待，再见。"

她加大了挣脱的力量，因紧咬牙关，脸上有隐约的狰狞。她尽量不朝吧台里面看，但眼角的余光还是敏锐地捕捉到女孩的表情。她正微笑着看他们，眼睛里流露出一丝不易察觉的嘲弄。林素顿觉心脏一阵揪痛，冯煦果然在玩一场游戏，而她，竟无知地充当了一名陪客，她真是太愚蠢了，太白痴了。她再也无法按捺，凑到冯煦跟前，用极轻的声音说："请不要把我当你的工具，让我回去。"

冯煦一手端着杯子，一手还抓着她一条手臂。林素话音刚落，他就发出一阵大笑，随后凑到她耳边，以悄悄话的距离，说了一句三米内任何人都能听见的话："你吃醋了。"

"你喝多了。"林素干脆也放大了音量，随后，用力甩脱冯煦的手，一低头，扭身向门口走去。走得太急，林素和一个正好推门进来的人撞了个满怀。林素连"对不起"都没说，埋头冲了出去。木格子门自动弹回门框的瞬间，她听到那个被她撞到的人，反过来说了声

“对不起”，低沉的语调，温和的口吻。林素心头一酸，眼泪夺眶而出。

林素漫无目的地走在酒吧街上，如同身在一条黑暗的河流里，两岸的霓虹灯闪烁着，流泻出五彩缤纷的光芒。喜欢过夜生活的人们渐渐出动了，他们一个个如鱼得水般游进了这条黑暗的河流。他们在酒吧街里飘泊，最后选定岸上的某一盏灯火，从河里爬起来，进入那所房子，去和一个喜欢的人，喝一杯喜欢的酒。当然，也有可能为一个不喜欢的人而上岸，去喝一杯不喜欢的酒。

林素自嘲地想，不管是她喜欢的，还是不喜欢的，都没有陪在她身边，他们都在陪别的女人喝酒呢。她不由得想起刚才那个被她撞了个满怀还说“对不起”的人。一个陌生人，仿佛他是在代替那两个辜负了她的男人，向她说一声“对不起”。他还用他陌生的胸怀，承受了她的冲撞，她甚至觉得，那个偶然的冲撞，倒给了她一怀抱猛烈的温暖。此刻，还留有隐隐余温。她是多么可怜，可怜到只能从一个陌生人的怀抱里感受温暖。这么想着，眼泪又涌了出来，林素赶紧伸手去擦，只觉眼睛沉甸甸的，有刺痛感，她知道，眼皮还双着，她想，她的“病”，什么时候才能好啊？

小时候，每次生病，林素最担心的就是病好得太快，病一好，她就变回单眼皮小眼睛了，她甚至愿意一直“病”下去，希望自己永远是个大眼睛漂亮女孩。这个“病”，真像魔术师，暗中操纵着她，使她产生幻觉，让她变得兴奋而情绪饱满，她便不再是往常那个安分守己的乖女孩。可是现在，她“病”得太久了，太严重了，她感到了恐惧。她知道，幻觉不可能成真，魔术本是骗人，或者自欺欺人。她从来明白，她的双眼皮大眼睛，是假的，“千窗”里的那个女孩，才是货真价实的双眼皮大眼睛。

十

林素不再搭理冯煦，她尽量躲着他，很少待在办公室，不是进教室上课，就是去琴房备课。冯煦找过她几次，都被她胡乱打发过去了。星期五，张西凯打电话来，林素想都没想，就按了挂断键，她答应过他回家看女儿，但现在，愁肠百结的女人，没有心情兑现承诺。

张西凯紧接着发来短信：想去看看女儿，另，这段时间一直没给你钱。

林素回短信：我会给你一个账号，没有必要亲自劳您大驾。

张西凯立即回信：想和你谈点正事，我们俩的事。

林素：我会在离婚协议上签字的，不要逼人太甚。

张西凯：不谈离婚好吗？单位派我去外地工作，长期的。想看看女儿，还有你。

林素犹豫片刻，回复短信：明天来吃饭，下午带女儿去一趟锦江乐园吧。

晚上，林洁突然跑来林素家，一脸兴奋地说："姐，知道吗？张西凯和那个女人崩了。"

林素故作冷淡："是吗？和我有什么关系？"

林洁就笑了："姐你就别装了，这是好事。上次我就说过，他们长不了。那个女人不是开了一家店吗？听说，这个店，本来是别人的，张西凯帮她贷款盘了下来。可是，那女人，和原来的店老板本就有一腿。哎呀，乱得要死，反正，张西凯和那个女人散伙了，姐，我们是不是应该庆祝一下？"

林素问："那是个什么店？叫什么名字？"

林洁想了想，说："我也是听说的，好像是餐馆还是咖啡馆？酒吧？大概是酒吧。管它那么多，反正是散伙了……"

林素好像并不感到惊异，只是有些走神，发了好一会儿呆。林洁推了推她："姐，想什么呢？"

林素回过神来，忽然问林洁："你说，假如张西凯要回来，我是拒绝呢，还是接受？"

林洁想了想："先别急着接受，考验一段时间，要是他知错，诚心诚意悔改，那就给他一次机会，谁叫他是蓓蓓的爸爸呢。"

林洁看着林素，坏坏地笑。林素心里却在想，张西凯知道她和冯煦发生过那么一出事吗？若知道，他会不会给她机会？

第二天早上，林素给女儿穿上公主裙，梳好小辫子，还打上一对粉红色小蜻蜓头饰。女儿问："妈妈，我们今天还是去外婆家吗？"

林素说："不，今天爸爸回来，下午带你去锦江乐园。"

女儿一阵欢呼："噢噢！去锦江乐园喽！李晓晓去过了，王佳妮也去过了，明天告诉他们，我也去过啦！"

林素亲了亲女儿的小脸蛋，心里觉得愧疚难当。和张西凯闹了三个月离婚，她一次都没有带女儿出去玩过。这三个月里，她一直深陷于自己的遭遇，情绪忽而低落沮丧，忽而亢奋异常，常常魂不守舍。张西凯说过她：你就是不肯给人机会，不肯留余地，谁不会犯错呢？

何止是别人，林素也从不给自己留机会和余地，她活得太较真、太踏实了，过日子，怎么能一刻都不虚度？怎么能没有一点游戏的心态？怎么能事事都要求不犯错？简直是虐待，虐待和她生活在一起的人，也是自虐。

张西凯准时按响了门铃，女儿飞奔过去开门，男人站在门口，一手提着一大篮水果，一手抱着一个芭比娃娃盒子。林素站在客厅里，看着男人抱着女儿又亲又啃，眼泪又要涌上来，便转身进了厨房。

女儿拉着爸爸，一会儿要给芭比娃娃换衣服，一会儿给爸爸讲幼儿园里听来的故事。林素在厨房里煎鱼，男人和女儿玩闹的声音、油烟机的轰鸣声、油锅的煎炸声和烟雾，一并混杂，热闹得简直乌烟瘴气。这个家里，已经多久没有发出这样吵吵闹闹的声音了？就是这乌烟瘴气，才让她感觉安心、安全，家里太干净，没有人气，那才叫吓人呢。

张西凯走进厨房，站在林素身后问："做什么菜？"

"黄鱼。"林素回答。

"糖醋吧？"张西凯问。

林素心里一热，糖醋黄鱼，是她最拿手的菜，他还记得。

张西凯没话找话："最近，你还好吧？"

林素想起了冯煦，心脏猛跳了两下，说："还是讲讲你吧。"

张西凯笑了笑："好，讲讲我。我们单位在云南有一个业务部，领导派我去做主管，下个月就走。"

林素："做多久？"

张西凯："到外地去工作，一般是一年。"

林素："哦，一年后回来，就该升官了吧？"

张西凯："升什么官啊！日子都不知道怎么过下去呢。"

林素没有把话题继续下去，只说："油烟太大，去外面陪蓓蓓吧，一会儿就吃饭。"

林素做了好几道菜，有糖醋黄鱼、松仁玉米、白灼芥蓝，还有一个雪菜笋丝汤。张西凯胃口大开，连吃了两碗饭，还和女儿比赛谁吃得快，女儿学着爸爸，也大口大口地吃饭。林素简直要被眼前这一幕融化了，她搜索了一下过往的记忆，竟找不到曾经有过这样的情节，不知道是她熟视无睹，还是果真从未发生过。

吃过饭，张西凯带女儿去了锦江乐园，一直玩到傍晚，才把女儿送到楼下，让女儿自己上楼。估计女儿到家门口，便给林素打电话："我就不上去了，晚上还有应酬。蓓蓓到了吗？"

门铃"叮咚"一声，林素去开门，女儿站在门口，手里抱着一个盒子："妈妈。"

林素把女儿抱进门，再拿起电话机，只听见"嘟嘟嘟"的忙音，张西凯已经挂断电话。女儿举着盒子叫道："爸爸说，这是送给妈妈的。"

林素打开盒子，是一块真丝围巾，浅灰底子，撒着一片片银色的蝴蝶，素雅干净的花色。林素把丝巾系上脖子，照了照镜子，觉得很适合她，张西凯挺会挑礼物，毕竟做了那么多年夫妻，了解她。

两个星期后，林素接到张西凯短信，说要去云南上任了，明天上午九点的飞机，问林素能否带女儿去机场送他？

林素犹豫了很久，下不了决定回短信。

晚上，林洁带来一盒鲜奶蛋糕，说是母亲单位发给退休职工的重阳节礼物，送来给蓓蓓吃。蓓蓓大叫"小姨——"，扑到林洁身上。林洁却被桌上的一个丝巾盒吸引住了目光："姐，这是什么？"

林洁打开盒子："哇，真漂亮！我试试。"

林素一把夺回丝巾："不行，不许试，每一回都是试试，最后就被你抢走。”

林洁：“小气啊！以前你连人家送的香奈尔香水都肯给我，这块破丝巾倒舍不得。”

蓓蓓却在一边嚷嚷：“小姨小姨，这是爸爸送给妈妈的礼物。”

林洁惊叫：“张西凯回来了？”

林素没有回答，她仔细折好丝巾，放回盒子，收进了衣橱的抽屉里。

林洁离开时，已经九点多，林素这才回信给张西凯，答应明天带女儿去机场送他。张西凯立即回信：我等到现在，以为没希望了，感激不尽。

第二天清晨，林素早早地起来，又叫醒了女儿。对镜梳妆打扮时，林素总感觉自己的脸有些不对劲，凑到镜子前仔细端详，才发现，双眼皮消失了，原来那双丹凤吊梢眼，重又出现在了她白皙平坦的脸上。

林素长长地吁了一口气，往脖子里系上那条真丝围巾，带上女儿，出门去搭开往机场的班车了。林洁说得没错，这一年，可以作为考察期，走了三个月的弯路，用一年，总该找回正路吧？时间能够证明一切，包括一个男人是否可托付。

林素依然用“可托付”来测评男人，这是她长年养成的脾气，还很难改。当然，这世上，有女人用这样的标准去要求男人，反过来，就有男人愿意让女人这么去要求自己。

尾　声

林素没有再和冯煦约会过，冯煦也没有再邀请过她。一切还像过去那样，该上课的时候上课，该下班的时候下班。冯煦依然喜欢说笑话，没事就给同事们发一通幽默短信。林素也会收到他的短信，只不过，是群发信息中的一条。生活回到了原点，一切都按着原来的节奏和步伐继续着。

那天，冯煦又在办公室里说笑话：在一次宴会上，两个喝得半醉的男人用低沉而模糊的声音交谈着。其中一位说，“看，那边有一位黑眼、黑发、身材修长的女人，看到了没有？她就是我太太。坐在她旁边的金发女郎，正是我的情妇呢！”另一位说，“哇！那太巧了，我正好和你相反。”

办公室里发出一阵哄堂大笑，林素也笑了笑，笑完，竟破天荒说：“我也讲个笑话吧。”

大家都觉得奇怪，林素是只长耳朵不长嘴的人，难得要说笑话，便都洗耳恭听。林素清了清嗓子，说：“丈夫回家很不高兴，妻子关心地问，‘你遇到不顺心的事了吗？’丈夫说，‘今天我在公共汽车上拾到 200 元钱。’妻子说，‘那应该高兴啊！’丈夫就说，‘另一个乘客也看见了，我就和他平分了。’妻子说，‘那你不是还有 100 元吗？’丈夫哭丧着脸说，‘回家后我才发现，那 200 元其实是我自己丢的。’”

大家都怔住，竟没有一个人觉得好笑。冯煦“呵呵”笑了两声，说：“人呐，就是这样，原本是自己弄丢的，还以为捡回了便宜。”

办公室里这才发出一些零落的笑声，却并不是明白就里的笑，只有冯煦和林素两人对视了一眼，目光有些意味深长，却也平静坦然。忽然，冯煦就像发现了新大陆似的，指着林素说：“哎，你的双眼皮，什么时候没有了？”

林素笑了笑，没有回答，心里却想：得了病，总会有好起来的一天，除非是绝症。

枫叶大概红了

一

因为爱读书，女人叫他“书生”。女人在走廊里的公用厨房炒菜，偶尔亮开嗓子喊一声，是软糯的吴侬话：“书生，拿只盘子来，兰花的。”

他从屋里出来，一手捏书，一手托一只景德镇瓷盘。女人把白灼芥蓝或者酱爆田螺盛进盘中，青的青，红的红，色相俱佳，盘边还描一支纤秀的兰花，家常的菜，便脱了俗。

他接过菜盘回身进屋，女人叮嘱了一句：“开水泡一泡筷子，吃饭哉。”

女人的嗓音，又柔软，又温润，可以去唱苏州评弹，也是会生活，把炒菜炖汤的事，做得没有一丝家长里短的庸俗气。隔壁邻居大多单身，都羡慕书生的好福气。看看人家，哪怕住着租借的房子，在幽暗的公共走廊里做饭，也是那么温馨甜蜜。所以说，人是要结婚的，结了婚，日子才像个日子。

女人是小学教师，教的是语文。书生是职校教师，电子机械专业，工作八年有余，结婚整整六年，却未曾攒满可以买一套单门独户的房子的钱。租房也不便宜，还是书生的职校淘汰的一幢教学楼。

八年前，教委要建设一批标志性职业学校，新校舍矗立而起，又引进师资人才，招聘了不少硕士、博士。那一年，书生研究生刚毕业，求职不易，有机会进职校任教，算是好去路。老校舍大多拆了，留下一栋有历史的教学楼，专门做出租房。与书生同一批进职校的教师有好几个，大多住这幢楼。本校教职员工，租金优惠，一间可以坐五十个学生的教室，才六百块，水电还免费。学校已经很慈善了，校长说，若是租给小作坊、小工厂，或者给私营企业做仓库，远不止六百。书生没有异议，三个单身合租，平均下来，也就两百块钱。直到六年前要结婚，才发现，房子是个问题。

也去房屋中介所咨询过，二十多平方米的一室户，月租不下于一千。彼时，书生的存款还不够一套两室一厅的首付，于是和未婚妻商量，继续租学校的房子住，还省了水电费，等攒满首付，再加上贷款，就买房。

未婚妻倒也同意，她的状况和书生一样，远离家乡，赤手空拳。她是做好要与书生携手打拼、共度人生的准备了。

婚房就是一间教室，环境倒是优雅，老建筑的外墙覆盖着厚厚的爬山虎，葱绿的叶尖几乎要垂进窗棂。窗外的草坪上，长着几株有年头的枫树，树型很是婀娜，最大的那一棵，正郁郁葱葱地立在他们窗前。书生买了两只学校淘汰的书柜，一张写字台，样式老一些，成色还挺新。两位室友帮忙刷白了墙壁，又帮着把他的书搬到新房。小王说："梁兄，我们三个中，你运气最好，大陈比你还年长，都没有老婆，我就更没希望了。"

书生姓梁，今年三十二，比小王大两岁，比大陈小三岁。

大陈说："现在的女孩，宁愿嫁有房弱智，也不愿意嫁无房高知。"

书生安慰两位老室友，亦是自嘲："我是从此跳进了火坑，永世不得翻身啦。"

另两个就取笑："这样的火坑，我们也想跳，你舍得让位吗……"

女人也不年轻了，已近三十，只因不愿意下嫁"弱智"，又没有足够的姿色和才情，高不攀低不就的，拖到了大龄。终于有了中意的男人，也算门当户对，便决定结婚了。因为远离父母，多年独自在外谋生，比较自立，也颇会打理。视察过一遍新房，觉得刷过涂料的墙壁白得耀眼，几样简单的家具摆在里面，显得过于空旷，于是指挥着男人，挪动书橱和衣柜，隔出三个空间，饭厅、卧室、书房。厨房虽说在走廊里，但碗碟电饭煲之类的餐厨用具，却是一应俱全地买了回来，还用碎花料子请人做了桌布、椅垫、枕套、被罩以及窗帘。床是一定要买得好一些的，女人说，人这一辈子，三分之一时间在床上度过，不能怠慢了自己。书生当然同意。于是，这间由教室改造的新房里，最豪华的家具，就是那张欧式新古典造型的烤漆实木床，连床垫，一共六千多元。

婚礼倒是竭尽简单的，亲人们不在这个城市，不用破费办喜酒，只请各自的同事朋友吃了一顿饭。饭后，新婚夫妇回家，发现门把手上挂着一个塑料袋。书生打开一看，就笑了，新娘子凑过来看，随即羞红了脸。袋子里装着两盒避孕套，肯定是小王和大陈的“礼物”，他们就住在这栋楼的二层。

这份礼物，真是实用而又必要，也是兄弟们的间接提醒。婚是结了，孩子暂且还不能要。在这个问题上，小夫妻是有默契的，等有了房子，才可以考虑孩子问题。

二

新婚的热乎劲儿过去后，就是勤勉节俭的生活，目标是明确的，先要攒满首付。然而，好不容易积到一个令人有点信心的数目，却不敌房价的一涨再涨，竟是离买下一套房子的距离越来越远。倘若拼拼凑凑，再加上贷款，也勉强够买一套偏僻地段的房子，可是每个月去掉三千多元的房贷，日子就没法过了。于是，一拖再拖，六年过去了，依然没有自己的房。心下里，书生就觉得很对不起女人。

然而，这并不妨碍女人对生活的热爱。女人学的是中文，学生时代读过不少文学作品，最中意的是张爱玲，对发生在这个城市里的陈年往事，便也尤其向往。大学毕业后执意留在本市而没有回老家，许是与张爱玲脱不了干系。只是如今，除了教学参考书，只偶尔看看《读者》《时尚》之类的杂志。张爱玲的故事，也一篇篇搬上了银幕，再无须看书。然而，那种大都市由来已久的精致神秘的生活，她还是入了骨子的想要尝试。

也是难为女人，在有限的条件下，把日子打理得有声有色、有滋有味。六年来，女人一直保持着一个习惯，用一只青花骨瓷茶杯做花瓶，插上一枝玫瑰或者百合，摆在写字台上，一星期换一次，书生却早已对女人营造的这一类小情调熟视无睹。有时候，女人会问："书生，今天花店打折，三支洋兰才十元，好看吗？"

他抬头朝桌上扫一眼："好看。"

他是由衷地觉得好，表达出来，却似敷衍。除了"好看"，说不出别的溢美之词，就埋下头，继续读书。他读的大多是专业书，也有文艺书籍，又总是与历史或者哲学相关，这些都不是女人喜欢的。然而，低着头、专心致志地读着书的男人，真正是惹人怜爱啊！于是，女人偶尔会在他沉浸于书籍时，伸手抚一把他并不浓密甚至有些偏黄的头发："书生，你真是个书呆子哦！"

女人爱的，就是他这点书生气。只是，过于不谙世事，又不解风情，哪怕在床上，也是小心翼翼，轻手轻脚，生怕弄痛了他的小娇妻似的。其实，女人只是长得矮小，性情却一点都不娇弱，样样做得起主，家里的万般诸事，一应地包揽了。她亦是会经营，甚至考究。买菜，五只青椒，一定要菜农送她一只红椒，炒牛柳的时候配色用。餐具也有讲究，色拉或者凉菜，要用那套宝蓝色琉璃碗；糖水甜点，用有盖瓷盅；喝茶、喝水、喝咖啡的杯子，都是不一样的，规矩多多，不一而足。她把日子安排得有条有理，仿佛设计了一套优质程序，一丝不苟地运行着，亦是不缺乏情趣。

书生，却总是帮不上忙，或者说，插不上手。偶尔也想参与一下，比如，女人包饺子的时候，就引起了他的怀乡情绪，便也要卷袖子操作。可是程序正在流畅地运行，他的进入，就像是病毒忽然侵入了电脑，使女人更加忙乱起来。洗手，用滴露消毒液洗；皮儿不要擀得太大，馅儿不要包得太多，俗话说，大馄饨、小饺子；捏边儿的时候要这样，这样才好看，花边元宝……最后，女人说："你还是去看书吧，添乱。"

他就停手，抱歉地笑笑，果真坐回到两架直角形排布的书橱之间，埋头读书。

开饭了，女人端上饺子，素白磁盘里，真的是一个个小巧玲珑的花边元宝，还用黄瓜和胡萝卜做了红花绿叶的围边。另有山西老陈醋、研磨得细细的蒜泥、小粒泡辣椒，装在同一套素白浅口小碟里，还有几样凉菜，朝鲜辣白菜切了细丝，甜姜薄片在玻璃小碗里码得齐齐的……她笑盈盈地看着他，眼神里有很多意思。

书生知道，她是在等待他的评价。如今的女人，能如此热衷于做饭的，实在不多，心里便想：她真是一个贤妻良母。却并没有说出口，贤妻没错，良母还称不上，他们还没有孩子。没有孩子是他的错，他没钱买房子。这么一想，他原本有些饥饿感的胃，忽然地，就囤积起一股闷重的浊气。他打了一个嗝，眼睛看着热腾腾的饺子和精致的凉菜，哎呀！简直像艺术品，都不敢动筷子，就怕破坏了整个局面。可是无论如何，他应该说上两句赞美的话，比如，老婆真能干！或者，老婆手艺太好了……可是，这么简单的话，竟无从说起。他只是觉得歉疚，她做得越好，他越歉疚。

女人等不及他表态，催道："快尝尝我的手艺，好不好吃？"

他捏起筷子，却不知道如何下手，一开口，很扫兴地说："我把盘子边上的花拣掉好吗？"

吃的时候，女人不断地问"好吃吗？""不咸吧？""要辣酱吗？"……他只是点头，直到吃完，也没有评论过什么。女人问他饱了没有，包好的饺子冻在冰箱里，不够再下。他没觉得饱，但还是摇头说不用了。他是打心眼里觉得，饺子的味道，真的很普通，说不上可口美味，不难吃就是了。他记忆中，小时候母亲包的饺子，又香又鲜，那可真是好吃啊！那么好吃的饺子，说不定就盛在一只缺了口的旧碗里，蒜，也不碾成泥，就一头一头地扔在桌上，一边剥皮，一边咀嚼，吃得满嘴爽辣，吃到打饱嗝还不肯放手。现在，普通的一盘饺子，却搞得这么隆重，这几乎让他感到无所适从，想好的赞辞，一句都没说出口。

饭后她去洗碗，他看着她开门出屋的背影，心想，其实，她的优点真是太多了，她不娇气，会干家务，也没有嫌他穷，她只是愿意让生活显得更精致脱俗一些。这样的女人，他还有什么不满足呢？

书生是北方人，却不似北方男人那般粗犷爽直，多半是有话也闷在肚子里。女人是南方人，只不过，南方农村出生，便少有了城市女人的娇气，又因念了大学，识得了张爱玲之流，于是，就成了一个把菜盘子的围边，看得比盘里的菜更重的人。她沉浸在自己设造的这种情调中，倒也自得其乐。然而，又不得不妥协于生活的捉襟见肘，比如，不能要孩子，就是一个让人纠结的问题。

三

避孕是一件麻烦的事情。夜深了，书生从读书角里出来，女人已经在那张与这间房子不甚匹配的床上进入半梦状态。书生钻进被窝，她顺势搂住他并不壮实的腰腹，赤裸的腿搁上他冰冷的双腿。他很快温暖起来，手臂伸展开。她抬一抬披头散发的脑袋，枕在了他的手臂上。她感觉到了他蠢蠢欲动的身体，闭着眼睛拉开床头柜抽屉，拿出一小片塑料袋，准备撕开锯齿型袋口。书生却从她手里抽去小塑料袋，扔回床头柜。

她知道，他不喜欢安全套，这东西，他总是觉得隔阂。然而，女人是凡事讲究计划和秩序的，现在的状况，要求他们必须使用安全套。小王和大陈送的那两盒，早已用完，现在用的，是药店买回来的廉价款。

书生不多话，却不缺乏男人的勇猛，沉闷的勇和猛，不吭声地运作，只有重重的喘息，似在做一项重体力劳动，倒也酣畅淋漓。然而，质量究竟不靠谱，竟会破漏，于是，不小心怀上了一次。任何条件都不允许把孩子生下来，书生和女人意见一致，便去堕了胎。陪女人去医院做人流的整个过程，书生至今想来惴惴不安。他觉得，他犯了罪，他不仅扼杀了自己的孩子，还让女人受了苦。

从此以后，书生就收敛了床上的勇猛，却坚决不肯再用安全套，就像穿着防弹衣，却还是中了弹受了伤，从此对防弹衣失去了信任。女人也不再坚持，她咨询了办公室里的大姐级同事黄老师，居然学到了好办法，就是每次完事后，穿衣起床，出门去走廊尽头的公共厕所。倒是再也没有出过纰漏，只是，书生愈发觉得有愧，便格外地当心起来。

小心翼翼的劳作，完全没有了劳作的酣畅淋漓，渐渐地，书生夜深时分难得的勇猛就有些退化的意思，直至不复再现。近几年，他一以贯之地保持着温和、礼让、柔顺，真正是表里如一。这就更符合了他“书生”的外号，正人君子，由内而外，完全的正人君子。

近段日子，书生经常加班，职校与德国的机械制造公司合作办学，引进了一批数控机床。几位专业教师，整日在实训中心与德国外教混迹，学新技术，小王和大陈也在其中。中外合作办学，算是本市职教系统的创举，学校便给书生配备了一台 D500 单反相机，让他及时跟踪报道合作进程，以便发布职业教育网。这份额外的工作，是书生自己请缨的，他在大学摄影社团学过几天，用的是师兄的相机。

书生做事素来钻研，手里有了相机，便格外潜心起来。自然是从摄影原理到审美理论，以及世界级大师的作品集。也要实践，工作时间随时拍摄记录，下班回家，还拍他的书橱，拍女人插在骨瓷茶杯里的新鲜马蹄莲，拍爬山虎挂在窗棂上的绿得透明的叶片，拍那棵几乎要把枝梢探进来的枫树。女人炒菜的时候，书生就站在旁边，拍她的手、她手里的锅铲、翻动的菜、袅袅的蒸汽、窜动的火苗；女人拖地的时候，书生就跟着拖把扫过的路径，拍光线落于地板的痕迹，拍女人毛茸茸的拖鞋和曲曲弯弯的水纹；女人做好了菜，盛在盘子里，还没开吃，造型还没破坏，围边还很整齐，那更是要拍，俯瞰、仰视、微距……简直可以登美食烹饪杂志。

女人盈盈地笑，看着书生爬上趴下拍她做的菜。这是对她最高的褒奖了，她的作品，被他拍下来，又成了他的作品，一个相机，刹那间让本已有些乏味的二人生活变得动人起来。只是，他从未给她拍过一张照片，便在书生埋头摄影时，说了一句："怎么不拍拍人呢？"

书生捧着相机，抬头看了女人一眼。女人双手抱胸，淡绿色羊毛衫覆盖着她平坦的身躯，一簇碎发跌落到额前，些许憔悴，是略微操劳的容颜。书生举起相机，对着女人按下快门。女人阻止都来不及，怨道："人家还没准备好，头发乱糟糟的，删掉重拍吧。"

女人郑重其事地梳了头，整了整衣衫，环顾了一下屋里的景致，最后选择了读书角边上的窗口。她抽了一本书抱在手里，身躯靠在窗框上，说："拍吧。"而后，自己给自己说了一声"茄子"，嘴角弯在发"茄子"的口型上，微笑的样子，却生硬。

书生拍了下来，女人看相片预览，是逆光，脸部昏暗，五官浑浊。窗外的景致倒是清晰，那棵有年头的枫树，枝头顶着一簇簇刚冒芽的叶尖，绿芯镶红边，鲜嫩得几乎要滴出水来，密匝的枝桠妖娆伸展着，在女人背后织出一绺绺春天的流苏。整张照片，倒是枫树成了主角。

女人看得失落："你拍别的都好，就是拍不好我。"

书生抱歉地说："我水平有限，等我练得好一些，给你拍一组。"

女人却说："不是你水平不高，是我长得不够好。"

他从来都分辨不出，女人这是表示谦虚，还是嘲讽的意思。

四

书生的学习能力很强，也是有点基础，很快，照片就拍得挺像一回事了。坚硬冰冷的数控机床，神色严峻的德国外教，谦虚诚恳的中国教师和学生，组合在一起，画面很有新闻感。合作办学的图文报道上了中国职业教育网，书生的照片还被选登在了《中国职教》杂志上。小王翻了一遍杂志，竟一脸不屑地说："梁兄，你拍得倒是好，不过，拍这些没意思，浪费你的才能。"

书生问："那拍什么才有意思？"

小王神秘一笑："拍人体啊！人体艺术摄影。"

书生笑起来："你小子没正经，我要真想拍，可谁愿意让我拍啊？”

大陈在一边插嘴：“可以拍‘万人迷’！听说她在美术学院做过人体模特。”

小王来了兴致：“陈兄，你怎么知道‘万人迷’做过人体模特？”

书生知道，“万人迷”是商贸旅游科上导游课的那个女人，年龄比他们大，身材倒确是不错。只是，职校有好几百个教师，非本专业的，一般没交往，人家不可能给他做模特，他也从没想过要拍人体摄影。当然，他若真的有兴趣，家里还有一个现成的模特。只是，女人大概不会同意他给她拍裸体照，况且，她的裸体……书生没有继续往下想，有一点却是肯定，并不是每个女人都可以做摄影家的模特。

现在，书生的业余时间，除了读书，就是四处游走拍照。这个看起来木讷的人，竟也有了一些浪漫的气象，背着相机的身影，时常会在公园、鸽子广场或者老街旧巷里出没。还在摄影爱好者网站注册了一个名字，把拍回来的照片传到网上。网友之间自然是要相互切磋学习的，交流多了，就相约了要外出采风。

出门前一天，书生征求女人的意见：“要去浙西大峡谷，两天就回来。”

征求意见亦是形式，他早就做好了出行的准备。一个双肩背包，里面装了干粮、水、纸巾、护创膏、洗漱用品、外宿一夜的内衣裤……还有，就是相机。

女人有些不满，书生爱好摄影她没有异议，只是，还要与网友见面，还过夜，这就有些超出她的容忍度了。她一言不发，不说同意，也不表示反对，只让目光停留在他脸上，表情是警觉的。书生却毫无知觉，只是摆弄着手里那台初级单反相机，还自言自语：“以后自己买一台，镜头一定要好一些。”

女人终于开口，轻轻的吴侬软语，却似软刀子：“好镜头很贵的，你是打算一辈子让我住在这里了？”

他怔住，摆弄相机的手停了下来。书生的关注，使女人觉得有必要追加一句，这回，语气里有娇嗔：“我们办公室的小丽，去年刚结婚，今年就生了一个漂亮女儿。我们什么时候可以要孩子啊？”

书生脱口说道："对不起！"

这三个字，本是表达书生由衷的歉意，可是说出来，却让女人感到男人在推卸责任，原本只是撒娇，现在却真的生了气："对不起是最不值钱的话。"

女人还没说下去，眼泪就冒了出来。书生低下头，收起相机，开始把干粮、衣物、洗漱用品一样样从包里取出，动作不快不慢，没有任何情绪的流露，不像是赌气，倒像是真心诚意地觉得自己错了，便以行动来表示悔改。

女人饱含水分的视线里映入书生的举止，她知道，他放弃浙西大峡谷的出游了，心里便涌出浓重的感动。然而，却歉疚起来，她毕竟心疼丈夫，男人不抽烟不喝酒，除了读书，连业余爱好都没有，喜欢上了摄影，要出去一趟，还因为她的反对而不能成行。

女人不会用"对不起"来表示歉意，她刚说过，"对不起"是最不值钱的话，便拎起购物袋，出门买菜去了。

晚饭，女人为书生炖了草鸡汤，一个棕色的瓦罐，汤里飘着五粒红色的枸杞子、三片薄薄的西洋参以及一小块火腿。书生为她做出了牺牲，她要犒劳他。她盛了鸡汤，放到他面前。他低头看瓷色精细的汤盅，切成小块的鸡肉，米白色的汤，色泽很纯正，像酒店饭馆里论盅卖的鱼翅、燕窝之类的汤羹，高贵的样子。他却有些煞风景，目光在饭桌上搜索了一遍，疑惑地问："饭呢？"

女人就说起了她的养身之道："先喝汤，广东人煲汤，都是在饭前喝的，不会发胖，还补得进身体。"

书生埋下头，喝了一口，却是淡而无味的，不经意间，就皱了一下眉头。女人看见了，笑起来："我没放盐，平时摄入盐已经过多，补汤更不可以放盐，否则营养成分都破坏了。快喝吧，趁热。"

书生反问了一句："广东人煲汤也不放盐？"

女人哑然，随即说："身体重要还是味道重要？这是黄老师教我的，她每个星期都炖一次鸡汤给老公喝，她特地关照我，不要放盐。"

书生扯了扯嘴角，以示微笑，随即端起汤盅，"咕咚咕咚"一气喝完。女人要给他添汤，他摇了摇头，端着汤盅站起来去盛饭。女人伸手夺过汤盅："饭怎么能装在盅里吃呢？"

随即拿起一个描金边的五子登科图瓷碗，去给书生盛了饭。这种碗，一共有两只，是结婚时女人的母亲送的子孙碗，后来，就做了他们的饭碗。那是女人家乡的习俗，子孙碗里装米，多子多孙的意思。女人想要孩子，他知道。

晚上上床后，女人主动示好。男人自然是经不起诱惑的，便按惯例行了事，依然小心谨慎。完事后，女人去了厕所。书生朦胧入睡时，感觉女人冷冰冰的身体回到被窝里，贴在他身上。他听到耳畔她苏州评弹似的软糯话声："放了假，我们两人去浙西大峡谷玩，好不好？"

书生想说，出去玩要花钱的。

话没有说出来，他闭着眼睛想，还是睡吧，一说话又要睡不着，不知道为什么，最近觉浅，总睡不好。

五

合作办学成果卓然，第一届二十五个学生，竟全数通过德国企业的上岗考试。书生和几位骨干教师，已经完全胜任新专业的教学，德国外教期满回了国，也不需要跟踪报道了。学校收回了那台 D500 单反相机，书生的摄影，就此断了档。

书生不再带相机回家，女人感觉有些遗憾："上次还讲，等技术练得好一些，给我拍一组照片呢。"

语气轻描淡写，目光却郑重其事。他没有接口，却扭头看向窗外，沉默了片刻，忽然说："春天都已经过去了。"

女人顺着他的视线看去，窗外的枫树叶已经完全泛了绿，翠生生地簇拥着，几枝树丫沉甸甸地探到窗口，叶片垂挂在枝头，像无数只展开的绿手掌，偶有一两声蝉鸣寥落传来。女人叹了一口气："唉！真快，都夏天了。等攒够了买房子的钱，再给你买相机。"

这样一句话，竟使书生镜片后面的眼圈红了一红。女人发现了，便也红了眼圈，心里涌起一股同甘共苦、相濡以沫的感动，于是伸手抚了抚书生的面孔："别难过，其实，我一直觉得很幸福，跟了你，我不后悔。"

书生似并未听见女人的话，依然看着窗外。树枝轻微摆动，光影投到他眼睛里，恍惚而游离。忽然，一只麻雀扇着翅膀，"扑棱棱"飞进灰蓝的天空。书生的目光跟着飞离窗口，越飞越高，越飞越远。忽然冒出的顽童心理，使他全力以赴地追赶着麻雀的影子，他要让视线追上它的速度，仿佛远航者永不丢弃的风向标，只要他还看得见它，就不会因失去方向而迷路。然而，它飞得太快，他的眼睛终究跟不上那只长翅膀的家伙了。它飞出了他的视线，他看不见它了，它把他甩了。书生只觉得手脚陡然一软，背上无端地涌出一阵冷汗。微风从窗外吹进来，他浑身激灵灵一抖，随即，万念俱灰一般，猛地垂下头颅。

女人轻拍他的面孔："书生？怎么啦？"

他似从梦里忽然惊醒，很突兀地问："什么？你说什么？"

女人贴在他脸上的手，移到他的下巴，为重申对他的爱怜，又轻抚了两下："真是书呆子，我说，跟了你，我不后悔。"

他忽然感觉，他就像一个犯了罪的人，女人的话，恰是对他的开恩赦免。然而，他什么时候乞求过赦免了？赦免只是另一种枷锁！他是宁愿获刑，也不愿意屈就妥协的。于是，他拨开她贴在下巴上的手，冷冷地说："我穷，你嫁我的时候不是不知道，你后悔，我也没资格反对。"

话说出口，就觉得自己过分了。果然，女人目光错愕，眼泪即刻就要涌出来。其实，她真是一个识大体的女人，他应该感到幸福的。可是为什么，他就不能领会这种幸福？他是身在幸福中，却辜负了幸福？这么想着，书生就觉得，他果真就该是一个罪人了。于是努动嘴唇，补了一句："对不起，是我不好！"

说完，他居然也伸出手，抚摸了一下女人瘦削的脸，好似为他适才拨开她的手而做的弥补。书生的这个动作，终是让女人淤积在眼眶里的泪水扑簌簌落了下来，却不再是伤心的落泪。她就着他有些凉意的手掌，摩挲了一下面孔，撒娇道："坏人。"

是有些忧伤的嗔怪，却带了一丝即兴的甜蜜。

书生这才别过身，进了读书角，埋头于他的书籍中。他是和自己过不去，似跌了跤也不愿意让大人抚慰的倔强孩子，只想躲进角落里，独自舐伤。

书是随手捡起来的，却是这段日子看得最多的摄影集的其中一本，作者叫比尔·布兰德，那个著名的拍变形人物的英国人。书生潦草地翻书，而后停留在他早已看过的某一页上。这一页，是一个仰靠的赤裸人体，显然是个女人，长发的头颅离镜头很远，面容模糊，依次是硕大而下垂的乳房，圆润的肚子，身形微侧，臀部离镜头最近。于是，这个人的躯体，便如整个地挂在了巨大的臀上，无限夸大的臀部成了女模特最显赫、最沉重的器官。

书生若有所思，以前看这张摄影作品时，没有想太多，现在看，忽觉几分妙义。他不禁想，生活不就是如此吗？有的人，过着要脸不要屁股的生活，而有的人，过着要屁股不要脸的生活。他又想，究竟是脸重要，还是屁股重要？自己又算是过的哪一种生活？最后，书生觉得，他首先是屁股没处摆，然后，他的脸面因此也无处可放。看来，人要活下去，首先应该解决的不是脸面问题，而是屁股问题。这么想着，书生禁不住要笑出来。

女人端着一个小小的托盘，摆到书生的写字台上。是银耳莲子羹，装在蛋清色的有盖瓷盅里，边上还有一个同色瓷碟，碟里是一小块紫红色的点心和两片切成月牙状的脐橙。女人说："黄老师教我做的豇豆糕，你尝尝。超市里买的有机豇豆，绿色食品。"

书生似是想在女人面前表现他的诚意，又好像是生了一番气，又暗笑了一通屁股与脸面问题，便把肚子也搞饿了，于是伸手捏起豇豆糕，整块地塞进嘴里，咀嚼了数下，就咽了下去，几乎狼吞虎咽，还说："好吃，还有吗？"

女人笑了，很有成就感的笑："有啊！不过，不许再吃了，糯米的，多吃不消化，一会儿晚饭会吃不下的。"

女人凡事都讲究适可而止，她不放纵自己，也不放纵书生的味蕾和食欲。然而，书生却像是饿极了，竟顾自站起来，走到餐厅角，打开冰箱，取出装在保鲜盒里的豇豆糕，快速朝嘴里塞了好几块。女人跑过来抢走保鲜盒："哎呀，冰箱里是冷的，冻胃……"

书生掀了掀嘴角，露出一嘴紫红，脸上竟有几分得意的神色，似一个恶作剧的小孩，为着大人不让干什么，他偏偏成功地去干了什么而欣喜不已。

六

快放暑假了，学校发奖金，但凡参与过中德合作项目的人，都得了一笔奖励。因为兼做跟踪摄影报道，书生的奖金比别人多。

女人接过他递上的信封，托在手里掂了掂："一千块钱，怎么用呢？"

书生诧异："不存起来吗？"

女人一反常态地阔绰起来："一千块钱，解决不了大问题，还是给你买相机吧？"

一千块只能买最差的卡片机，还是打折价，书生心气不低，他看不起卡片机，嘴上表达的，却是最简洁的拒绝："我不要。"

连理由都懒得说。可又怎么能说出来呢？说卡片机档次太低？说他想买的是单反？牌子要尼康或者佳能？那几乎是自取其辱。然而，他也不能不领情，总该有所表示。于是想起，她曾经说过要买一个包，现在背的这个，是有一年教师节，女人学校发的购物券，去商场领的，角上的皮都磨破了。便说："还是给你买个包吧，买好一点的。"

书生提到包，女人就说："我们语文组的女教师，几乎人手一个LV。小丽昨天还说，这个暑假她老公要带她去欧洲六国游，问要不要替我买个LV回来，国外免税。我没要，我才不用这种奢侈品呢，庸俗！不过，包倒是要买一只了。"

女人的话，让书生觉得可笑，嘴上却说："那就叫她带一只回来吧，就用这钱。"

女人就掩嘴笑起来："一千块钱只能买LV的一条包带，起码要上万元一只呢。"

书生倒吸一口凉气："什么包，黄金做的吗？"

他听说过 LV 是一种名牌包，但不清楚价格。他想，整头牛的皮剥下来，也不会卖上万元吧？

女人今天却格外洒脱，竟说："会有钱的，我们会有钱的，到时候，给你买相机，给我买 LV 包……"

说这话时，女人消瘦而又略黄的脸上，正露出神秘的微笑，眼角却散着几条鱼尾纹。书生心里一惊，下意识地摸了摸自己的腮帮子。坚硬而参差的胡茬静静地匍匐在脸上，与皮肤较着劲地暗暗生长，手指触摸到粒粒轻微突起的毛囊，青春痘似的。这让他感觉自己还年轻，生命力还很旺盛。他情不自禁地想，剃须刀钝了，要换一把。这么想的时候，愧疚感霎时油然而生。女人已经有鱼尾纹，他怎么可以还擅自青春？就好像他的年轻旺盛，是从女人身上剥夺来的。

书生垂下头，不知觉地叹息了一声。女人却把脑袋依上他的肩头，开玩笑一样，在他耳边嬉笑着说："房子会有的，孩子会有的，一切都会有的。"

他知道，女人在安慰他，什么时候有，怎么有，未可知。然而，女人抬起头，拨过他的脸，近距离地看着他："没开玩笑，真的，你不想知道我的计划吗？"

他的确对她的计划没什么兴趣，他自知缺乏做生意、炒股票、搞投资的才能，而以他全勤上班的收入来看，大概一辈子也买不起房，除非一夜暴富，譬如中奖、捡到钱包，或者得到一笔遗产。但这是文艺作品里的故事，与他毫无关系。

女人是想撩拨他一下，却没有撩起他的探知欲，终于按捺不住说出来："这个假期，我准备做家教，已经有五个学生报名了。老教师每堂课收 50 元，我收 30 元，一个暑假八周，去掉休息日，算算多少钱？开学以后，就做周末两天……"

女人工作六年多，有了一定的教学经验，倒是可以做家教了。"可惜我教的是语文，要是英文和数学，更热门。"女人宣布完计划，看着书生，等待着他想必应该流露的惊喜。然而书生却说："不要这么辛苦吧，把身体搞坏了不好。"

说的是体恤人的话，心里却想，自己是连做家教的机会都没有的。按他的学历，教中小学生倒是绰绰有余，但人家要的是有应考经验的教师。那些职校生，又有谁会请家教呢？他是空有满腹学识，还有满满两大橱书，却百无一用，连女人都不如。他这个男人，何堪做男人？于是说："要是我能替你去做家教就好了。"

这倒是他的真心话，他想替代她去做家教，想替代她去做一切产生经济效益的工作。书生的话，使女人的幸福感陡然攀升，便把脑袋再次跌落在他肩头。倾注了过多的感情，力量有些重，他单薄的肩膀被冲击得微微一斜，却听见女人说："我知道，你是心疼我。"

书生挺了挺歪斜的肩膀，张了张嘴，试探似的问："有没有想过，有一天，你会和我离婚？"

女人的笑声吹进书生的耳朵，发出隆隆的震动："你担心我和你离婚？不会的，傻瓜！放心，保证不会。"

书生轻咳一声，稍稍犹豫，又问："那，你有没有想过，我会和你离婚？"

女人立即抬头，冲着书生的脸，做出一副凶悍的表情："你敢！"

说完，再次倒在书生肩上，双臂箍住他的腰，用力紧了紧，而后，梦呓般的声音在他耳畔响起："书生，我爱你！"

已经很久没有说过这种爱来爱去的话了，女人忽然说出来，书生禁不住打了一个寒噤。他低头看她，她正幸福地闭着眼睛，瘦削的脸上是突出的颧骨，皮肤有些干燥发黄，嘴角略微下垂，湍急起来的呼吸，使她过于宽大的鼻翼正随之一张一翕。

书生赶紧转开脑袋，不忍卒睹似的，一动不动地仰头站着，任由女人在他肩胛窝里顾自摩挲着。那会儿，他心里想，用吴侬软语说"我爱你"，听起来怎么那么怪异？

七

一进入暑期，女人的家教就开始了。每天上午九点到十一点，下午两点到四点，三人一组两班学生到家里来补课。这两个时段，书生总是外出，不影响女人上课，也是为躲避这看起来欣欣向荣的场面。

小王和大陈都回老家了，两个月的假，留在这个大城市里，样样消费高，又没有进账，不如回家休养。书生无处串门，只能去办公室，倒是可以免费上网，免费吹空调。他发现，并不是他一个人去学校吹免费空调。进教学楼时，总听见某一只空调发出嗡嗡的轰鸣，抬头看，是二楼的一间办公室挂在窗口的外机，想必里面有人。

二楼是商贸旅游科办公室，书生的办公室在四楼，可他从来没有在经过二楼时拐过去看一看。他与外专业同事素无来往，况且，商贸旅游科女教师为多，贸然打扰，不妥。然而，那台空调几乎每天都先于书生的到来而响起，中午以及傍晚，他下楼，空调还在转。那个人，几乎把办公室当家了。每过二层楼梯口，书生总会下意识地想，这里还有一个和他一样的人，他（她）也不想回家吗？这个人，会是谁呢？

书生的作息，是由着女人的家教安排的。他空闲，便承担起买菜的任务。菜是按出门前女人的吩咐买的，连价格都有规定。鸡毛菜三元一斤，草鸡蛋八元一斤，排骨十九元八角一斤……书生以前从不买菜，女人怕菜贩子斩他。然而，这个戴着眼镜、一脸茫然地转悠在菜场里的男人，就是一副招人斩的模样，菜贩子开价，就会贵出不少。书生似是羞于还价，又好像他的确不会还价，便买了下来。女人一旦问及，他总是按她说的价格汇报，私下里贴了多少菜金，只有他自己知道。

女人下了课，还要做饭，书生觉得过意不去，就想，是不是做饭的工作他也应该承担下来？便有一次，提早回了家，自己在走廊里干起来。“稀里哗啦”的，又是洗，又是切。等到女人结束上课，他已经做好了饭菜。只是，灶台上一片狼藉，食用油几乎用掉半壶，糖醋排骨烧焦了，土豆茄子放在一起炖，茄子烂成了泥，土豆还硬，装菜的盘子更是五花八门，不成系列。

女人咬了一口硬邦邦的土豆块，笑着说：“书生就是书生，以后还是我来做饭，你生来就是只读书不干活的好命。”

这话，倒没有一丝责怪的意思，是带了几分爱怜的示好。他却锁着眉心大口扒饭，内心只觉无地自容，又找不到表达歉意的话。他已经说过太多次“对不起”，现在，他自己也认为，这三个字的确不值钱。

女人忽然想起什么，说：“我们买个空调吧，用家教费买。天太热，学生来家里补课，电扇吹得课本“哗哗”响，家长都提意见了。”

钱是女人赚来的，书生自然没有意见。女人顾自算起账来：“现在一个月的家教费是三千六百元，买空调够了吧？就算投资，这六个学生是广告，教好了，以后人会越来越多……”

窗外传来几声鸟啼，书生隐约听到了，他想，是那只麻雀吗？他从来不曾注意过，麻雀也会啼叫？他想侧耳细听，女人喋喋不休的话声却织成了一张声波的网，他被罩在了网里，鸟啼声被阻隔在网外，几声虚弱的鸣叫过后，便再也捕捉不到一丝声息。

女人推了推他：“书呆子，想什么呢？”

书生忽然醒悟，随即端起那盘乱炖土豆茄子，全部倒进自己碗里，似开玩笑一般，说：“怎么能让赚大钱的人吃这个？”

女人惊异地看着他，他咧嘴笑了笑：“我喜欢吃硬土豆。”

空调很快买回家，装了起来。然而，中午时分，书生到家后，第一件事就是去把空调关闭。女人就笑他：“你忘了？不用付电费的。”

房子是职校的，水电免费他倒是没有忘记，这也是他为这个家庭做出的一项重大贡献。可他就是不愿意吹这台空调，就好像没有付出，就没有资格享受一般。

女人却并不领会书生的这份自尊，只认为他节俭成性，便又重新打开空调：“放心吹吧，还有下个月的家教费呢，以后会越来越好的。”

然而，装了空调，书生待在家里的时间却越发的少了。那一日下午，他照例在办公室，准备下学期的教案。要用到一篇数控机床的论文，可手里没有电子文档，他想，大陈电脑里也许有。于是打开了大陈办公桌上的电脑，翻了一遍，倒是找到了论文。只是，很偶然地，看到收藏夹里保存的网址，竟有“SEX”字眼的英文网站。好奇心使然，他打开了那些网址。果然是色情网站，点击一下，就连续不断地跳出肉淋淋的图片画面，不断退出，新页面不断跳上来，关闭都来不及。色情网站最多这样的病毒，好不容易手忙脚乱地关了网页，搞得书生一头冷汗、心脏乱跳。

纯净而充满专业词汇的论文一经在屏幕上打开，就完全是另一个世界了。书生插上U盘拷贝论文，心里不禁有些同情大陈。他和自己一样，性格略微内向，年龄不小了，却还是单身，上网解决某些生理问题，也属正常。这么想着，书生觉得，他比大陈幸运多了，他不应该不满足的。

不知道什么原因，忽然就断了电。电脑霎时黑了屏幕，空调也戛然而止。书生开门出办公室，查看了一下走廊里的电闸，没有跳掉，那么就是总电源断了。忽然想起，二楼那间办公室的空调，是不是也停了？于是下到底楼，去查看总电闸。

果然是总电闸跳掉了，检查了一下保险丝，没有烧坏，便重新合上了电闸。也不立即上楼，而是站在楼下，仰着脑袋看二楼那间办公室。并没有人开门出屋，门侧的玻璃窗似有一个嫣红的影子一闪，而后，“嗡嗡”的轰鸣声传来，空调重新启动了。书生这才兀自笑了笑，回身向楼上走去，好似，他和那个不知名的人有着会心的默契一般。

八

进入八月，天气更加炎热。除了回家吃饭睡觉，余下的时间，书生几乎都在办公室里度过。女人的家教进行得如火如荼，可观的收入催人奋进，也是她分外的尽力，家长之间口口相传，竟有新的学生加入补课。

那晚，女人躺在床上，搂着书生的腰说，“这么下去，很快可以把每堂课的价格升到50元，房子的首付，一年后就可以攒满，以后的还贷，也可以承受了。你还别说，家教的收入，比工资都高呢，怪不得，我们学校教龄五年以上的，都做家教。”

书生靠在床上，就着台灯专心读手里的书，顾不上答话。女人扫了一眼书的封面，是一本外国摄影家的作品赏析，便推了推他：“相机都没了，还看摄影书，真是书呆子！以后一定要给你买一个高级的相机，现在不看了，睡觉，好不好？”

女人抽出男人手里的书，随意地翻了几页，发现竟全是人体摄影图片。有的四肢扭曲，有的身躯佝偻，有的脊椎突出，有的干脆一丝不挂，两只干瘪的乳房顶在镜头跟前……几乎没有一张看起来是完整漂亮的。女人“啪”一下合起书：“真难看，什么摄影家啊？把人拍成这样，都不像人了。”

说着，把书丢在床头柜上，闭了灯，而后伸出手，摸索着探进男人的汗衫。空调开着，屋里凉凉的很是舒适，好心情的女人分外投入地尽着一个妻子应尽的义务。完事后，女人很快睡着了，嘴里发出一阵阵鼾声，粗重而均匀。书生忽然就冒出一个奇怪的想法：每天都要在骨瓷茶杯里插花的女人，做菜精致到像艺术品的女人，怎么可以打呼噜呢？这么想着，又自责起来，便纠正自己：她是累了，又做家教，又做家务，辛苦。随即想起，今天她怎么没在房事后去厕所？

书生不忍叫醒女人，躺了一会儿，却睡不着。最近，他像是得了失眠症，整夜整夜地睡不着，许是白天太空闲，精力无处消耗。便重新开了台灯，拿起床头柜上的书，继续读起来。

九月一开学，教育局就对义务教育阶段在职教师发布了家教管理规定，严禁教师给任教班级的学生进行有偿家教，严禁利用职务之便在教师之间相互介绍生源，诱导、暗示或强制学生参加各种形式的有偿家教……形势急转直下，好不容易得来的生财之道，几乎完全被堵上。女人的心情坏极了，有活干的时候精神百倍，这会儿，连饭都吃不下。书生却好像如释重负，语气甚至欣喜：“不能做了？好啊！不做也好。”

话说出来，又觉得态度不对，赶紧补充：“我是说，你也应该休息休息，一个假期下来，都瘦成这样了。”

女人扭头朝书橱门上的玻璃看了一眼，一层一层的书籍中，夹着一张双颊凹陷颧骨突出的脸。镜像效果不太清晰，但还可以看出，确是消瘦了许多，比实际年龄显老。这一看，女人更是焦虑起来："我都已经老成这样了！再不拼命赚钱，什么时候才能住进自己的房子啊！"

然而，一个月后，女人居然怀孕了，一定是那一回完事后没去厕所闯下的祸。书生陪她去医院检查，医生说："堕过一次胎，最好不要再做人流。"

书生紧锁的眉头不易察觉地轻微一颤，脸上挡不住地流露出些许沮丧和恐惧。医生看了他一眼，冷笑道："呵呵，人家老婆怀孕，高兴还来不及呢，你怕什么？难不成是未婚先孕？"

书生赶紧咧开嘴，冲医生笑了笑，以示他们不是未婚先孕，可这笑，真是比哭还难看。女人急着问医生："要是再做一次人流呢？"

"再做人流？怀不上或者习惯性流产的可能会很大。"医生说，"都超过三十岁了，还等什么？你们这些年轻人，就知道自己潇洒，高龄产妇对胎儿发育不利的。"

这一回，女人终于不再与书生意见一致，她决定留下孩子。他却自始至终不表态，他没有足够的信心面对多出一个孩子的生活，又没有足够的力量阻止她生下孩子，他能做的，只是不说话。女人一味地追讨他的意见，他躲不过去了，便想，既是没有能力充当决策者，那就选择做一名弃权者。于是说："你决定要就要吧。"

话一说出口，书生习惯于紧锁的眉头，竟前所未有地舒展开来。他扭头看向窗外，他想看看那只麻雀，今天会往哪个方向飞。他每天都会看见有麻雀从窗前的枫树上起飞，他固执地认为，那是同一只麻雀。它已经与他熟稔，他每每试图追踪它的航向，它却总是与他捉迷藏，每一次起飞，好像是故意的，要往不同的方向去。

现在，他再一次注视着枫树，茂密的枝杈遮挡了视线，硕大的叶片拥挤在一起，深暗的绿，葱茏得过了头，仿佛一眨眼，即刻就要枯萎，就要凋谢。书生看了半天，没有等到那只总是从这棵树上起飞的麻雀，于是，拣起书桌上的一支笔，抡起臂膀，朝窗外使劲扔去。

“扑棱棱”，一阵翅膀的扇动声响起，一个黑色的小身影飞掠而过。书生慌忙搜寻，然而，放眼所达的视线内，却终是没有它。也许是树叶和枝杈太过浓密，他只是听见了它，却看不见它。这个家伙，终究比他多了一双翅膀，他追不上它的。

书生颓然垂下头颅，双手撑住窗台，泪水涌出眼眶。

九

听说书生的女人怀孕了，小王和大陈纷纷表示祝贺。小王说：“梁兄都要升级当爹了，我连老婆的影子还没看见，老天不公呐！”

大陈更有忧患意识：“小梁，今后怎么打算？总不能一直住在宿舍里吧？房价还在涨，要买就得抓紧。其实，回老家找份工作，安静地生活，也没什么不好。这里的房子，比我老家贵了六七倍。”

小王却不同意：“你在大城市生活过，回到小地方，观念、习惯都不会适应。我想好了，就在这里找一个有房子的女人。”

大陈说：“白日做梦吧！”

小王辩驳：“大学刚毕业就有人给我介绍过一个，相亲时才发现是个白癜风，奶牛似的，大圆脸上布满一块块白斑，我扭头就走。现在想想可惜啊！人家爹是老板，住别墅。唉！当时年少轻狂，要是现在，我就从了。那个白癜风，后来找了个硕士研究生，比我厉害。我也不指望了，是个女的就行，二婚、三婚都可以，拖油瓶也没事……”

大陈就说：“那你可以找‘万人迷’，她结过两次婚，目前单身，带一个女孩，正符合你的标准，你可以考虑做她的第三个新郎。小梁你说是不是？”

书生走神了，被大陈点名，怔了怔，脱口问：“谁？‘万人迷’？”

大陈和小王就摇头笑说书生是吃饱的人，不理解饥饿者的痛苦。书生却很是突兀地说：“要是有一天，我告诉你们，我要离婚，你们会不会很吃惊？”

小王大叫一声："别，梁兄，你别为了成全我，要和嫂子离婚，虽然嫂子拖着你的油瓶跟了我，我会把她们照顾得很好，但这样做，很不地道……"

说完抽筋似的笑。大陈却似笑非笑地说了一句："世事难料。"

三人沉默下来，大陈拿起教案说上课去。小王止住笑，也抱着教案出了办公室。书生低头拖出办公桌下面的纸箱，找一个电机装置模型。打开箱子，里面除了上课用的几样教具，还有一个黑色的皮质相机包，包上白色的英文字母标示着，这是一个叫"佳能"D550的单反相机。书生抚了一把粘在相机包上的灰尘，往角落里塞了塞，关上箱子，抱着模型教具，出了办公室。

这段日子，女人的妊娠反应比较强烈，书生竭尽所能地照顾着她。女人闻不得油烟味，书生就挑起了做饭的担子；女人的手一浸凉水就酸痛，书生就包揽了洗衣服的工作；女人呕吐不止，书生帮她倒水、递毛巾、擦嘴……书生安静地做着这一切，从不抱怨什么，但似乎，没有欣喜的神色，好像这个孩子不是他的，他只是一名男护工，尽到照顾女人的责任而已。

然而，尽责并不代表胜任。他做的饭菜，女人几乎一口也吃不下去；女人最喜欢的那套兰花磁盘，被他摔碎了两只；他洗的衣服，女人总是嫌不干净；菜金消耗很大，女人终是发现了他从不还价……怀孕期的女人，尤其挑剔，脾气也无缘无故地大起来，原本的贤惠温良，似是被身上多出来的一块肉给吞没了。只是，女人的性格，亦是不会吵闹，只绷着脸，锁着眉心，一百个不满意的样子。

书生的职校向租住房子的职工发了一个通知，考虑到大多租户使用冰箱、电磁灶、电水壶之类的家用电器，有的还安装了空调，所以，要给每户另装小电表。书生把通知拿回家时，女人刚好去医院例行检查回来。他进门，女人一言不发，只低头看手里的检查结果。书生拿过单子看了看，一些字母和数字组成的指标，他不懂，但医生写在下面的一行龙飞凤舞的字，他还认得出：胎儿发育不达指标，营养不良，建议孕妇增加营养。

紧接着，是医生推荐的一系列食物以及营养保健品名称，所含的卡路里、蛋白质、维生素等成分一览无余。书生把检查单放在桌上：“医生就爱危言耸听，其实是为推销保健品。”

这么一说，女人竟“吧嗒吧嗒”地掉起眼泪来。书生不知所措，努动着嘴巴，挣扎了好一会儿，才说：“想吃什么，我去买，我给你做。”

说完，书生一低头，转身出了家门。一个小时后，书生回来，女人捏着那张装电表的通知单，正一脸愤怒地呆坐着。见他拎了大包小包一大堆营养保健品和鱼肉蔬菜，她惊讶得瞪大了眼睛，随即，竟前所未有地放开嗓门，大叫一声：“买这么多干吗？不过啦！”

书生浑身一颤，胸口像是受了一记重拳，瞬间滚过一阵尖锐的疼痛，心里却想：唉！吴侬软语就是要轻声轻气说的，用大嗓门说，真难听啊！

十

女人的肚子微微隆起，稍显了孕妇的形，胃口也变得好起来，食物的消耗量渐大，情绪也有所好转，开始猜测肚里的孩子是男还是女，还让书生也猜。他对这一类游戏，却总是意兴阑珊，每次都回答“不知道”。女人就换了游戏，要给孩子起名字。

她开始翻《辞海》，查了一通，想了一个自认为不错的名字，问书生：“这个字好不好？赟，文武双全，又是我们俩的宝贝，不管男孩女孩都可以用，梁赟，好不好？”

书生不置可否，只说：“你喜欢就好。”

女人一转眼，又推翻了自己的主意：“还是起一个男孩的名字，一个女孩的名字，那才有意思。”

于是，又翻《辞海》，过了几日，告诉书生，想好了，要是男孩，就叫梁书涵，书生的书；要是女孩，就叫梁淑涵，淑女的淑。

书生皱了皱眉，心里想，为什么总是离不开一个“书”字？好像做腻了“书生”，再也不要自己的孩子与“书”有关。只是这一回，他什么话都没说，连最起码举手表示一下弃权都懒得。女人见书生不答话，就说："还是你来起名字吧，孩子姓梁，是你们梁家的人，应该你来起名。"

书生只觉肌肤一阵发紧，受了寒似的哆嗦了一下。最近，他经常莫名地心悸，夜里总是盗汗，像是得了什么病。又好像，听不得任何与未来有关的话，仿佛前途无比险恶，连想一想、说一说，都是令人恐惧的。他从没有想过要给孩子起名，也从没想过这个孩子与他梁氏家族的从属关系，他甚至从不觉得，他也竟要为家族的繁衍担当起生育的责任。这一切，离他都是那么遥远，他觉得，他就像一只脑量不够大的傻瓜麻雀，独自在遥远的星球上飞来飞去，不知道哪一天，就落到了这里，然后，就遗忘了飞翔的本能，只能匍匐在窗口，看那只长着翅膀的同类，看它一次又一次地冲进云霄。

他忍不住扭头看向窗外，秋天已经悄悄降临了这个城市，枫树的叶子略微泛了黄，黄里透出锈迹，仿佛努力要变红，却又身不由己，只隐隐露了一点点红的痕迹，巨大而婆娑的树冠遮挡住了天空，也看不见有麻雀起飞。他面朝窗外，呆怔了好一会儿，喃喃自语道："秋天了，山上的枫叶，大概红了……"

女人看了他一眼，书生的脸上，露出一丝微弱的笑意，似是向往与憧憬着什么，又似是沉浸在某种幻觉中，目光迷茫而遥远。女人便轻笑道："真是个书呆子，哪里有山啊？"

书生像是忽然从梦里惊醒，霎时收回目光，好一会儿，才语无伦次地回答："是山上的枫叶，山，这里没有。"

一个星期后的周末，书生对女人说，要去出差，大连的一所职业学校，也开设了数控机床课程，学校派他去交流学习，三天就回来。临行前的晚上，书生交给女人三千块钱，说是学校补贴的差旅费。女人问："这次学校怎么这样大方？"

书生答不出原因，只笑笑说："是，很大方。"

总是紧锁眉头的人，脸上竟露出近乎明媚的笑容，实在是难得。女人便半开玩笑地说："那，对方学校还会不会给红包？"

书生回答得毫不犹豫："会。"

女人真正地高兴起来："以后有出差的机会，你就争取来，又赚钱，又顺便游玩，多好！"

十一

三天以后，女人没有等到书生回来。职校的校长和工会干部，亲自到女人家里，带去了书生的凶信，说得亦是沉痛而小心翼翼："梁老师在浙西大峡谷的一条山道上攀爬，失足掉下了山崖……"

女人一声尖叫："不可能，你们派他去大连出差的，怎么会去浙江？"

学校领导面面相觑，想必接到噩耗，女人神志不清了。工会干部安慰女人："身体要紧，为了肚子里的孩子，你要坚强……"

女人没来得及听见人们的安慰话，就晕了过去。

一天以后，去浙江处理事故的工会干部带回了书生的遗物，一个双肩背包，里面除了一套换洗衣服，还有一台"佳能 D550"单反相机。据说是一个挑夫在山路上发现了这个包，想到可能有人掉下去，就去找，果然摔在山崖下面，后脑着地。

校长想不通：他为什么要骗老婆？哪有谁安排他去出差了？还大连呢。

工会干部认为，可以看看相机里拍了什么，兴许有线索。校长却说，相机应该交给他老婆，只是，女人的精神状况很不好，大概看不得这些东西。便问工会干部："平时谁和小梁关系好一些？找来了解一下情况。"

于是，小王和大陈被招来了校长室。小王一见相机就叫起来："哎，这个，他已经卖给我了，有没有摔坏啊？"

大陈说："人都没了，你还顾相机？"

原来，中外合作办学考证结束后，学校发给每人四千元奖金，书生比小王他们多一千元。他把一千元上交老婆，四千元钱，就买了这个二手相机。可是上星期，书生要把相机三千块钱转卖给小王，说老婆怀孕，等着用钱。小王已经付了钱，相机说好下周给他……

校长一跺脚："搞什么鬼！大陈，打开相机，看看到底拍了什么？"

便取出SD储存卡，连上读卡器，插进校长的电脑。打开第一张照片，四双凑在屏幕前的眼睛，刹那间露出了惊慌的神色。

那是一张女人的裸体照，一个微微侧身靠在椅子上的女人，长发的头颅离镜头很远，由远而近，依次是修长的脖子，硕大而略有下垂的乳房，圆润饱满的肚子，臀部离镜头最近，于是被无限夸大，几乎占据了整张照片的一半面积，这个臀部，就成了人体最显赫、最巨大的器官。因为头发的遮挡，照片上的女人面目不清，而奇异的拍摄角度，使这个赤裸的人体变了形。

校长皱了皱眉头："看看下一张。"

一连好几张，都是从不同角度拍摄的变形人体，然而，即便是变了形，亦是可以看出，拍摄对象是同一个，肯定不是书生那个瘦削矮小的老婆。照片上的女人，除了乳房有些下垂，以及小腹处少量的赘肉，说明年龄不算太小以外，实在可以说是长了一副魔鬼般的好身材。只是，自始至终遮挡着面容，看不清究竟是谁。

校长看得直咂嘴，一副不耐烦的样子，直到翻了近十张，忽然，屏幕上出现一片茂密的枫树林，火红的枫叶在秋日阳光的照射下，红得晶莹闪亮，红得耀眼剔透，一片片鲜艳欲滴的红手掌伸向镜头，仿佛要覆盖到观看者的脸上，几乎令人窒息。

四人不禁感叹："唉！拍得真美啊！"

校长最后决定销毁这些照片，并且关照，此事需保密。至于相机，还是交给家属留个纪念吧，就算小王做一下贡献。小王忙说："我同意，拿回去我也不安心。"

当着校长、工会干部和小王的面，大陈格式化了SD储存卡。那些裸体照，以及火红的枫叶，瞬间消失无踪，就好像这台D550单反相机，从未行使过它作为相机的职责，从未在这个世界上摄录过任何一张影像。

书生的后事，是由学校一手操办的。校长派了一个工会女干事，这段日子负责照顾书生的女人，还吩咐，房子按本校职工的条件租给她，不要按校外租户的价格收费。

怀着五个月身孕的女人，因为伤心，始终神智混沌。她抱着那架相机，逢人就念叨：“他答应的，等技术练得好一些，给我拍一组照片……”

那天，办公室里就小王和大陈两人。小王想起什么，问：“陈兄，你说，梁兄照片上的那个裸体女人，到底是谁？我怎么觉得眼熟呢？”

大陈说：“别胡乱猜测，以后不要再提了，尤其是在他老婆面前。”

小王说：“我知道，就是我们俩说说嘛。”

大陈便说：“那天看照片时，我注意了一下拍摄时间，枫叶的确是他去浙江那两天拍的。裸体女人，是八月拍摄的。”

小王一脸迷茫：“八月是暑假，我们都回老家了，也不知道这家伙干了什么。”

大陈站在窗口，看着楼下的景致，若有所思地说：“他会不会是去自杀？要不为什么人下去了，装相机的包没有掉下去？”

小王摇头：“没有理由啊！他过得比我们俩都好，干吗要自杀？白白损失了我三千块钱！”

大陈忽然指着窗外：“看，枫叶！”

小王站起来，走到窗前。楼下的花坛里，一棵幼小的枫树，独独地站在低矮的草丛中。一阵秋风吹过，几片铁锈色的枫叶脱离枝头，飘飘悠悠地，跌进了草丛深处，倒显得凄美。只是，城市里的枫叶，红得不好看，红里带褐，枯叶似的。且是阴天，没有阳光，怎么都不会像书生照片上的枫叶那样，红得鲜艳欲滴，红得晶莹剔透，美到几乎摄人魂魄。

甘草橄榄

一

刘萌萌要结婚了，大喜日子选在五一假期。三十二岁的剩女终于熬到出嫁，父母决定把婚礼搞得隆重一些。婚纱照要去龙摄影拍8888元一套的，喜糖要发精装德芙巧克力，婚宴至少请十桌，要摆在新锦江酒店顶楼的旋转餐厅，宴会厅里装一个大屏幕，到时轮番播放刘萌萌从出生到结婚具有代表性的照片，满月、足岁、入学、毕业……总之，规格尽量高，这可是一辈子的大事。

刘父与刘母你一言我一语商量得眉飞色舞，刘萌萌用眼角余光瞥了一眼大衣柜镜子里的自己，壮大肥厚的一团，一如既往的胖，心头便习惯性地凉了一凉，插嘴道："喜酒不要办了，我和老顾说好了，去丽江旅行结婚。"

老顾是刘萌萌的未婚夫，曾经有过一次婚姻，两年前妻子得肝癌去世了，留下一个十岁的女儿。

刘母不支持旅行结婚："怎么可以不办喜酒？人家小孩结婚我们送了礼金的，我们要是不办，就收不回来了。"

刘父接过刘母的话："萌萌，我觉得，我们总要举办一个仪式吧，也好表示一下……"

表示一下什么？刘父没说下去，其实他心里想的是，认认真真办个仪式，是为向亲友们隆重宣布，他们的女儿终于嫁出去了。

刘萌萌能够嫁出去，真是一件不易的事。这十年来，各路亲友为她牵线搭桥，介绍了至少一打男朋友，可始终没有遇到一个让她满意的。也难怪刘萌萌不满意，三姑六婆给她介绍的男朋友不是长相奇丑，就是有明显缺陷。刘萌萌的确胖了点，一米六二的个头竟有一百七十斤。人胖容易出汗，脸部皮肤的毛孔便显粗大，看上去，就是一个长相不太精致的胖女人。照理胖也没什么错，可人们仿佛商量好了似的，不约而同地把刘萌萌的肥胖当成了一种残疾，歪瓜非得配上劣枣，才是门当户对的姻缘。几次三番，刘萌萌就把相亲活动走成了一种安慰父母的形式。与那些残疾抑或半残疾男人多见一次面，就是多一次机会证明她的肥胖无疑也是一种残疾，这于刘萌萌来说近乎残酷，所以大多是一面之交，再没有后文。

每次相亲结束，刘萌萌都要去一趟火锅城，叫上一个麻辣锅，独自坐在小包间里，肥牛鸭肠猪血豆腐一顿大啖。对她来说，相亲恰是一次精神虐待，只有通过放纵地吃上一顿，才能安抚受伤的心灵。刘萌萌心情不好的时候特别想吃，心情好的时候倒没有什么食欲。可是刘萌萌很少有心情好的时候，所以，刘萌萌就总是想吃、吃、吃……吃完火锅，也没别的地方可去，就回家。这一夜，刘萌萌就会失眠，不知因为吃得太多睡不着，还是又一次相亲失败导致情绪悲观的缘故。便开了电视看，夜半三更，大多是电视连续剧重播，剧集之间总是插播大段电视购物，不是丰乳产品，就是减肥药帖。

刘萌萌快速按动遥控器，电视频道闪电般翻换。一对对肥白丰硕的乳房滚滚涌出屏幕，如同过年时北方农家刚出笼还冒着蒸汽的一屉屉白面大馒头，让人忍不住想伸手上去摸一摸，或者干脆捧一对下来抱在怀里……换频道，一个尖锐亢奋的女声喊叫着一遍遍告诉电视观众：只要三十天，三十天，哇！简直难以置信，瘦了二十五斤，快来订购吧，减肥药帖，让您瞬间变成蛮腰平腹细腿翘臀骨感美女……一个肥胖的女人轮廓在药力作用下迅速缩小、缩小，最后变成了一个苗条的轮廓……

刘萌萌看着电视购物，就觉得很可笑。从来没有人把丰乳和减肥做成同一款产品，诸如清洗和护发功能兼备的二合一洗发水。可见，减肥和丰乳是两桩背道而驰、不共戴天的事，肥胖的女人必定拥有一对丰硕的乳房，而骨感的美女一定平胸。倘若这个骨感美女居然拥有一对丰胸，那就有必要怀疑这对丰胸是不是天然所成。

刘萌萌情不自禁地伸手探入内衣，手指像几条肥胖的蚯蚓，蠕动着钻进文胸罩杯的钢丝托边。很轻易地，她触到了自己硕满甚至沉甸甸的胸，柔软而不松懈，结实而不坚硬。蚯蚓中最长的那根中指继续探寻，于是就触到了一粒正在休眠中的未成熟的梅子，有些艰涩和生硬。梅子忽然苏醒过来，嗷嗷待哺的幼鸟一般，张开小嘴儿探头而出。刘萌萌心头一惊，像是摸到了电门，蚯蚓条件反射似的缩了回去。这是一种既令刘萌萌产生耻辱感，同时又让她欲罢不能的触摸。这触摸的记忆遥远到近乎依稀不辨，可记忆依然存在。

多年前，一个艳阳初秋的午后，少女刘萌萌躺在窗下的一张单人床上，她在吃一颗甘草橄榄。屋里正播放音乐，邓丽君的一首歌，绵软而抒情。刘萌萌的嘴里弥漫着甘草的甜味和橄榄的清香，心里却滋生出一些酸甜交织的奇异感觉。阳光从窗帘缝隙里漏进来，洒在她撩起衣服的身躯上，她开始犯困……几条蚯蚓，并不肥胖却有些笨拙的蚯蚓，它们探寻而来，它们在她身上攀爬、触摸，她甚至不能确知正在发生什么，可她并不反感那几条笨拙的蚯蚓，就像一个隐蔽多年的秘密正在被揭开，她甚至好奇而有所期待。斑驳的阳光落在她裸露的小腹上，她感到温暖并且略有眩晕，小股的快乐从腹部雀跃而出，直冲胸腔。她闭着的眼睛睁开一条缝，一个黑丛丛的头颅，头颅下是一张垂着眼皮的白皙面庞，面庞两侧撒着几颗青春痘，因为紧张和羞怯，青春痘微微发红……她眯起眼睛看向窗台，太阳花在玻璃外的阳光下开得肆无忌惮，黑色的泥盆里冒出一朵朵红色、黄色、白色的小花。她觉得暖热舒坦极了，就好像，她是那些花的其中一朵，正在午后的日照中开放得恣意而张狂……

二

刘父刘母考虑再三，同意了刘萌萌的部分条件，刘萌萌也略做让步，答应办喜酒，只是不想摆在新锦江顶楼旋转餐厅，也不想请那么多人，更不想播放什么成长照片，就在请柬上贴一张婚纱照，简洁明了。

第二天，刘萌萌去老顾家商量结婚的事。老顾矮矮地坐在一张小板凳上，正为女儿瓜瓜修一只音乐盒。这只音乐盒是瓜瓜过十二岁生日时刘萌萌送的礼物，粉红色雕花盒子，盒顶站着一个白纱裙少女，按一下电钮，少女会转着圈子跳芭蕾舞。瓜瓜很喜欢，接过盒子亮亮地喊了一声“谢谢萌萌阿姨”。

可是盒子在瓜瓜手里捧了不到半天，芭蕾少女转了十来个圈子，就卡壳不动了。瓜瓜很聪明，由此及彼，由表及里，想到了更为实质性的问题，便捧着坏掉的盒子郑重其事地对老顾说：“爸爸你可要当心，连生日礼物都送个假冒伪劣产品，这种女人怎么可以相信？”

十二岁的孩子，已经学会成年女性对万事的判别方式，也不知是她自己的想法，还是外婆教育的成果。总之，为了和老顾结婚，刘萌萌在瓜瓜身上下了不少功夫。

刘萌萌对老顾说：“喜酒还是要办一下的，要不我爸妈这边交代不过去。婚纱照也是要拍的，一辈子的大事，总要留个纪念。”

老顾低头拆音乐盒，嘴里叼着半截香烟，两条眉毛紧紧聚拢，眉心雕刻出一个川字，含混不清的说话声与袅袅的烟雾一起从他嘴里喷吐而出：“一把年纪了，拍什么婚纱照？”

老顾说话声音太轻，刘萌萌没听见：“要抓紧时间了，离五一还有两个月，这个周末去‘龙摄影’看看。至少要提早一个月把请柬发出去，要不五一假期人家都安排出去旅游了……”

老顾抬起头，黑苍苍的瘦手伸到嘴边摘下烟头，吐出四个字：“不必了吧？”

老顾说完埋头继续修音乐盒，把个黑白夹杂的头颅定格在刘萌萌的视线内，刘萌萌便清晰地看到了老顾的头顶中心，那里正播放出千丝万缕的银线，仿佛一朵黑白夹杂、花瓣稀疏的大丽菊。刘萌萌只觉胃里一阵抽搐，浓浓的胃酸顷刻间泛滥而上。她忽然想吃火锅，想去小肥羊火锅城叫一个麻辣锅，要上半斤肥羊、半斤肥牛，狠狠地吃上一顿，要不就吃一大块鲜奶油起司蛋糕，或者大桶和路雪草莓味冰激凌……

刘萌萌走进老顾家的厨房，打开冰箱，拿出半碗炒青菜、半碗茭白肉丝和一盒剩饭，一股脑倒进锅里，放水煮，起锅前加了盐和鸡精，朝客厅喊了一声："吃饭。"

老顾嘴里叼了一根刚点上的烟，吞云吐雾地回答："你吃吧，我不饿。"

老顾是一个瘦小的男人，与刘萌萌恰恰相反，他好像不太爱吃，做点好菜也是让瓜瓜吃，自己坐在一边沉默而严肃地看。刘萌萌吃饭，他是不会坐在一边看的，他只依然做着手里的活计。起初，他们刚交往的时候，她要吃，他会陪她，可是刘萌萌吃的频率实在太高，渐渐地，老顾就不陪刘萌萌了。

刘萌萌端着一大碗菜泡饭站在厨房里吃，还滚烫着，便噘起嘴吹，边吹边吃，直吃得嘴唇鲜红、鼻头油亮，一碗菜泡饭下肚，淌了一脸的汗，心情才略微舒缓。吃完走出厨房，老顾已经修好音乐盒，正在收拾镊子、螺丝刀之类的工具。

其实老顾这个人，做丈夫还是很合格的。自从老婆去世后，他担负起了养育女儿的全部重任，两年单身男人做下来，老顾的动手能力锻炼得非同一般的强。男工女工一律拿手，别说修音乐盒，就是洗衣服、做饭、拖地板、缝补脱线的衣裤，都不在话下，甚至还会给瓜瓜梳辫子……假如没有遇到刘萌萌，老顾大概还会继续做一个勤劳节俭并且与世无争的鳏夫。

老顾是名副其实的老顾，比刘萌萌大九岁，已经过了不惑。这两人的结识没什么戏剧性，刘萌萌在物资回收公司当出纳，老顾每周都要把单位的废丝送去回收公司，久而久之，就认识了。有一回，刘萌萌的包坏了拉链，怎么都关不上，正巧老顾送完废丝来财务室领钱，就从刘萌萌手里拿过小包，三两一弄，好了。从此以后，老顾在刘萌萌面前充分发挥了他的动手能力，老顾给刘萌萌修好了她的 MP3，老顾为刘萌萌手工做了一把精致的指甲锉，老顾给刘萌萌崴了的脚踝按摩……某一天，老顾说："这个星期天，我请你吃饭，去我家，好不好？"

刘萌萌不怎么想去老顾家吃饭，那段日子她的心情比较好，食欲大大减退，效果如同参加减肥集中营集训。可是刘萌萌又觉得，这个胳膊腿脚完完整整的男人，除了有一个十二岁的女儿，几乎没有别的缺点，放弃是有些可惜的。这么一想，刘萌萌就同意了去老顾家吃饭。

那天一早，老顾就把女儿送去了外婆家，刘萌萌到时，他已经做好了三菜一汤，清蒸鱼、凉拌豆腐、番茄炒鸡蛋、牛肉粉丝汤。刘萌萌像一个矜持的小媳妇，夹了几筷番茄炒鸡蛋，喝了几口汤，就说吃不下了。接下来，老顾就把刘萌萌带进了他的卧室，再接下来，老顾就怀抱着柔软肥白的一大团肉躺倒在了床上……

完事后，老顾说："要不，我们结婚吧。"

说完这句话，老顾翻过身，把个背脊对着刘萌萌，鼾声随即响起。

老顾结过婚，有孩子，可老顾是认真的。刘萌萌没结过婚，没有孩子，刘萌萌也不是不认真，只是略觉失落，毕竟，她是第一次结婚。可是刚才，怎么就一点都不紧张、不激动？刘萌萌闭着眼睛想，也没有传说中剧烈的痛感。可她从没有和别的男人做过这件事，倘若说有，就该是很久很久以前了。可是，那也算吗？哪怕当时有一段时日，她老是担心肚子里会不会多出一个小娃娃来。但事实上，那根本不能算是真正的男女之事，当然，这也是她长大以后才知道的。可是她不痛，是不是就说明了她不是处女？或者，是丰厚的脂肪起到了保护作用，缓解了那一刻的痛感？刘萌萌糊涂了，她当然希望自己是个处女。可是，倘若是肥胖让她失去了感知处女痛的机会，那么她该怪谁？倘若她的男人问起这事，她又该如何解释？"肥胖"真是一个险恶的小人，它栽赃于她，让她有口难辩。

刘萌萌忍不住擤了擤鼻子，她闻到一股陌生的气味，是衣物以及毛发久未清洗的发酵味。她看了一眼侧卧在身边的老顾，男人完全裹在被子里的身躯显得很小，半个黑白夹杂的后脑勺露在外面，凌乱而油腻……已经耗掉大半人生的男人，恋爱、结婚、生育、亲人的死亡，他都完整地经历过一遍，再来一次，等同于重走一趟曾经走过的路，目的，只是为了路尽头那个饭馆、那个厕所、那张床。她怎么能对这样的男人抱有浪漫的希冀？

刘萌萌从被子里坐起来，房内的陈设简陋陈旧，没有女主人的家总归缺少生气，褪色的花布窗帘关不严，漏着一条缝，没有阳光透进来，是阴天。刘萌萌往肥肉横陈的身上套衣服时，不无遗憾地想：老顾不用蚯蚓一样的手指，老顾很直接……一个结过婚的男人，大概不会介意他要娶的第二个妻子的贞操问题吧？现在的人，哪还会在乎这个？即便是头婚也不会在乎。

这么想着，刘萌萌忽然觉得想吃东西，刚才的午饭她只吃了几口，现在她饿了，很饿。她捅了捅老顾裹着被子的身体："结婚的事，你决定吧。"

三

刘萌萌受老顾之托去学校接瓜瓜，瓜瓜鼓着小脸生气："为什么爸爸不来接我？"

刘萌萌说："爸爸加班，我们去超市吧，你想吃什么，阿姨给你买。"

瓜瓜辫子一甩："干吗老问吃什么？就不能买点别的？你都吃得这么胖了，还吃？"

刘萌萌低头看瓜瓜，小扁脸上翻着两只白眼，薄薄的嘴唇，尖尖的鼻子，一副刻薄相。没娘教的，刘萌萌默默地骂了一句，不再说话。瓜瓜却似要痛打落水狗："刚才我同学还说，那个胖女人又来接你了。”

说完，蹬蹬蹬紧走几步，仿佛羞于和刘萌萌走在一起。刘萌萌跟在后面，两人一前一后出了校门。拐过路口，瓜瓜回头等刘萌萌走近，怜悯她似的：“好吧，那就陪你去超市吧。”

得了便宜还卖乖，刘萌萌又默默骂了一句，脚下却加快了步子。

在超市付钱时，瓜瓜看见刘萌萌钱包里夹着一张黑白照片，照片上有一个十多岁的漂亮女孩。瓜瓜一把抢过钱包：“这是谁？”

“我啊！我的小学毕业照。”刘萌萌拿回钱包，抽出照片交给瓜瓜。瓜瓜翻来覆去看了好久：“你小时候漂亮多了。”

刘萌萌笑笑：“所以你要当心，别像我似的，越长越难看。”

瓜瓜把照片塞回刘萌萌：“我才不会！”

收银员说：“小姐，八十六元八角，有会员卡吗？”

熟悉的男声，刘萌萌一激灵，猛抬起头。收银员是一位面庞白皙的中年男子，身后站着一个长了一脸青春痘的男青年。中年男子正指点着男青年怎样收款找零，好像是师徒关系。

刘萌萌有些发怔，嘴里有甘草的甜味滋生而出，耳朵里弥漫着音乐，是邓丽君的歌，绵软、柔情，让人犯困。她感到眼睛发酸，仿佛被剧烈的阳光耀住了。她想睡觉，想在这绵软的音乐里躺在一张单人床上，斑驳的阳光落在她裸露的小腹上，温暖和眩晕。她闭着的眼睛眯开一条缝，应该有一个黑丛丛的头颅，头颅下是一张垂着眼皮的白皙面庞，面庞两侧撒着几颗青春痘，因为紧张和羞怯，青春痘微微发红……“小姐，八十六元八角，请付款。”男青年重复了一遍中年男人刚才说过的话，中年男人又追加了一句：“刷卡还是现金？要塑料袋吗？”

刘萌萌慌忙拿出一张百元钞票，一双手接了过去，长而白的手指在纸币上弹跳了两下，熟悉的男声说：“记住，收进纸币要识别一下，看是不是假币……”

刘萌萌的心脏跟着手指与纸币的碰击声急跳了两下，不及拿找零，扭头就走。熟悉的男声在她身后追喊：“哎小姐，你的零钱。”

瓜瓜替她拿了找零，刘萌萌回头看了一下出口处一长排收银台，那对师徒占据着第十二号台。出超市时，刘萌萌看见侧门玻璃映出自己显然很是肥胖的身影，突然感到如释重负。这么多年过去了，她早已不是原来的样子，他认不出她了，她想。他们住在同一条弄堂里的时候，她还是个小女孩，大眼睛，鹅蛋脸，娇小玲珑的，脑袋上捆两个小辫团，《红楼梦》画本里的巧姐儿似的，就像那张小照上的样子……

刘萌萌忍不住打开塑料袋，从刚买的零食里拿出一块蛋糕，拆开包装，刚咬了一口，就见瓜瓜正翻着白眼看她。刘萌萌含着蛋糕说："我饿了，先吃，你吃吗？"

瓜瓜一跺脚，顾自往前走了。刘萌萌跟在瓜瓜后面，嘴里咀嚼着蛋糕，脑子里却是大片大片遥远而混沌的记忆……

刚进入高中一年级的刘萌萌正在教室里上课，教导主任忽然光顾他们班级，刘萌萌在众目睽睽下被叫了出去。到达政教处门口，刘萌萌看到并不十分宽敞的办公室里，两位穿公安制服的警察正襟危坐。

事关三年前那段初秋午后的往事，在警察严肃而紧逼不舍的追问下，刘萌萌努力回想着那个午后留下的并不十分清晰的记忆，然后结结巴巴、断断续续地讲述了整个过程。她从不认为那是一件多么严重的事情，大概只能算是一种因好奇心使然的游戏，就好像摘到一枚不认识的野果子，不知道甜不甜，就想冒着吃坏肚子的危险品尝一下。讲述得不太流畅，完全是因为记不清时间节点，正因为觉得不重要，她才会遗忘，才会似是而非。然而，那件在刘萌萌脑子里如同梦幻般的往事，在三年后的再次复述中，逐渐变得丑恶起来。刘萌萌越说越紧张，越说越羞愧，最后，刘萌萌惊恐地发现，那不是一次好奇心使然带着游戏性质的冒险行为，不是大胆地品尝一枚不认得的野果子，那完全是一宗阳光下的罪恶。

一个小时后，被认定为无辜受害少女的刘萌萌离开政教处回教室。第二节上课铃声正好打响，贴在政教处玻璃上的众多面孔霎时如同点燃的烟花，分崩四裂。阳光以少许倾斜的角度铺洒到走廊里，刘萌萌站在阳光下，地上趴着一团轮廓模糊的影子，影子的下端连着她真实的双脚。她迈脚走动，影子跟着一起移动；她停下，影子也趴着不动，真正的形影不离。刘萌萌拖着自己的影子走回教室，是班主任的课，还没等她喊“报告”，班主任就迎到门口：“刘萌萌，你，能上课吗？我批准你半天假，回去休息吧，去吧。”

班主任说这些话的时候，脸上流露出清晰的同情以及隐蔽的厌恶。刘萌萌很想告诉她：“我没有生病，我要上课！”

然而，教室里四十多双目光正以灼烫的温度密集地笼罩着她，空气压抑到令人窒息，仿佛一场巨大的火山爆发即将来临。

刘萌萌什么话都说不出来，在班主任的安排下，一位女班干部替刘萌萌整理好书包，陪着她回了家。从那一天开始，刘萌萌的人生改变了。

四

上班时，理货员小尹和会计小方聊起各自喜欢的明星。小尹的偶像是舒淇，尤其喜欢舒淇的瘦脸和厚嘴唇，配在一起特别性感。小方笑，说小尹自己长了一副厚嘴唇，就说厚嘴唇性感。东方人的面相适合樱桃小嘴，厚嘴唇要欧美女人才配，像辣妹、小甜甜布兰妮，虽然瘦，可是很性感，知道吗？瘦人的性感才是真正的性感，胖人那种只能叫肉感，肉感和性感是有本质区别的……

说到这里，小尹和小方不约而同地回头看了一眼刘萌萌。刘萌萌好像没听见，正低头摆弄手机。小尹以为她生气了，很不高明地安慰道：“萌萌，其实你很性感的，真的。”

刘萌萌抬起头，“哈哈”一笑，爽朗而毫无芥蒂的样子：“哪儿有啊！”

小方似要扯开话题：“萌萌，你喜欢哪个明星？”

刘萌萌收住笑脸，摇了摇头，目光有些茫然。

小尹说话没心没肺：“萌萌，胖人也有大明星的，香港的肥肥，沈殿霞，不要太有名哦，还嫁过帅男郑少秋呢。”

刘萌萌很突兀地“呼啦”一下站起来，朝小尹和小方挤眉弄眼地摆了一个造型，很认真地说："像不像？像不像香港大明星肥肥？"

还没等小方和小尹笑出来，她自己已经笑得弯腰跺脚，好像拿自己的胖来开玩笑，是一件令她感到无比快乐的事情。

三个女人疯笑了一顿，然后，似乎找不到话题了，场面冷了下来。刘萌萌从包里掏出一个红色的皮夹子，翻开，抽出一张纸片递给小尹和小方，并且一脸自嘲地说："看看，这是我的小学毕业照，傻不傻？"

小尹接过去看了一眼，似不相信，又转给小方，小方看看照片，再抬头看看眼前的刘萌萌，发出了惊讶的叹息："哎呀，萌萌，这张照片和你现在不像呀，你小时候很漂亮嘛！"

刘萌萌好像并不介意同事的言下之意，只是红了红胖脸。就好像一个曾经家底殷实过的落魄者，翻出老底炫耀一番，是为告诉别人，甚而是自告："我也曾经拥有过！"

小尹拿过照片翻来覆去看了好一会儿，忽然发问："我最近也有发胖的趋势，萌萌，你给我们传授点经验吧，你是什么时候开始发胖的？"

刘萌萌犹豫了一秒钟："大概，十五岁吧。"

小尹："人家要么生过小孩后发胖，要么中年以后开始发胖，你怎么那么早就发胖了啊？"

小方用手肘捅了捅小尹的腰眼："这有什么大惊小怪，青春期内分泌失调，女孩子很容易得这种病的。"

刘萌萌点头："嗯，内分泌失调，减肥也没用，我是喝白开水也要胖的人，没办法。"刘萌萌说得若无其事，在别人眼里，她从来都能坦然接受和承认自己的胖，也许是习惯了，好像肥胖这种毛病，根本构不成对她的伤害。

小方说："哟，四点多了，时间过得真快，眼睛一眨一天过去了。"

小尹附和："准备下班吧。"

刘萌萌背起包说："我去趟洗手间。"

刘萌萌一天要跑好几趟洗手间，假如没有别人来上厕所，她就会在洗手池的大镜子前站立良久。现在，她看着镜子里的宽脸黑肤胖姑娘，仿佛为了验证的确经历过曾经的美丽，从包里掏出皮夹子，打开，抽出那张黑白照片，扎着两个黑辫团的大眼漂亮女孩再次亮相。刘萌萌看一眼照片，看一眼镜子，反复多次，眼睛、鼻子、嘴巴、眉毛、下巴……没错，照片上的女孩，与镜中人的五官一样，可照片上的女孩是公认的漂亮孩子，镜子里的女人，却肥胖而近乎丑陋。

这是一个令人伤心的事实，作为女人，刘萌萌似乎缺乏女人渴望拥有的任何资本，漂亮、精细，乃至纯洁，她一样都没有。虽然这种不拥有远不够置人于死地，却慢性病似的，注定了要长期纠缠，并且无可救药，于是就绝望得绵软而揪心。这会儿，刘萌萌独自站在镜子前，没有旁人的时候，她的眼睛里终于流露出浓重的忧郁。

似乎，刘萌萌的胖，确是由十五岁那一场青春期内分泌失调症引起的。这种失调造成她在短时间内变成了一个嗜吃如命的女孩，一个劲地吃，世界末日一般自暴自弃地吃，还不挑食，什么都吃，热爱奶油蛋糕、巧克力等甜食，又热衷麻辣火锅之类的十全大杂汤。刘萌萌不是生来就是个胖子，十五岁成了刘萌萌的人生分水岭。

那个夏末午后，十五岁少女刘萌萌在女班干部的护送下回了家，母亲笑眯眯地和女班干部说了声“谢谢，再见”，然后关起家门，把刘萌萌痛打了一顿。一把裁衣的竹尺高举起来，又落在她柔嫩的臀部，发出“嗖嗖”的风声和鞭挞声。她并不觉得疼痛，令她更为困惑和伤心的是，她不清楚自己为什么要挨打。她想问，可是母亲自始至终紧闭着嘴巴，只是打得挥尺如风，挥汗如雨……

下午，母亲上班去了，刘萌萌前所未有地在本应上学的时段内产生了逛街的欲望。她换上一件雪白的连衣裙，走进一条羊肠小巷，她要抄近路去往新开的超市。初秋的下午，阳光在小巷一边的墙头上落下一片斜斜的光斑。连衣裙的裙裾随风扬起，在深暗的巷子里，白裙显得更加白。走了一程，她感觉后面始终跟随着一个脚步声，她确定自己被跟踪了，可她并不害怕，她甚至为自己被人尾随而暗暗欣喜。她也并不回头，好像有着默契，她走得快，脚步跟得快，她走得慢，脚步跟得慢，一直跟着她走到超市，走进货架之间的过道。她拿起一包甘草橄榄，伫立片刻，而后猛回头。“哗啦”一声巨响，货架上的一瓶酱油被带倒，酱油飞溅而起，雪白的裙裾顿时溅上了大片黑红斑驳的污渍。她抬眼追寻，却只看见跟踪者高大的身躯渐渐远去的背影。她开始哭，哭着说：“你赔我裙子，你赔我裙子……”

刘萌萌醒过来时，发现自己果真在哭，并且嘴里还在念叨“你赔我裙子”。她睡着了，她在做梦。空荡荡的家里没有别人，阳光透过窗帘洒在她身上，她躺得横七竖八，大腿内侧和手臂上，竹尺的鞭挞留下清晰可辨的痕迹。完全清醒后，刘萌萌就不哭了，她试图回忆梦里一回头的瞬间，她看见的那个人究竟是谁。可是她发现，她并没有看到，砸碎的酱油瓶使她错过了跟踪者的真实面目。

刘萌萌背着书包出了门，下午两点的同乐里一片寂静，她扭头看了一眼隔壁那扇暗红色木门。门楣上方依然是一块蓝色的门牌，牌上涂着白色的“同乐里37号”几个字，只是屋门关闭着，不知里面是否有人。窗台上，种着太阳花的泥盆暴露在日光下，三种颜色的小花儿已经过了一天中最好的绽放时间，黄色、红色、白色的花瓣佝偻着，像蔫卷的废纸团……

刘萌萌抱着离家出走的激情走出弄堂，却习惯性地走向学校。她忽然生出一丝冒险的想法，她要勇敢地去学校示威，向那些狐疑的目光示威，向擅自决定给她放半天假的班主任示威，向政教处办公室里的所有成员示威，向那个送她回家的女班干部示威……全世界都成了刘萌萌的示威对象，她把自己放在了与所有人不共戴天的位置上。不不，这不是她自愿的，而是，所有人把她当成了一个与他们不共戴天的异类。

到学校时，下午第二堂课已进行了一半，不是班主任的语文课。刘萌萌一步跨进教室，故意迈着不轻不重、不快不慢的步伐，在肃穆的注视中走到了自己的座位上。她甚至有些得意，如同戏台上的演员，身上笼罩着无数追光灯，她走到哪里，灯光射到哪里。

那天上课，刘萌萌始终心不在焉，她隐约听见来自周边的一两句窃窃私语，那些零碎词汇的拼凑让她明白，自己的遭遇是别人没有的。她试图回忆昨天在政教处的谈话，可她想了好一会儿，竟想不起当时她是怎样被政教主任请过去的，也不记得她对警察说了一些什么话，更不记得什么时候在一张写满黑字的白纸上签下了自己的名字。但她记得，当她签完字抬起头时，看见政教处的玻璃窗上挤挤挨挨地贴着十几张面孔。那些面孔上的目光，恪守着作为追光灯的职责，从教室一路追到了政教处，又从政教处追踪到教室。此刻，目光们依然以昨天的灼烫持续追踪着她，她甚至自嘲地想，她什么时候受到过如此隆重的瞩目？政教处招她去竟产生这样的效果，真是意外的惊喜啊！

这么想着，刘萌萌只觉白衬衣包裹着的后背一阵酥麻，毛孔激灵灵张开，温热的细汗霎时冒了出来，一种前所未有的激情从心底升起。刘萌萌忽然感到饥饿，中午被母亲打了一顿，她赌气没吃饭，现在却饿了，胃里涌动着波浪似的酸水。她想起书包里有吃剩下的半包甘草橄榄，是他三天前送给她的。那几年，甘草橄榄以免费零食的资格成为他与她若即若离的交往的重要媒介。不知从什么时候开始，经常，她放学回家走过同乐里 37 号门口时，他会像个影子似的忽然出现在门框里，并且把她叫住：“萌萌，吃不吃甘草橄榄？”

她无声地点头，于是，他就递给她一包橄榄。就这样，她喜欢上了这种叫“甘草橄榄”的零食，喜欢那种外表甘甜、内质微苦而清香的味道，喜欢橄榄核躺在舌心时坚硬而温润的踏实感。抑或，只是因为那是某个人送给她的，她便喜欢，这种赠送的形式让她感到神秘而充满悬念，愉快而意犹未尽。

这会儿，坐在课堂里的刘萌萌忍不住把手伸进桌肚，她摸到书包里的一个小塑料袋，用两根手指捻开袋口，捏出一颗裹满甘草粉的蜜饯果。老师正在黑板上写算式，她稍稍犹豫，随即快速把橄榄扔进了嘴里。

刘萌萌上课吃橄榄的举动还是被写完板书转过身来的数学老师看见了，老师不动声色继续讲课，目光却不时地射向刘萌萌的嘴巴。那一堂数学课，刘萌萌的腮帮子里自始至终鼓着一颗橄榄核，这使她像一个因患面瘫症而嘴角歪斜的女生。

那以后，刘萌萌常常觉得饥饿，甘草橄榄似乎已经满足不了她。

她变成了一个热衷于各种食物的爆食者，热情并不停留于品尝食物的味道，而是更喜欢进食的满足感，甚至不需要佐菜而吃下整锅白饭。就这样，刘萌萌吃成了一个肥胖的姑娘。吃得多，因此总是精力充沛，很多时候就显得过分活跃。她有些此地无银三百两，又有些掩耳盗铃，同事们开黄色玩笑，她总是笑得很起劲，还爱拿自己的肥胖开玩笑。她以夸张的坦然自若考验着自己的承受力，又好像是为自己打防疫针，细菌的侵入恰是锻炼了肌体的抵抗力。在同事或者同学眼里，刘萌萌的抵抗力真是非同一般的强，说得通俗一点，就是厚脸皮。可是一遇到男人，她的坦然和活跃就荡然无存，在男人面前，她只是一个沉默、自卑、长得不好看的胖女人。

五

刘萌萌对老顾说："拍婚纱照和办喜酒的钱，是我爸妈出。"

老顾皱了皱眉头："这不是钱的问题。"

刘萌萌近乎恳求："就请两桌，都是很近的亲戚，人家小孩结婚都请过我们的，我爸妈这边没法交代。"

老顾抬头看了一眼刘萌萌："是你爸妈结婚还是你结婚？"

刘萌萌有些生气："是我结婚，可，可也不能都听你的吧？"

老顾也生气了："我没让你听我的，如果有意见，你可以不答应。"

刘萌萌眼圈红了："这不是玩游戏，这是结婚。"

老顾咂了一下嘴："正因为不是玩游戏，所以你要考虑周到，你有权利不答应的。"

刘萌萌委屈得眼泪都快掉出来了："我爸妈都没要你一分彩礼，我也没让你买结婚戒指，连房子都没要你重新装修一下，办个喜酒不过分吧？"

老顾脸一沉，近乎语重心长地说："结婚，又不是买老婆，什么彩礼、钻戒，都是娘家人变着法子卖女儿赚钞票啊！"

刘萌萌接口："就是啊！就因为爱情是无价的……"

"爱情"两个字刚吐出口，刘萌萌就羞愧得说不下去了。她看了一眼老顾，老顾也正看着她，目光讶异而惊恐，好像一提到"爱情"，事情就变得十分可怕了，两人便心照不宣地闭了嘴。

其实，刘萌萌并不是不想给自己标价，只是，倘若即将嫁人的女子一定要以明码标价的方式展示自己，那么刘萌萌一定会很惨。她知道，她的价位无论如何是标不高的，相反，还要赠送更大的附加值，搭配着才能把自己销出去。因为她就是一个二手货，一个处理品，品相不好，质地又差，谁挑选了她，她就应该感恩戴德并且无条件接受，外带附送赠品。因此，老顾不愿意拍婚纱照，不愿意办喜酒，那不是老顾的错，错都在自己。

这么想着，刘萌萌就愈发地对自己生气了，一气之下，连招呼都不打，就出了老顾家。身后传来追问声："干吗去？晚饭还没烧呢。"刘萌萌没有回答，顾自下了楼梯。

刘萌萌走在熙熙攘攘的人流中，她不知道要去哪里，脚下却不由自主地朝瓜瓜学校方向移步。走到校门口，才想起老顾并没有委托她去接瓜瓜，便更是气得想扇自己耳光。真贱呐！好像上辈子欠了他的债，白白地嫁给他，连喜酒都不肯办，还要哄着他们父女俩开心，听到爱情还一脸惊恐，不就是胖吗？胖人就不可以有爱情了？

刘萌萌越想越气愤，猛一甩头，决绝地转身，离开了瓜瓜的学校。经过超市，她犹豫了两秒钟，抬腿跨了进去。

刘萌萌在货架间徘徊，手里提着购物篮，心里却默默掐指计算：十六年过去了，那么，他是五年前出狱的，五年了，他已经获得自由五年。

十六年前的那个初秋午后，刘萌萌走出空无一人的弄堂时，她身后的那盆太阳花在烈日下开得蔫卷而颓败。花是年轻的男邻居种的，可是男邻居的家，同乐里 37 号的屋门却紧闭着。也许是出门了，好几天没给花浇水，刘萌萌想。可是自此，她却再没见到他。一年以后，案子判下来，猥亵少女罪，有期徒刑十年，刘萌萌是原告之一。就是从那一年开始，刘萌萌变得越来越胖，体重的直线攀升使她成了一个不漂亮甚至丑陋的姑娘。特殊的遭遇以及日渐肥胖的长相，使她越来越疏于社交，她几乎没有朋友，直至长大，婚姻也成了难题。她一次次去相亲，每一次相亲，都是一次对耻辱记忆的重复温习，那些残疾抑或半残的男人不断提醒着她，她没有资格享受健康的恋爱。

这一切是谁造成的？刘萌萌从没有细想过。胖，是她自己吃出来的，丑，是她自己慢慢长成的，她能怪谁？倘若没有上一次在超市里偶然遇见他，她可能永远都不会想到要去寻找那个改变她命运的人。或者说，倘若没有为办喜酒的事和老顾闹得不开心，她也不会想到要去超市里再看一看那个白皙脸庞的中年男人。

刘萌萌扫视过所有收银台，在十号台前看见了他。她去零食货架拿了两包甘草橄榄，回来排在十号收银台的队伍里。男收银员今天没带徒弟，独自一人手脚麻利地打价格、装货、收款、找零……刘萌萌随着队伍慢慢前行，她想象着，倘若等一会儿他认出她来，他那张白皙的脸上会有什么样的表情？她看着离她越来越近的男人，想着，他会主动和她打招呼吗？也许会，也许不会，但一定会羞愧得面红耳赤、哑口无言。那么，第一句话该由她来说，她该说什么？你好！你好吗？你，看来过得很好啊……

这么想着，刘萌萌心里不由得生出一丝失而复得的快感，类似于找到少年时代遗失的一样玩具。虽然她长大了，不一定喜欢这个玩具了，但当年的喜欢，延续到如今，竟还可以重拾一份曾经喜欢的记忆，那总是温馨而令人难忘的。

队伍排到了，刘萌萌从购物篮里拿出甘草橄榄，推到他面前。熟悉的男声发出问候："您好！欢迎购物，就两包甘草橄榄吗？"

刘萌萌点了点头，眼睛却看着他的手，他一手托着甘草橄榄的包装袋，另一手握着打价器，手指修长而白皙。打价器发出"嘀嘀"两声，随即，熟悉的男声再次响起："请您付款，十二元八角。"

刘萌萌递给他一张纸币，并且仰起头颅，勇敢地看向他。他也抬起头，也看向她，眉目含笑："这是您的零钱，请收好。"

她不说话，眼睛依然盯着他。他愣了愣："还有什么事吗？要不要买个环保袋？"

刘萌萌没有回答，后面的购物车撞上她的臀部，她听到抱怨声：“账结好了就快点朝前走，没看见那么多人排队……”

她侧了侧身，欲走还留的姿势，后面的顾客已经把货品往收银台上摆。她抓着一把找零和两包甘草橄榄往前跨了一步，男收银员冲她微笑道：“谢谢，再见。”而后开始为后面的顾客服务。

刘萌萌张了张嘴，想说话，却不知道说什么。一位穿超市制服的年轻人跑过来：“组长，谢谢啦，我回来了，您忙去吧。”

她退出收银台，站到人群中远远地看他，她试图找出那张白皙的面庞上曾经的记忆。黑丛丛的头颅已露斑白的痕迹，青春痘早已销声匿迹，比过去胖了一圈，看起来就是一个身体健康、生活无忧的中年男人。她注意到他穿着蓝色西装制服，普通工作人员都穿红马甲，显然，他不是收银员。他是这家超市的管理人员，人家叫他组长。他在收银台之间来回巡视，时不时地凑到收银员身边关照着什么话。有时候他还东张西望，目光扫过她站立的地方，却并没有注意到这里有一个胖女人正注视着他。超市里正播放着热闹的歌曲，“恭喜恭喜恭喜你呀，恭喜恭喜恭喜你……”和着歌曲的节奏，刘萌萌肚子里传出一阵曲里拐弯的鸣叫，她一边往超市外面走，一边拆开甘草橄榄包装袋，捏出一颗裹满甘草粉的蜜饯果，扔进了嘴里。橄榄的味道还是甜中带点酸，只是腌制得太久，肉质太烂，失去了嚼劲以及微苦的清香，并且也缓解不了肚子里的饥饿感。

刘萌萌独自去了附近一家小肥羊火锅城，包房订满了，只能在大堂里坐下，叫了麻辣锅和一堆肥羊肥牛。刚开吃没一会儿，老顾带着背书包的瓜瓜进了门，刘萌萌正要往嘴里送一大块烫熟的羊肉，就看见父女俩的身影渐行渐近。她慌不迭站起来，筷子还举在手里，羊肉片却七零八落地撒在了桌上和衣襟上。

其实，老顾父女俩并没有看见刘萌萌，但她一站起来，他们就不得不看见她了。老顾一怔，扯了扯嘴角，似笑非笑着说：“哟，一个人享受呢？”

瓜瓜翻了翻白眼，没说话。刘萌萌拉开桌边的椅子：“瓜瓜，坐下吃吧，锅刚烧开。”

老顾一屁股坐下，拿起筷子：“本来想带瓜瓜随便吃点，既然这样，那正好了。”

瓜瓜僵着身子站在一边不肯坐，老顾回头冲女儿说：“还不快吃，吃完回家做功课。”

瓜瓜嘴角一撇，薄嘴唇一掀：“哼！我才不吃，外婆说了，吃人家嘴软。”

一扭头，朝刘萌萌吐出掷地有声的两个字：“骗子！”

响亮的骂声吸引了周围食客的注意，许多颗脑袋朝这边转过来。瓜瓜骂完头也不回朝饭店外走去，老顾站起来，对刘萌萌说：“这不能怪孩子，你做出来的事，我也没办法帮你说话。”

说完，撒腿跑出饭店，追上了瓜瓜。

刘萌萌呆坐不动，她想不明白自己做错了什么事，瓜瓜居然骂她骗子。她对这个孩子够好了，送她玩具，给她买零食，接她放学，带她逛超市……可是，她就要结婚了，一个月后，她将和老顾以及瓜瓜长期生活在一起。倘若今后她想和这个骂她骗子的孩子好好相处，她就永远不能独自出来吃火锅了，那么这一回，也许就是她此生最后一餐一个人的火锅了吧？

这么想着，刘萌萌招手叫来服务员，又添了半斤肥羊和一份年糕。锅里的水“突突”跳着，一簇簇红辣椒拥挤着随波翻滚，羊肉片不安分地上蹿下跳。有人正对着这个适才被一小孩骂骗子的胖女人戳戳点点，刘萌萌看了一圈周围的食客，轻轻地冷笑了一声：“哼！”然后举起筷子，捞出一大坨肥羊，狠狠地塞进了嘴里。

刘萌萌一边用力咀嚼，一边把桌上的食料逐一涮进火锅，她开始放开吃，如同久未进食的饥民，狼吞虎咽着，吃得速度飞快，吃得气势汹汹，仿佛唯其以迅猛的吃，才能赶走某种不明所以的焦虑。

小肥羊火锅城正进入这一日的黄金餐饮时段，大堂里已经坐满了客人，弥漫的蒸汽使一切变得朦胧起来，就像云雾缭绕中的一间空中楼阁。屋顶上的吊灯被云雾遮挡，灯光神秘而暧昧地炫动着，蓝花布衫的服务员穿梭在云雾中，客人们攒动的头颅在云雾中摇摆耸动……刘萌萌胖大的身躯坐在云雾中，显得格外沉着和从容。她有条不紊地涮着火锅，肥羊、猪血、白菜、年糕，一样一样地下，一样一样地吃，涮得勤勤恳恳，吃得兢兢业业。她分明感到大脑里的血液正流向胃部，肚子的充实感渐渐祛除着内心的空虚感。桌上的盘子越来越少，锅里的食料越来越多，刘萌萌的肚皮越来越圆，最后，刘萌萌把她本就肥腩重重的肚皮撑成了一只鼓胀的皮球。

刘萌萌吃得很饱，前所未有的饱，她把这一顿火锅当成了世界末日前最后的晚餐，她是提前吃掉了下半辈子的火锅。现在，她的胃里充满了各种食物，她的血管里淌满了鲜辣美味的汤。她喜欢这种充实的感觉，她所热爱的这种自慰方式确是行之有效，现在，她心里不再感到空空荡荡了。

刘萌萌招呼服务员来结账，年轻瘦小的服务员看着桌上的一堆空盘子，惊恐得捂住了嘴。刘萌萌侧目四顾，又扭头看身旁玻璃墙里的自己。胖，依然是胖，虽然食客众多，但她肥胖的身躯无法被人群淹没，她的胖，真是鹤立鸡群啊！

服务员去拉收银票了，邻桌的一位男客人从洗手间回来，经过刘萌萌桌边，脱口说了一句：“哇，这样子吃法，要变相扑运动员的。”

刘萌萌忽然生出一股决斗者视死如归的豪迈之气，她端起锅子，仰起脑袋，在周围食客惊异的目光下，把锅底剩下的辣汤“咕咚咕咚”喝了下去。

刘萌萌打了一个饱嗝，是酸的，酸味直冲鼻子，眼泪顿时冒了出来。她想，锅子还没凉下来，嘴唇烫掉了一层皮，好痛！

刘萌萌站起来向门口走去，大堂里的食客和服务员们不约而同地目送着这个满脸流油、面红耳赤的胖女人。胖女人满目含泪、步履蹒跚地向门口移动着，她肥胖的脸因为蒸汽的熏染，阔大臃肿得格外离谱。

离五一劳动节还有一个月，准新娘刘萌萌竟还毫无动静，刘母开始着急了：“萌萌，你再不去拍婚纱照就来不及了，是你结婚，不是

我们结婚，怎么皇帝不急太监急呢？”

刘萌萌说：“干吗非要拍婚纱照？不拍就不算结婚了？”

刘母说：“人家结婚不是都拍吗？上次你答应了要拍的，还说要贴在请柬上。”

刘萌萌虎着肥脸、粗哑着嗓子低吼了一声：“不想拍。”

刘母还想劝，刘父冲她做了个眼色，刘母就住了口。这对父母对自己的女儿还是有比较客观的认识的，他们猜到刘萌萌是担心自己太胖，拍出来的照片不好看，就干脆不想拍。

婚纱照的话题搁浅了，刘母又换了话题：“上个星期，我和你爸爸已经去美林阁预订了酒席，再晚就订不到了。喜糖呢，我们也已经看好了，就买德芙巧克力，两粒一盒的那种，包装很喜气，很漂亮的。还有请柬……”

刘萌萌嘀咕了一句：“真麻烦！”

声音很轻，父母没听见，也不管刘萌萌的脸色，顾自商量起了请柬怎么写。刘父说：“那个老顾，叫什么名字？”

刘母笑出来：“老顾是你叫的？他还能比你老？人家叫顾志坚。”

刘父也笑了：“对对对，叫顾志坚。”

刘母眉头一皱，又想起了一桩不满意的事：“这个顾志坚也真是的，就上过一次门，来吃了一顿饭，都要结婚了，也不主动来找我们商量商量。”

刘父毕竟是男人，心胸开阔一些：“你就别计较那么多了，是萌萌和他结婚，我们老头老太不要瞎掺和，毕竟人家是……”

刘父降低了音量，后面的话刘萌萌就听不见了，可是听不见也能猜得出，总归逃不掉那几句：老顾是结过一次婚的人，想低调一些，办婚宴啊，拍婚纱照啊，不都是我们一厢情愿？

刘萌萌不再听父母讨论，独自进厨房，拆了一包方便面，香辣牛肉味的。刘萌萌一边往碗里倒开水，一边想：明天一定要去找老顾摊牌了，要不父母这边没法交代。

摊什么牌？怎么摊？刘萌萌其实并没想好。在结婚这件事上，父母确是有些一厢情愿，他们并不知道，在小肥羊火锅城偶遇以后，刘萌萌和老顾陷入了冷战。两个星期了，老顾没有邀请刘萌萌去他们家，也没有拜托她去接瓜瓜，似乎，这个男人在向他的未婚妻示威。他要告诉她，虽然是他主动提出结婚的，但他并不惧怕过单身生活。

起初，刘萌萌决定憋着，他不找她，她就不主动去他家，看谁憋得过谁。可是两个星期过去了，老顾一点动静都没有。刘萌萌倒是有些憋不住，好几次下班后，两只脚不由自主地往老顾家方向走，有时候又朝瓜瓜的学校走。可是总在快到时又开始自责，甚至痛恨自己不争气的双脚。于是，似是下了狠心，猛地扭头，脑袋都要被甩脱一般，带着一脸哀伤和悲愤，加急脚步往回折去。

刘萌萌扭头折回的动作幅度总是过于猛烈，导致有两次不小心扭了脖子。可她一定要用这么坚决、夸张的动作，才能不给自己留有余地。说出来也没有人相信，其实，在她肥胖丑陋的外表下，还隐藏着一颗高贵而脆弱的心。她要守住阵脚，做一个有气节的女人，而不是一个为了嫁人而丢掉脸面、丢掉尊严的贱女人。所以，她需要自我宣告一般发出一番剧烈的动静，又好像有一只摄像头随时在监视着她的一举一动，只有通过戏剧化的动作和表情，才能让理解力极差的摄像头读懂她内心的痛苦和矛盾。刘萌萌为此付出的代价是，她多肉的脖子里隐藏着的骨节发出一串“咔哒、咔哒”的呻吟，随即，一阵痛感从脖颈处传至大脑。刘萌萌嘴角一抽“咝——”，奇怪，焦灼以及愤恨的情绪倒是有所缓解，仿佛肉体的疼痛让受伤的心得到了些许安慰。

然而，眼看五一节就要到了，父母已经预订了酒席，选好了喜糖，并且准备发请柬了，无论如何，她是不能不去找老顾了，哪怕吵上一架，她也需要主动出击了。

刘萌萌埋头吃着方便面，同时想象着，倘若果真不嫁老顾，那么她将如何处置自己？这是一个很难解决的问题。与父母生活在一起直到终老？也未尝不可，只是，一个老处女想活得怡然自得，那是要有资本的。假如她天生丽质、收入颇丰、情趣高雅、品味高尚，那么人们就会想，这个漂亮姑娘是心高气傲，看不上那些臭男人而不愿意嫁。这样的老处女，哪怕不讨人喜欢，也是被人敬重的。可是刘萌萌并不漂亮，还胖，还黑，物资回收公司的薪水仅够养活自己，琴棋书画没一样会摆弄，这就不是不愿意嫁了，而是没人要，嫁不出去。一个嫁不出去的女人——顶着这样的名声做老处女，别说活得少尊严，简直就是一辈子的耻辱。况且，和老顾交往之前，她是不是处女？这一点，刘萌萌始终不敢确定。

吃完方便面，刘萌萌就觉头脑发沉，困乏感席卷而来。她走进卧室，躺倒在床上，没有开灯，屋内漆黑着。她闭着眼睛抚摸饱胀的肚子，手却不由自主地往上攀爬，然后，探入了内衣。肥胖的蚯蚓蠕动着钻进文胸罩杯的钢丝托边，她触到了自己沉硕的胸，柔软、结实。蚯蚓继续探寻，便是饱满、滚实的梅子，却不再艰涩生硬，而是被老顾的手揉捏侵袭过无数遍的熟透的果子。老顾的手老茧丛生，粗糙、冰冷，那双手摩挲着她的肌肤时，如同砂纸摩擦玉石，珠圆玉润的肉体在这样的手下便过于快速地成长并且烂熟了。这样的手是不会让她生出任何浪漫想象的，更无法与记忆中那几条笨拙的蚯蚓相比。

记忆中，那是几条年轻而莽撞的蚯蚓，它们虽然笨拙，但它们白净、光滑、弹性，甚至含羞。它们在她身上的探寻和触摸，就如漏进窗帘的阳光落在身上，所到之处便是斑斑温暖。她眩晕着，却清晰地感到小股的快乐从腹部雀跃而出，直冲胸腔，仿佛她就是黑色泥盆里盛开的太阳花中的一朵，午后的日照中，她开得恣意而张狂……

她闭着的眼睛睁开一条缝，卧室里漆黑一片，并没有阳光照进窗户，也没有那个黑丛丛的头颅，更没有一张垂着眼皮、撒着几颗青春痘的白皙面庞，没有，什么都没有。

刘萌萌擤了擤鼻子，她闻到一股从自己身上散发出的汗味，以及空气中浓烈的牛肉汤料的香辣味。

七

刘萌萌决定找老顾谈谈，是否举办婚宴还在其次，主要是，将来结婚了，凡事都要相互商量着办，总不能碰到意见不统一就冷战吧？

所以，刘萌萌认为，在即将结婚的前夕，两个人坐下来开诚布公地谈一谈是有必要的。既然自己主动，那么不妨姿态高一些、主动一些。她想，两个星期没去了，给瓜瓜买点礼物带去。

刘萌萌进超市入口时，有意无意地朝收银台那边扫了一眼。下午四点不到，顾客很少，收银台边站着一长溜空闲的红马甲，没有一个穿蓝色西装制服的。他不在？走开了？休息？她略微失望地想。

刘萌萌在二楼给瓜瓜选了一个凯蒂猫手表，标价一百九十八元，粉色的表带上撒着银色的爱心，还要挑几样老顾喜欢吃的菜和瓜瓜的零食，以及自己的甘草橄榄。刘萌萌推着购物车在货架之间七拐八弯地走，眼角余光里总感觉有一个始终跟随着她的身影。她没有回头，只是放慢了脚步，并且尽力挺直腰板、收缩臀部，让走姿显得优雅一些。刘萌萌想象了一下自己的背影，其实，从后面看，大概不能算十分胖吧？至多是丰腴。她听小尹和小方说过，男人喜欢胖一点的女人，抱在手里软糯适宜。虽然老顾从没说过喜欢她的胖，但老顾也从没表示过不喜欢。她一边像散步似的走，一边想着，脑袋左顾右盼搜索着货架上的商品，眼角余光里的身影依然在，深蓝色，高大，微胖，大概是一个男人……

这是一个丰腴的女人——刘萌萌继续用想象替代身后的人打量着自己的背影，并且及时无误地感觉到了心跳的加速，甚至，后背开始发烫。她站定在一个货架边，拿起一包甘草橄榄，低头看包装上的产品说明。其实她很熟悉这种橄榄的出处，她经常买，根本不需要看说明。所以，这会儿她的眼睛在看说明，脑子却注意着身后的追随者。她感觉那个身影越来越靠近了，十米、五米、三米、两米……她不敢回头，就像很久很久以前的那个梦，在她回头的瞬间，一瓶不知从哪里飞来的酱油会打碎在地上，褐色的酱油飞溅而起，染脏了她雪白的连衣裙裙裾，然后，她抬头寻找，目光所及之处，只有一个远去的高大背影……

刘萌萌又拣起一包丁香橄榄，犹豫着，仿佛很难在两种橄榄中挑选哪一种，却听见身后传来熟悉的男声：“对不起女士，请让一下。”

刘萌萌一激灵，猛回头，白皙面庞的蓝制服店员推着堆满货物的手推车迎面看着她，刘萌萌手里的丁香橄榄“扑通”一声掉在了地上。蓝制服反应极快地跨前一步，弯下腰把丁香橄榄捡起来，直起身交给她：“对不起，吓着你了吧？”

说着，他指了指手推车：“我要给货架添货，打扰您购物了，不好意思。”

刘萌萌什么话都没说，只看着他，眼神怪异、表情紧张。蓝制服又说了几句表示歉意的话，却发现女顾客并不动弹，不由得上上下下打量起她来，目光在她身上尤其是鼓胀的部位略多停留几秒。刘萌萌忽然醒悟，面色霎时赤红，她急速扭过身，提着购物篮向出口走去。

蓝制服看着女顾客肥胖的背影，从腰间掏出了对讲机。

刘萌萌去收银台结账时，顾客明显比刚才多了，她看了一眼凯蒂猫手表上的指针，已经超过四点半，瓜瓜该放学了，她想。刚要掏皮夹子付款，一位保安走过来对她说：“对不起，请你跟我到办公室去一趟吧。”

刘萌萌惊讶地问：“为什么？”

保安面无表情：“去了就知道了。”

“我是顾客，你总该告诉我为什么去办公室吧？”

“为什么？你自己心里清楚，还是去一趟吧。”保安似笑非笑地说。

周围的目光被吸引过来，刘萌萌急了：“我得去接孩子了，快给我结账。”

保安说：“你要是不配合，那就别怪我扣留你了。”

刘萌萌拔高嗓门：“我又没做犯法的事，你有什么权力扣留我？”

保安举起对讲机：“李组长，她不肯配合，请你过来一趟。”

蓝制服从货架间出现，高大的身躯向着收银台接近。刘萌萌忽然感到一阵心悸，他认出她了，她想，他不仅认出了她，还要利用职权扣留她，他想干什么？与她算账？因为她曾经是他的原告之一？因为她在一张让他领受十年牢狱的罪证上签了字？可她并没想过要告他，连一点责怪他的想法都没有，甚至她还觉得负疚于他，哪怕因为他，她要承受没有牢狱的终身判决，她都没有一点点想过要去恨他。她只是觉得有些伤心，因为她并不是他唯一的原告，他有那么多女孩，她只是其中之一，就像那盆太阳花，开得恣意和张狂的，并不只是她一朵……

蓝制服走到刘萌萌跟前，直视着她："还是去办公室吧，那里说话方便一些。"

刘萌萌却不肯挪步，只羞愤地低着头，仿佛站在她面前的男人，就是那个离开她多年现在终于浪子回头的负心人，这让她既是感到心痛，又觉扬眉吐气。她总觉得应该说些什么、做些什么，比如，给他一巴掌以解心头之恨，或者当着众人的面对他进行一番声泪俱下的斥责，他因此而追悔莫及、负荆请罪，并且发誓洗心革面、重新做人，然后，她就原谅了他，于是破镜重圆，从此过上了幸福的生活……

"哎，叫你呢，发什么呆？真的不去办公室吗？"熟悉的男声说。

刘萌萌的想象被打断，她抬起头，发现周围已聚集了一群围观者。想象让她热血沸腾、头晕目眩，她呆站着，不知道如何回答蓝制服。

"既然不肯去办公室，那么在这里也行，不过，这样就不太有面子了。"蓝制服伸手指着她鼓胀的身体，"翻开你的衣服口袋，还有包，检查一下，别让我动手，自己翻。"

刘萌萌一惊，面上的赤红色潮还未退下，沸腾的身躯霎时冰凉。周围，人们的议论声此起彼伏：什么事？胖女人偷东西？被抓住了，还抵赖，要搜身呢……

一波愤怒的血液重新涌上刘萌萌的脸颊，胖脸上的色泽近乎成了酱紫。她的确胖，可她从来不曾偷过东西，他为什么要诬陷她？报复，这是报复！刘萌萌更加肯定，他认出她了，没想到，他认出她后的第一件事，竟是报复她。

刘萌萌忽然觉得有些可笑，她抬头看了一眼蓝制服，这一眼看得很深，看得蓝制服前倾的身躯不由自主往后缩了缩。刘萌萌咧嘴笑了："李明启组长，你不知道搜身是犯法的？"

蓝制服一愣，低头看自己胸前的工作牌，马上反应过来："哟，还记住我名字了。不过，你搞搞清楚，我搜你身了吗？没有吧？我是让你自己翻。不同意？可以，我打110，警察搜你身总不犯法。”

蓝制服得意地扯开嘴角冲刘萌萌笑，这一笑，让她顿时记起了那张久远的白皙面庞，一张喜欢对她笑的脸，两颊撒着几颗红色青春痘的脸，黑丛丛的头颅因为青春的泛滥而浓密凌乱……那张脸，其实是可亲的，那张脸上的眼睛看着她时，就像初秋的太阳照射到她身上，暖热得令她兴奋，乃至沉迷，以及恐惧……刘萌萌看着蓝制服，从头至脚，细细地看了一遍，不再长青春痘的脸庞更加白皙了，两鬓有几丝斑驳的白发，却梳理得整齐光亮，深蓝色制服使略微发胖的中年男人显得严肃并且正派……他不是十六年前的那个人了，刘萌萌想，有那么久了吗？十六年了，像上辈子的事，可又那么快，快得如流水一样，就这么消逝了……

蓝制服摸出手机：“怎么不说话？说啊，我来打110，还是你自己动手？”

刘萌萌又看了他一眼，她看见了他脸上岁月的痕迹，却看不见让她感到温暖的目光。刘萌萌心里紧绷的弦忽然一松，焦灼感顿然消失。她亮开嗓子：“好，我翻，要是翻不出东西怎么办？”

说这话时，刘萌萌的表情是无所畏惧的，可是，由一张肥胖臃肿的脸演绎出来，却是一副破罐子破摔的厚脸皮相。

“要是翻不出东西，随你怎么办。”蓝制服说着，又“呵呵”笑了两声。在刘萌萌听来，这笑声恰是一种意味深长的讽刺。她不再说话，她放下挎在肩上的皮包，拉开拉链，“哗啦”一声，包里的东西一股脑倾倒在了收银台上：钥匙、手机、一包用掉一半的餐巾纸、一个红色的皮夹子。众人探头张看，并且小声议论：没有，包里没有。

刘萌萌看了一眼蓝制服，轻蔑的目光里隐藏着一丝由衷的喜悦。蓝制服说：“还有身上。”

刘萌萌扬起下巴，把倒空的包包扔到收银台上，然后扫视了一圈周围的人，像一个魔术师一样，微笑着开始一个一个掏口袋。

刘萌萌是从裤子口袋开始掏的，裤子口袋里当然什么都没有。掏完裤子口袋，刘萌萌又去掏衣服口袋，就在掏到上衣的第二个口袋时，她胖脸上自信的微笑忽然凝固，随即，人群中发出了“哄”的一声。

人们看见，这个胖女人的手上，抓着一包还没撕下价格标签的甘草橄榄，胖女人脸上的微笑还没消退，眼睛里已经涌出了两股汹涌的眼泪。

八

刘萌萌跟着蓝制服进了超市办公室，她想申辩，她要告诉他，她没有偷那包甘草橄榄，她从来不偷东西。可是甘草橄榄明明白白在她口袋里，她无法解释那是怎么回事，当时她的确在一包甘草橄榄和一包丁香橄榄之间徘徊，可她是心不在焉的，她的注意力在身后，随后，她就听到了那个熟悉的男声……

蓝制服说："要么罚款，要么每天到超市来做两小时义工，打扫卫生，两者选一。"

刘萌萌选择罚款。蓝制服说："算了，一包甘草橄榄，也就六块多，看你不是惯偷，就罚五百块钱吧。"

刘萌萌没有带够现金，工资卡也没带在身边，又不想惊动父母，想来想去，只能打电话给老顾。

等老顾时，蓝制服表情冷漠地坐在办公桌边记录着方才他们的谈话，刘萌萌目光呆滞地坐在办公室里的一把椅子上，她觉得有些恍惚，甚至怀疑自己是不是认错了人。刘萌萌又偷眼看了看他胸口的工作牌，分明写着那个名字，丝毫不错。那么，他没认出她？刘萌萌深深地吸了口气，霎时，一种新鲜的疼痛紧紧地揪住了她的心。

蓝制服停下笔，抬起头："嗨，你身份证拿出来，我登记一下。"

把身份证交给蓝制服后，刘萌萌就再也没有抬起头来。即便方才他没认出她，现在他在登记她的身份证，上面清清楚楚地写着她的名字，他总该想起她来了。可是他想起她的时候，她已经成了一个小偷……这么想着，刘萌萌的眼睛里再次涌出眼泪。她想起很久很久以前的那个梦，梦里的她，就是在猛一回头的瞬间，酱油瓶碎了，黑褐色的污渍飞溅到她身上，她洁白的连衣裙被玷污了……可是即便在梦里，酱油瓶也是她自己带倒的，是她自己把白裙子弄脏了，怪不得别人。就像那包甘草橄榄，不知道怎么回事，她就塞进了自己的口袋，没有人栽赃诬陷她。

老顾终于来了，他绷着脸听蓝制服讲完事情的来龙去脉，绷着脸替刘萌萌付了罚款，什么话都没说，绷着脸独自走了。

蓝制服把罚款发票交给刘萌萌时问了一句："刚才那个，是你老公还是你父亲？"

刘萌萌心头一痛，脱口道："关你屁事！"

蓝制服白脸一沉："怎么骂人呢？以后手脚干净点，好了，你可以走了……"

刘萌萌鼻子发酸，眼泪又要涌上来，她咽了咽呼之欲出的哽噎，看着蓝制服，一字一顿厉声说："我不是小偷！"

说完，猛地扭过头，脖子里顿时发出一连串"噼啪"声响，身后传来骂骂咧咧的声音："碰着赤佬了，明明偷了东西，还不承认……"

刘萌萌没有回头，她梗着钻心疼痛的脖子，像一个飞行的沙包一样，裹着一股巨大的旋风冲出了超市。

天色已向晚，刘萌萌感到饿极了，可是她不能先去填饱肚子，她要去老顾家，她要向他解释一下，她不是小偷，她是不小心……现在，她完全不能确定，那个蓝制服店员究竟是不是他了。哪怕是他，他也已经把刘萌萌这个名字从他的记忆中删除。她早已不是那个少女刘萌萌，她和刘萌萌毫无关系，她只是一个三十二岁的女人，一个在超市里偷东西的长得很丑的胖女人。

关键时刻，帮她忙的人是老顾，他不仅会帮她修拉链，帮她做指甲锉，帮她按摩崴了的脚踝，他还帮她付了那五百元罚款。虽然他自始至终绷着脸，也没有和她说话，但他还是来了，他没有拒绝她的求救，没有说这个女人他不认识，这样的男人，她还有什么不满意的？他们的婚期就快到了，离五一长假还有两个星期，她要对老顾说，不拍婚纱照了，不办喜酒了，丽江旅游也不用了，结婚，就结婚吧……

刘萌萌走进老顾家的楼洞，摸黑爬上三楼，走道里黑漆漆冷冰冰的，一丝白亮的灯光从302室门下的缝隙里泻出来，她听到门内传出嬉笑的声音，一个男人和一个小女孩，是老顾和瓜瓜。一扇门把楼洞里的漆黑冰冷阻隔在外，刘萌萌仿佛看见了温暖的房子里正演绎着天伦之乐的一幕，现在，这些是她最最最最需要的。

刘萌萌沉了沉气息，举起手按响了门铃，门内的嬉笑声戛然而止，片刻，没有动静。刘萌萌又按了一次门铃，等了好一会儿，门内的女孩问："谁啊？"

刘萌萌对着门说："是我，瓜瓜。"

又是片刻无声，随后传来老顾的声音："你来干什么？"

她来干什么？她不是他的未婚妻吗？他怎么这样问？刘萌萌有些听不懂老顾的意思，刚想伸手第三次按门铃，门内忽然传出一声女孩尖锐的叫嚣："我们家不欢迎小偷！"

刘萌萌一下子惊呆了，瓜瓜也知道了？他怎么可以把这事告诉孩子？他根本不顾及她的尊严，连薄薄的一层脸面都不给她留。看来，他是真没有把她当成他的家庭成员，或者说，他拒绝接受她成为他家的一员。可是，还有两个星期就是五一劳动节了，那是他们结婚的日子。亲朋好友都知道她要出嫁了，她的父母已经订好了喜酒，买好了喜糖，写好了请柬……她该怎么办？她可以一个人去吃火锅，可是她不能一个人结婚。谁能帮她？老顾不肯帮她这个忙了，他拒绝了她，他可以帮她修拉链，可以帮她做指甲锉，可以帮她按摩崴了的脚踝，可是现在，他不愿意帮她最后一个忙——与她结婚。

一腔怒火从心底汹涌而上，刘萌萌举起手，重重地按了好几下门铃，并且张嘴喊道："开门，我是来还钱的，还你五百块钱。"

刘萌萌身边没有足够的现金，她很清楚，可她就是要这么说，她要告诉他，她不欠他什么，她也不求他什么。门内依然没有动静，刘萌萌干脆举起拳头砸向门板："开门，开门，我是来还钱，不是来讨债，你开门。"

隔了好一会儿，老顾紧贴着门板的声音传出来："钱我不要了，就算我买个教训。你回去吧，以后别再来了。"

刘萌萌一屁股坐在楼梯上，她目瞪口呆地看着302室紧闭的门。门内什么声音都没有，然后，门缝下面漏出的一条光忽然消失，父女俩把灯熄了，他们连最后一丝光也收走了。楼道里一片漆黑，刘萌萌努力睁大眼睛，可她看不见眼前的世界，什么都看不见。

刘萌萌在黑暗中坐了很久，坐得几乎凝固了。包里的音乐铃声惊醒了她，她拿出手机，看了一眼雪亮的屏幕，是家里打来的。她按了接听键，她听见她母亲喧喧嚷嚷、东拉西扯的说话声："萌萌，你怎么还不回家？刚才张阿姨夫妻俩送礼金来了，想想还有谁没发请柬？想得周全一些，不要漏掉谁……"

刘萌萌就着手机的光亮，掏出身边所有的钱，三张一百元，两张二十元，一张十元，还有几个硬币，她把钱整整齐齐地摆放在302室的门垫下，然后，什么话都没说就合上了手机，刘母的声音霎时在听筒里消失。

刘萌萌对着黑暗中的302室，默默地说："本来嘛，结婚的事，就是请你帮我一个忙，好让人家晓得我嫁人了。帮个忙而已，不肯就不肯，我又没有真的想嫁给你……"

说完，刘萌萌摸着黑，下了楼梯。

九

刘萌萌又回到了超市，离关门打烊还有半小时。她在货架间兜了一圈，停留在食品区内，神情自若地东挑挑、西捡捡。半小时后，关门铃声打响，刘萌萌背着鼓鼓囊囊的包，甩着两只空空的手，随着最后一批闲逛的顾客，挨挨挤挤地走过收银台，出了超市。

刘萌萌好像没有回家的打算，她在街上漫无目的地逛着，不知不觉逛到了十五岁以前住过的地方——同乐里。同乐里已经不存在，拥挤的老式民房被葱郁的树木和平整的草坪替代，现在，这里是一所公园。夜已深，她在黑暗中走遍了公园的每一个角落，最后确定，她以前的家，同乐里36号，正是现在公园中心湖泊的位置。

刘萌萌在湖边找了一块石头坐下，打开包，变戏法似的拿出两个五芳斋肉粽和两个夹奶油的面包，又从上衣口袋里分别翻出一瓶老干妈辣酱和一包雨润火腿肠。刘萌萌看着摊开在草地上的食物，脸上露出一抹近乎幸灾乐祸的快意。只是此刻已经夜深，她粗糙微红的胖脸以及胖脸上异样的表情完全隐没在了夜色中。虽然有月亮，但细眉般的上弦月太过微弱的白光无法照亮她。况且，公园里没有别人，谁会半夜三更来逛公园？即便有，也不会看一眼这么一个毫无吸引力的胖女人。

刘萌萌开始了深夜的野餐，她饿极了，她要吃，她太想吃了。吃第一个粽子时，她都来不及拆开粽叶，就一口咬下去，接着连叶带肉大口大口地往下吞。第二个粽子，她就吃得耐心了一点，她拆开粽叶，蘸着辣酱，一口一口地吃，吃完还把粘在粽叶上的米粒舔了个干净。吃面包时就从容多了，她掰开面包，把奶油挖出来先吃掉，然后把辣酱涂在面包上，涂一截，吃一截。掉在身上的面包屑，她还就着暗弱的月光，用手指沾起来，小心翼翼地送进嘴里吃掉。刘萌萌吃得细致而周到，蘸面包屑的时候，她简直要得意地笑出声音来了。在这样一处地方，这样一个时间，除了老天爷，没有谁看见她，她不需要在追光灯一样的注视下假装做一个快乐无忧的女人，也不用在众目睽睽下扮演一个严格控制进食的女人，哪怕她吃的所有食物都是偷来的，哪怕她用这些没有付钱的食物证明了此刻她的确已经是个小偷，她也不用担心被人当小偷追踪围观……这么想着，刘萌萌吃得更加有激情了，她拆开火腿肠包装袋，用牙齿咬住肠衣，一甩头，薄薄的肠衣就被撕掉了。刘萌萌的脑袋甩了十次，牙齿撕咬了十下，十根火腿肠的肠衣全部被剥掉了。她抓起两根赤身裸体的火腿肠，用力塞进口腔，又抓起两根塞进去，再抓两根……她用最后一根火腿肠，仔仔细细地刮下瓶壁上残留的辣酱，然后，鼓着一嘴红黑混杂的肉食，努力而艰难地往下吞咽着……

刘萌萌终于觉出了饱胀感，她吃得很过瘾，很满足。她知道，这样的吃法，是不能让别人看见的，别人里头，除了顾志坚和李明启，当然还有更多更多认识的和不认识的人。在这样一个夜深人静、杳无人烟的时刻，刘萌萌体验了一次最酣畅淋漓、最没有顾忌的吃。所有的食物都吃完了，她意犹未尽地抬起头。上弦月斜斜地挂在墨蓝色的天幕一角，落下来，落在湖面上，波光一闪一闪的，微弱，却神秘而美丽。湖面上闪烁的水光忽然让刘萌萌感到口渴，她吃了太多辣酱，她需要用清水洗净火烧火燎的嘴巴，她想，真遗憾，刚才在超市里忘了拿水。

刘萌萌站起来，走到湖边，站在一块探出湖面的石头上。她伸手撩了一掬湖水，凑上嘴巴喝了一口，再撩起一掬，又喝了一口。她想起有一回，老顾叫她带瓜瓜去学游泳，她说她不会游泳。老顾说："有教练，不用你教，再说，你这身材，落在水里也不会沉下去。"当时她有些生气，可现在想起来，只是觉得不真实，就像做了一场梦，一场很可笑的梦。这么想着，果然，她就"呵呵"地笑出了声，笑声击打在湖面上，泛起几轮隐约的回声。她侧耳倾听了一会儿，然后，干脆俯下身，把脸凑到湖面上，张开嘴，"咕咚咕咚"猛喝起来。

刘萌萌感觉到液体流入身体的另一种饱胀，就像喝酒，酒液疯狂入侵她的身体，流入她的血管和心脏，她感到满足极了，满足得脑袋都眩晕了，就像喝醉的人，眼前的世界开始飘忽起来。她发现脚下有一面波光粼粼的镜子，她弯着身子对镜子看，她想再看一看自己究竟长什么样，她想证实一下，那个大眼睛、鹅蛋脸，梳着两个辫团的小巧玲珑的女孩，究竟是不是自己？

可是，看不清影子的五官，因为夜色笼罩，投落在镜子上的身影被虚化了轮廓。这个身影是黑色的，鼻子、嘴巴、眼睛，全是一个个黑洞，整张脸是黑的，身躯也是黑的。可黑色的身影却显得十分苗条，甚至几近消瘦。

谁说我是一个胖女人啊！她咧开嘴，满意地笑了……然后，她听到一声重物落入水中的巨响，霎时，她感觉到月光正拥挤着流进了她的口腔、鼻子、耳朵，很快，她的身体里就充满了月光，她通体银白，仿佛穿上了一条纯白的连衣裙，又仿佛一只披着满身洁白羽毛的鸟儿。她尝试着举起双臂，她发现她的双臂果然变成了翅膀，她抖动了两下，霎时间，她变成了一只鸟，一只正展开翅膀飞翔起来的鸟。

她不再是一个肥胖的女人，现在她是一只小巧而轻灵的鸟。她在起伏的云海里飞翔着，她正飞离冰冷的世界，她离太阳越来越近。阳光照在她身上，暖热到令她沉迷，以及恐惧。她知道，她一直是喜欢这种沉迷和恐惧的感觉的，就像一朵烈日下的太阳花，哪怕即刻就会被晒得蔫卷枯萎，也要恣意地、张狂地绽放……

湖面寂静下来，上弦月已入中天。湖岸边的一块石头周围，散落着一些粽叶、红色的火腿肠衣和空瓶子。一只敞开的皮包躺在草丛中，里面有一串钥匙、一只手机、半包用过的餐巾纸、一只红色的皮夹子，还有一包未拆封的甘草橄榄。

暮紫桥下

一

李煜纵身跳入运河时，赤裸的背脊在太阳下闪烁出一轮黝黑的光芒。李煜跳水的动作很标准，他脱下有三个破洞的白色汗衫和灰色工作裤，只穿着一条深蓝色裤头。尽管他站在桥墩边脱衣裤的动作十分迅速，但在刚露出稍显瘦削的身体时，依然让围观的人群感觉这个小男人是有些发疯了。五月的气温还未到可以下河游泳的程度，况且刘湾镇人有一些约定俗成的规矩，比如：夏至不到入水作病；比如：白露赤膊当猪猡。那意思就是说，不到节气或者已过季节，再热的天也不能下河游泳，否则是会作下病根子的，光着膀子的，也只能把他当猪了。

这一年的五月刚到，李煜却已无法按耐入水的渴望了。在几代人的挖掘下，运河成了刘湾镇的交通枢纽，它东至东海，西达川杨河，最终汇入黄浦江。很多从苏北和浙江来的货船经过黄浦江和川杨河，把篾席竹篮生猪鸡鸭运到刘湾镇上，必定是要通过这运河才能到达的。这个五月暮春季节，刘湾镇南街上稀疏的苦荆树粉红色的花朵正接近颓败，枇杷树上的果子还青涩，风吹在身上是有些凉意的。在这种季节里，李煜几次三番跑到南街运河边，他趴在暮紫桥水泥栏杆上往下看，浑黄的水流把河床淹没得不露痕迹，这使李煜感觉运河是一条深不可测的河，就像一条龙，神秘地摆动着它古老的身躯，蜿蜒前行。每每经过运河，李煜都有一种想跳下去的冲动。这是一种无法抗拒的欲望，李煜想用整个身体投入运河的怀抱，他想感觉一下温厚的水波触摸皮肤的快感。于是他选择了一个阳光灿烂的午后准备开始这一年的首次下水。

李煜把脱下的衣裤扔在脚边，开始伸开双臂做准备活动，一招一式煞有介事，似乎是第三套广播体操里的伸展运动和踢腿运动，训练有素的样子。人们隐约感觉到，这个小个子男人尽管并不健壮，但他身上还是流露出了传说中游泳健将的风采。据说这个与南唐后主同名同姓的小男人，少年时代曾在体校参加过游泳队，后来因为得了一场病，终于放弃运动员生涯，改学了财务。

与皇帝同名的李煜算盘打得响当当，在刘湾镇各行业的财务骨干中独占鳌头，夺取过好几界珠算比赛冠军。就是去县城比赛，也没有下过前三名。当然，刘湾镇人只知道他是小李会计，他们并不知道南唐皇帝的名字也叫李煜。如若他们日后知道了，也必定会惊讶得把嘴巴张得很大，他们也许会说：果然是富贵的命，与皇帝起了一样的名儿，怎么能窝在刘湾镇小地方上凑合日子呢？

李煜财会中专毕业时，身高还不足一米六，小男人坐在商贸社财务办公室那张巨大的老木靠背椅子里，手拨一只闪亮的红木算盘，神情专注、目不斜视。人们走进办公室，往往只闻珠子相撞的踢踏声而不见人影，待走到办公桌前，才见到背朝大门坐着的李煜正把身子深陷在椅子里，耷拉着眼皮沉浸于算盘珠子的弹奏中。红木算盘在李煜手里，就像音乐家手里的乐器、狙击手手里的枪。他闭着眼睛用一只右手就可以把账算得分毫不差，可他那小模样却实在不像是搞游泳运动的苗子。人们每每问起，他总是说："我个子小，但我爆发力好，我速度快，发令枪一响，我总是最快地蹿进水里，游泳队的教练挑中我，就是看上了我的速度。要不是病了一场，我现在还在少体校里吃每顿有肉的运动员标准餐呢。"

有人提醒他说："你要是还在少体校，你就是教练了，有快二十了还待在少体校的？”

李煜就笑笑说：“对，我就该是教练了，要不就是到市体工队去了，哪里还会到刘湾镇来拨算盘珠子啊。”

至于他得的什么病，人们始终未从他的口中得到了解，只听他说起少体校的往事，话里尽是骄傲，当然这骄傲里也带着无限的遗憾和怀恋。

总之一句，李煜似乎是极其看不起他拨算盘珠子的工作的。对于他游泳速度快的说法，人们还是在将信将疑中给予李煜勉强的认可。李煜的速度之快，人们是有目共睹的。且不说打算盘的速度，那是众所周知的事情。比如吃饭，他可以最后一个进食堂，以风卷残云的速度把饭菜一股脑儿吞进肠胃，然后第一个走到食堂门口的洗碗池边，去刷他那两只白色的搪瓷饭盆。再比如拉屎，他总是憋到忍无可忍的时刻而后起身飞奔进厕所，边解裤扣边挤到排着队的人前面，嘴里嘟囔着：“借光借光，我憋不住了。”然后蹲进坑位，外面的人还骂着“抢吃抢喝不可以抢马桶，抢马桶最不积德”的话，他那边已经噼里啪啦三下五除二排泄完毕，提着裤子笑嘻嘻地跨了出来。那被抢了马桶的人惊讶地问：“你怎么拉场屎比撒泡尿还快？”

总之，李煜在一些吃喝拉撒的日常琐事中，常常以他惊人的速度让人慨叹不已。当他决定在五月未脱寒气的暮春里下运河游泳时，人们便拥着他向刘湾镇南街的水泥桥头走去。刘湾镇人很想看看，这个传说中的少年游泳运动员究竟身手如何。

刘湾镇南街上的水泥桥有个好听的名字，叫“暮紫桥“。据说傍晚时分站在桥上往西看，可以见到天边的晚霞照着运河，呈现出一片瑰丽的紫色。暮紫桥由四个方体桥墩支撑，桥墩从水底下挺立而上，墩头矗立于桥面的栏杆两端，平整的墩面正好可以站一个人，所以李煜是完全可以把桥墩当作跳台的。

此刻，李煜站在桥墩上，把衣服脱得只剩下裤头，露出黑黝黝的身体。接着，他做了二十分钟伸展运动和踢腿运动，然后，人们就看见小男人被一个强壮的高个子男人一把托上桥墩，就像一个父亲把自己的儿子抱到高处去看热闹一样。李煜简直太像一个孩子了。

李煜站在桥墩上看了一眼围观的人群，低头紧了紧蓝色裤头上的裤带，然后弯拱下腰背，做了一个入水前定格的起跳动作。并没有发令枪，身后只有男人们嘈杂的议论声和吆喝声，还有女人们惊讶的呼叫声。他直起身体转过头说："谁来发令，没有发令枪我没办法跳。"

有人赶着去把家里打麻雀的气枪拿来，李煜就赤裸着身体站在五月的阳光下等发令枪。他以居高临下的姿态俯瞰着刘湾镇上满怀期待的人们，稍带寒意的风在他黝黑的肌肤上吹出了一层细小的鸡皮疙瘩。去拿气枪的人很快回来了，喘吁吁地挤到人群前，把一杆长枪送上来说："枪来了枪来了。"

就有人自告奋勇充当发令员。李煜在七嘴八舌的"枪口不能对人"和"朝天放枪还是朝地放枪"的争论声中再次拉开架势弯下腰。随着一声暗哑的枪响，李煜纵身一跃便已钻入了水。太阳照着运河，反射出粼粼的波光，就像一面闪耀着光芒的镜子。李煜黝黑的身条砸破那面镜子，如一条矫捷的鱼，"嗖"地一下隐没在了亮灿灿的水中。随着人群发出的喝彩声，镜子碎成了千万片，反射出千万个太阳。站在桥上的人们用眼睛在水里搜寻李煜的身影，直等到那些破碎的镜子又合成了整面的镜子，依然未见李煜浮出水面。人群中开始冒出一些杂乱的声音，年老的人已经在打听谁家有小船可以下水救人。忽听有人指着三十米开外的远处大叫："看啊，这条鲤鱼，潜那么远啦！"

人们随着眼尖人的手指方向看去，果然见一团黑发的头颅在水波中上下出没，偶尔可见极其标准的双臂划水姿势。人群再次发出大声的喝彩："可真是鲤鱼精投胎，下了水像是找到了家门，落位得很啊！"

李煜就这样从运河的暮紫桥头向东游到了水闸，那段水路大约有一百米，人们还未从惶恐与惊喜中清醒过来，他便结束了这五月的百米游泳。李煜在人们的赞叹声中上了岸，湿淋淋着身子说："气枪的声音太窝塞了，怎么能和真正的发令抢比，本来我入水还要快，这气枪弄得我忽悠了一下，还以为谁放了一个响屁，等我弄清楚是发令，再跳，就慢了半秒了。"

人们被他说得目瞪口呆哑口无言，然而摆在面前的事实却证明，李煜的百米游泳速度在刘湾镇上确是无人匹敌的。人们这才开始相信，这个算盘打得叮当响的商贸社小会计的确还是一个游泳健将，李煜的游泳才能在刘湾镇人面前初露端倪了。从此以后，“鲤鱼”的绰号便成为了小会计终身的称呼。

在刘湾镇上，一个会计的地位远没有一个游泳健将高，体力的强健较之脑力的胜出一筹更令人敬佩。因此李煜是很愿意人们叫他“鲤鱼”而非“李会计”的，他把这个绰号当作刘湾人赠予他的荣誉。但是，每次人们在李煜面前大加赞誉他那次百米游泳壮举时，他总是扬一扬下巴轻描淡写地说：“这有什么稀奇，在刘湾镇上拿第一是不稀奇的，要不是生病退出了少体校，我早就在县里、市里拿第一了。”

刘湾镇人已经确信，这个其貌不扬的小男人在县里或者市里拿下一个游泳冠军是绝对有可能的。李煜也好似不断地在证实着自己的实力，既然大家都叫他“鲤鱼”，那他必定要对得起这个称号，所以此后的每年，李煜总是要选择一个春天即将过去、一般人还不敢下水的日子去验证他“鲤鱼”的荣誉是否依然可靠和巩固。

二

那些日子，李煜住在商贸社集体宿舍里，他常常用一只火油炉子煮青菜泡饭吃，偶尔去肉庄买两斤骨头熬汤喝，斩肉的老宋总是说：“鲤鱼蹿个子了，这些天见长啊！”

李煜嘟哝着说：“我阿爹活着时有你一般高，我姆妈要比你们家红花还高，我只不过是后发头，长得晚一些，蹿得更高呢，都这样说的。”

老宋哈哈大笑，手里称着的肉骨头就会莫名其妙地多出半斤四两来，李煜的骨头汤就熬得脂膏更浓腴一些，喝起来味道也更煞口了。这样，李煜的个子也像春天的竹笋一样，一夜间便蹿得老高了。

红花是老宋的独生女儿，在商贸社当出纳，与李煜是背对背办公桌。宋红花长得又高又瘦，脸庞削尖脖子细长，丝毫没有因为从小到大比别人多吃了肉而长得丰满肥壮一些，这女子的长相实在是有些对不起她肉庄上工作的父亲老宋的。李煜坐在她身后，却总能闻到她身上源源不断地散发出一些类似生肉的气味，这气味让李煜常常误以为自己是坐在了肉庄后面的屠宰场里。李煜刚进商贸社工作时，宋红花已经在出纳的办公桌上坐了半年了。李煜算盘拨得比宋红花好，可个子却远没有宋红花高。宋红花和刘湾镇上的任何一个年轻女子一样，说话直别别哗啦啦的响脆，做事手脚勤快动作利索，似乎从未见过她和谁撒娇，但对坐在她身后的李煜倒很是照顾体贴。

清明节那段时间，李煜每天冒着淅淅沥沥的雨从宿舍跑到办公室上班。鞋子湿了，宋红花把自己那双翠绿色塑料拖鞋往李煜面前一扔，李煜也不管那是一双女式拖鞋，满不在乎地把一双湿答答的脚穿进去，任凭宋红花提着他的湿鞋子出去，挂到办公室门外房檐下的铁钩子上晾着。为此，人们总是把李煜和宋红花挂在口上开玩笑："鲤鱼你找个浦东大娘子是不错的，大娘子会照顾人，况且宋红花的爹是卖肉的，这可是刘湾镇上最好的差事了。"

李煜却不屑地回答："我是不会讨刘湾镇上的女人做娘子的，刘湾镇实在太小了，窝在这里是一辈子没有出头机会的，而且宋红花也太高太瘦了，我不喜欢象竹竿一样的女人。"

人们便点头赞同："鲤鱼找刘湾镇上的女人是委屈他的，他游泳那么好，算盘打得又好，刘湾镇上哪里有压得住他的女人？"

那一年的五月，当人们再次拥着李煜走向刘湾镇南街暮紫桥边时，他们发现这个小个子男人脱掉衣裤做完伸展运动和踢腿运动后，已经不再需要高个子男人把他托上桥墩了。他用两手撑住水泥墩子猛一跃，便爬上桥墩站了上去。人们注意到，小会计黑黝黝的背脊梁也宽了一圈，厚墩墩实沉沉的像个男人了。

这两年里，李煜从一个一米五八的孩子爆长到一米七二，他以他突飞猛进的成长在刘湾镇人面前再次证实了他的速度优势。人们提到李煜时，脸上便情不自禁地流露出由衷的叹为观止的表情。

这个五月里，李煜以他一米七十二的身体站在暮紫桥桥墩上，桥北边的陶瓷店和桥南边的杂货店里，营业员或者顾客们清楚地看见，有着黝黑的皮肤和窜条鱼般流线体型的男人鹤立鸡群的样子。

这一回，李煜的游程不再是一百米，他扬言要从暮紫桥一路向东游，过刘湾镇三号水闸，再过红旗大队二号水闸，一直到滨海大队一号水闸，然后游到东海滩边。当他宣布他将游经三个水闸两个生产队共六里水路时，人群顿时炸锅了。有人问："你中途是不是要休息的?"

李煜轻蔑地看了一眼问话的人，都不屑于回答。旁边就有人帮他回答："哪能休息的?这一路休息游到明天都可以，哪能算数的。"

又有人问："要不要吃东西喝水的?肚子饿了怎么办?嘴巴干了怎么办?"

还是有人替他回答了："怎么能吃东西?你见过马拉松比赛的时候边跑步边咬塌饼吃的吗?嘴巴干就喝河水，在水里游着还怕嘴巴干啊。"

还有人问："要不要有人跟着?否则怎么算数，没人作证，哪能知道他有没有吃东西、有没有休息?"

就有人自告奋勇地推了永久牌或者凤凰牌自行车，准备一路跟着李煜。这当儿，李煜始终抿着嘴不说话，表情严肃神色庄重，倒是有点皇帝的样子了。只是光着身子看起来总有些别扭，是带着一张威严的脸到公共浴室去洗澡的皇帝样子。

又有人想到了发令枪，大声叫着："阿陆头，去把你家气枪拿来!"

李煜这才开口说话："不要发令枪了，放一枪就像放个屁，没什么用，长途游泳就不要发令枪了，也差不了那一秒种。"

所有人都表示赞同。此刻的李煜就是皇帝，说一不二的皇帝，他要往东就往东，他要往西就往西，他说不用发令枪就不用。什么都准备好了，踩自行车的人也把一条腿跨在了车座上随时准备出发了。李煜向着人群看了一眼，然后转过身子，紧了紧裤带，慢慢地弯下腰背，做好了入水预备动作。所有人都屏声静气地等着他"嗖"地一下跃入水中，一秒，两秒，三秒，安静得只听见桥下河水的哗哗声。人们不出声是替李煜紧张，差不多紧张得要背过气去了，忽听见一串铃铛般的笑声从桥南杂货店的二楼木阳台上飘过来。所有人都齐刷刷地把眼光从李煜身上转向那幢二层老式木楼。

一个梳着两条茁壮的麻花辫的女子正站在阳台上，她以一张圆润白皙的脸面对着桥头的人群。人们隐约看见，女子用白嫩的手掌捂住嘴巴，笑声从指缝间流泻而出，铃铛清脆的碰撞声随风传来。红色外套近乎妖娆的身影，在三十米开外桥墩上的李煜眼里，如一朵壮丽而巨大的月季花开得如火如荼。她站在阳台的木栏杆边，手拿一把木衣架，衣架上挂着一条滴水的月白裤衩。她似乎看到了暮紫桥上的人们都在注视她，便慌忙伸手探出，把衣架挂在阳台外的晾衣竹上，然后一转身进了深褐色的木门，不见了踪影。铃铛的碰撞声从木门里传出来，一直飘到桥头，就有些遥远了，但人们还是非常清晰地听到，清脆的笑声隔着门窗正不断继续着。那条月白裤衩在五月艳阳的照射下几近透明，人们看到一块明亮的白色布片在微风中轻轻飘荡，白兰花香皂的气味几乎飘到暮紫桥上，飘到观望着的人们敏锐的鼻息里。

李煜忽然转过身子说："谁把我的衣裳和裤子收拾一下，我游到海滩边没衣裳穿不行。"

人群忽然如从梦中集体苏醒了一般喧腾起来，就有人收拾起李煜的衣裤交给骑凤凰牌自行车的人。李煜这才再次弯下腰背，"嗖"地一下跃入五月的运河水，向着东海边遨游而去。

三

李煜马不停蹄地从刘湾镇南街暮紫桥头一路游到东海滩边，他在随行人的欢呼声中疲惫不堪地爬上岸后，便有些垂头丧气起来。骑凤凰牌自行车的人把李煜的衣服和裤子交给他并且安慰他说："水闸关着那也是没办法的事情，你总不可能从水闸底下钻过去，也不可能从水闸上跳过去。你已经很了不起了，刘湾镇上没有第二个人能和你比了。”

李煜的六里水路并未一气呵成，不是他缺少耐力和体力，而是在他游到二号水闸和一号水闸的时候，恰逢水闸关闭。李煜毕竟不是一条真正的鲤鱼，他无法以鲤鱼跳龙门的技术跃水闸而过，他中途上过两次岸。李煜爬上岸绕过水闸即刻又下水继续游，没有多耽搁一分钟。骑永久牌和凤凰牌自行车跟着的人以临时裁判的身份经过协商讨论后，宣布了权威性的结论：李煜上岸只是为了过水闸，不应该算犯规。于是人们便一致认同了，李煜的长距离游泳成绩是有效的。

李煜在人们的簇拥下面无表情地套上他的白色衬衣和灰色工作裤，一跃跳上凤凰牌自行车后座，骑车人就带着他一路回刘湾镇。人们多半以为，李煜显得闷闷不乐是因为二号水闸和一号水闸不合时宜地横亘于他一往无前的遨游途中，给他此次长途游泳的壮举留下了不可挽回的遗憾。

事实上，李煜并没有生气，他只是忽然发现自己有了一些莫名其妙的心事，他的心事无法用他一贯使用的语言去表达。于他而言，人们的欢呼和赞美显得极其空洞和词不达意，那不是他此刻需要的东西。他看着兴奋无比的人们光芒四射的眼睛，那些人表现得比自己游下了六里水路还要激动，他们一路骑着自行车，一路描绘着李煜适才游泳时如何惊险如何千钧一发的情景，他们的交谈使李煜的游泳充满了挑战自然、挑战自我的豪迈和壮烈。嘈杂的声音在李煜的耳朵里像隔着云山雾海一样遥远而朦胧，倒是起跳前听见的那串铃铛般的笑声，充斥了他此刻有些虚空了思维的头脑。

三五辆自行车一路凯旋，暮紫桥上依然有稀稀落落的人头等候着。自行车经过桥南杂货店二层木楼时，李煜抬头向上看去。木栅栏围住的阳台上空无一人，积了很厚的灰尘的玻璃窗里只有一片空洞的黑色，根本无法看清内里的一切。只有那条月白色的裤衩依然挂在伸出阳台的竹竿上，它像一面白色透明的旗帜在李煜头顶上呼啦啦飞扬着，依稀飘逸出白兰花香皂的气味，只是不再有水滴答而下。

李煜终于游完了漫长的六里水路。长途游泳的成功使李煜在刘湾镇上的声誉达到了鼎盛，他像一个明星一样，走到哪里都有追随者，即便是去一趟街边的公共厕所，在他一边解裤扣一边往坑位里挤时，也会有人认出这个男人就是刘湾镇上鼎鼎大名的游泳天才“鲤鱼”。那人便会趴在厕所坑位的木门上与他搭讪起来：“你就是鲤鱼吧？明年你打算游到哪里？你做啥不去考游泳队？你要参加游泳队，那上海冠军还不是你随便拿的？全国冠军都有可能吧？”

尽管李煜的确很像一个游泳冠军，并且他也曾经有过想当游泳冠军的理想，但李煜并不是一个高傲的人，因此当他蹲在厕所里，仰望着趴在坑位木门上的人喋喋不休的提问时，他总是不好意思拒绝这么热情的刘湾镇人。他一边使劲排泄，一边抽空在哼哼哈哈中回答提问，这样，李煜上厕所的速度就不如以前快了。这难免让等在后面解内急的人有些不耐烦起来，但人们还是很顾全这个游泳天才的面子而没有当面开销他，可是日后，上厕所的人就不太愿意让位给一贯喜欢抢档的李煜了。

从上厕所的变化开始，人们发现李煜在食堂吃饭的速度也远不如过去快了。他总是磨蹭到最后一个进食堂，直把四两米饭一客青菜豆腐吃到食堂里空无一人，阿五婶婶把一快黑不溜秋的脏抹布伸到了他的饭盆前，他才慢条斯理地站起来，去水池边洗他那两只白色搪瓷碗盏了。人们都说，李煜一改速度取胜的过去，现在是要以耐力取胜了。

人们的确看出来李煜有些想改变行事风格的苗头。最令人惊讶的是，李煜常常在午饭后去暮紫桥边，趴在桥墩上向着桥南杂货店方向长久地张望。杂货店里的姜来娣说，有一次鲤鱼就这样趴在桥墩上，目不转睛地看着她，长达半小时之久。姜来娣沾沾自喜地描述着李煜痴迷的眼神时，先把自己的脸羞红了。姜来娣基本上在每天午后时段当班，她站在杂货店的油酱柜台前看到李煜遥远而迷茫的眼神时，年轻的她以为，李煜每日午后的眺望是冲着她而去的。那段日子，姜来娣充满了萝卜干和甜酱瓜气味的身上，多半会蔓延出一种妖娆羞怯的暧昧姿态。

姜来娣的师傅王福弟以他老辣而明察秋毫的眼睛在午后时段观察了几天，他告诉自己的徒弟：“来娣，鲤鱼不是在看你，他在看楼上易家的阳台。”

“你怎么晓得他在看楼上易家的阳台？楼上易家早就没人住了，鲤鱼怎么可能去看阳台，师傅你又瞎讲了。”

“这倒也是，自从这幢房子成了杂货店后，易家就不住这里了，鲤鱼做啥老要看楼上呢？”王福弟似乎有些无法确定李煜的眼光究竟落在哪里了。姜来娣便日复一日地在李煜似是而非的眼光里翘着兰花指，羞答答嗲兮兮地为刘湾镇上的人们打酱油、称萝卜干和甜酱瓜。

至于杂货店楼上的易家，刘湾镇人都是了如指掌的。易家的这幢二层木楼在当年的刘湾镇上，也算是独一无二的毫宅了。易先生早年开私人诊所，据说他曾经看病看死过人，他是赚了不少黑心钱造起了这幢房子，所以后来被抓了。从牢里放出来后，易先生就发疯死了，具体怎么死的，人们似乎没有一个统一而明确的断言。只见到那天清晨，易先生穿着古老而破旧的长衫在刘湾镇南街上狂奔，身后跟着他美貌不再的妻子和他的独生女儿易美芳。小女孩被母亲拉着手，踉跄着小脚紧紧跟着父亲跑，脚上的红色搭袢布鞋踩着南街的台硌路面，发出凌乱的声响。一家人大哭小喊，招来了无数的围观者。

几天以后，易家楼上传出了凄惨而尖锐的哭声，那哭声搀和了两种不同的音色，其中带着童稚的哭喊“爹爹”的声音尤其惨烈凄厉，令刘湾镇人听来毛骨悚然不寒而栗。易先生死了，大家都说他是疯死的。

那以后，易家就从刘湾镇上消失了，据说是移居六十里外的乡下老家了。后来，那幢小楼的底层做了杂货店的店堂，二层一直空关着无人居住。在刘湾镇人的记忆中，易美芳幼小的形象与她那双红色搭袢布鞋不可分割。

高挑清秀的红衣女子站在杂货店二楼阳台上，隐约显露出她月季花般的身影时，正是李煜预备纵身跳入运河的那个午后。人们把注意力都集中在了李煜身上，杂货店二楼阳台上怪异的景象暂时被人们遗忘了。但是当人们渐渐从李煜遨游六里运河的盛事中平静下来后，一些年纪大的刘湾镇人还是回忆起了那日午后，小楼阳台上传来铃铛般的清脆笑声，一个少女的笑声。

李煜就是从那天开始，喜欢独自站在南街暮紫桥的桥墩边，长久地凝望桌杂货店楼上的阳台。可是李煜与所有的刘湾镇人一样，他没有听到铃铛般的笑声再次从阳台上传来，也没有再见到过拿着一只木衣架，在阳台上晾晒着一条月白裤衩的女子红色的身影。

四

那个五月过后的夏天，每天傍晚时分，刘湾镇人多半会在吃过夜饭后滚着旧轮胎、提着木脚桶，到运河里抢占一席之地，把身子埋在水中，以解除一天的劳累和暑气。暮紫桥上的晚风总是要比别处更清凉爽气一些，因此在太阳落山后，南街暮紫桥头总是聚集着众多的人，他们摇着蒲扇在那里乘凉，一直要等到夜幕降临暑气渐消，才端着小凳子拿着蒲扇，回到暮紫桥南北运河两岸密集而破陋的屋子里去睡觉。这时候，整个刘湾镇才进入了静谧的黑暗中，一些诸如苦荆树或者枇杷树的低矮植物在夜风中稍稍摆动，台硌路上没有灯光，只有暮紫桥上所剩无几的乘凉人，他们寥落的说话声依然在夜风中轻轻传播。

李煜就是在这一年夏天的很多个夜晚时分，成为暮紫桥上最后几个乘凉人的其中之一。他总是默无声息地听着一些好事之人东家长西家短的纳凉故事，这种时候也是最适合讲一些诡异的故事的，并且他们总是鬼使神差地把话题转到易家的传闻上去。他们靠在桥墩上，一眼便能看见桥南的杂货店，和杂货店楼上木栏杆阳台后漆黑的窗户，窗户里从未亮起过灯火，离奇古怪的传闻却经久不衰地在人们口中一传再传，易家人的身世被传得越发神秘而鬼魅起来。

有一回乘凉，已是过了九点时分，暮紫桥上只剩下杂货店王福弟师傅、李煜和几个年轻男人。王福弟师傅说："这幢房子风水不好，易家以前多风光啊，易先生是个顶顶和善的人，易先生的女人易师母是刘湾镇上的第一美人，他们有一个独养囡，叫易美芳，这女小囡长得是又好看又乖灵，聪明是像了易先生，才多大点就能背诵几百首古诗了，漂亮是像了易师母，大眼睛，白皮肤，实在讨人喜欢。易先生家照理过的是别人家无法比的好日子，可自从造了这幢小楼，好日子却渐渐败了下来。这块临河的地里埋过一个叫花子，这块地的风水不好是肯定的。”

年轻人对王福弟师傅的说法有些不屑一顾，年轻人读的书总要比老师傅多一些，因此年轻人说出来的话也要比老师傅更有道理一些。年轻人说：“易先生发疯是因为受了刺激，一个开诊所的医生哪里经得起牢里的折磨？”

王福弟露出倚老卖老的不屑神色反驳年轻人：“你年纪小不晓得，易先生看病是治好了不少人，可是那年他医死过一个叫花子，他把叫花子埋在了运河边。后来他在那里造了这幢小楼，冤死鬼就作怪了。”

叫花子的事情，年轻人是听说过一些的，王福弟这么一说，他肚子里就没有更多可以反驳的知识了。所有听故事的人也都一致点头赞同王福弟的说法，毕竟他是一个见多识广的老人，刘湾镇上的事儿，哪里能逃过他历经沧桑的眼睛。

那年寒冬腊月天里，有一个叫花子一路乞讨到刘湾镇。衣衫褴褛的叫花子在傍晚的寒风中站在易家诊所门前，叫花子对着门槛里穿锦缎棉袍的易师母说：“太太，给碗粥喝吧！”

易师母盛了满满一碗白米饭倒进叫花子的碗里说，“快吃吧，看你饿成什么样了。”

坐在书桌边抄方子的易先生抬起头，看了一眼叫花子肮脏斑驳的脸，说：“等等！”

易先生站起来，拿出一个贴着标签的大瓶子，取出几颗药丸，装进一个小纸袋，走到门口交给叫花子：“你身上有病，你肚子里的蛔虫已经多得要从喉咙里爬出来了，你先不要吃饭，饭吃下去装进肚子也是给蛔虫吃掉的，你先吃了这药，把蛔虫打下来再吃饭。”

叫花子吃下了易先生给的药，端着易师母给的饭走了。第二天，早起的扫街人发现易家诊所边的弄堂里，一个衣不蔽体的乞丐面朝土地屁股朝天，在冬天的清晨里已死去多时。一只蓝边破碗摔碎在他身边，白饭撒了一地，也撒在叫花子裸露着的屁股上。成群的蛔虫在地上和叫花子屁股上的饭米碎里蠕动着纠缠成一团团，场面很有些声势浩大。易先生给的那几颗药果然打下了叫花子肚子里的蛔虫，但不知道什么原因，叫花子却无法停止他呕心沥血般的排泄。他很想快快把肚子里的蛔虫拉完，然后去吃易师母给的那一碗白亮亮的大米饭，但那些搀和着蛔虫的排泄物却源源不断地往外涌，挡都挡不住。叫花子终于在长久的下蹲动作以及对那碗白饭无限的渴望中，一头栽在地上死了。

按照易先生的推断，叫花子长时间蹲着，然后在忽然站起来时，因为大脑缺血而昏迷。昏迷导致他躺在腊月天的夜里被冻僵了，冻僵后的叫花子又饿着肚子，所以最后，他是在饥寒交迫中死去的。

这样的后果的确是易先生没有预料到的，这是他的错。为了弥补自己的过失，他把叫花子洗刷干净，拿自己的衣服给他穿上，然后置办了简单的棺木，埋在了自家的宅基地里，就是暮紫桥南端的运河边，现在的杂货店小楼的那块地。

王福弟在回忆当年的叫花子事件时，总是以一团团蛔虫纠结在叫花子被冻成乌紫色的屁股上的壮观场面结束他唏嘘哀叹的讲述。李煜从他的讲述中听出，以王福弟为代表的刘湾镇人并不认为易先生有多大的过错，他们认为，那个叫花子死在这样寒冷的腊月里，是迟早的事情，只是正好死在吃了易先生给的蛔虫药之后，那便是易先生的倒霉日子即将来临的先兆了。所以日后易先生因为此事被抓时，人们都无可奈何地叹息着：易先生走霉运是天数啊！叫花子似乎成了易家从鼎盛走向没落的转折性人物。

这一晚，暮紫桥上的乘凉人正兴致勃勃地谈论着易家的盛衰时，忽然发现桥南三十米外杂货店二楼的窗口忽然亮起了闪烁的灯火。昏黄的火光在七月朦胧的月色下隐隐绰绰、忽明忽暗，所有人都张大嘴巴几乎惊叫起来，但没有人真的叫出声。他们认为，在这样的夜晚回忆死人的故事，会让屈死鬼因为感动而回到人间，他们是为感谢怀念着他的人们而来的，因此大家都确定，小楼二层窗户里的灯火，正是由于他们议论着故去的易先生而招来了易先生的亡灵。他们屏声静气盯着二层木窗棂里越发亮起来的灯火，谁也不敢出声。窗户里的亮光在摇摆闪烁一阵后停顿了下来，然后，蒙着薄纱布帘子的玻璃窗上印出了一个轻轻晃动的婀娜身影，似乎是梳着两条长辫子的头，圆圆的肩膀，和肩膀下稍稍隆起的部位。

他们不约而同地想到，不久前的五月里，那个站在阳台上发出铃铛般的笑声、穿红色上衣的女子。窗户上的影子缓慢地飘移，似乎在走动和坐下之间变换着。人们观察了许久，发现这个影子只是停留在小楼窗户里面，并未飘忽着往暮紫桥上移动，于是议论声再次响起。对于这个身影是否是鬼魂的争论，便开始在深夜的暮紫桥头最后几个乘凉人中蔓延而开。

大家用眼光搜寻德高望重见多识广的王福弟师傅。王福弟用他那只长着两片褐色老人斑的右手捂住嘴巴，打了一个响亮的哈欠，说："我要困觉去了，明早还要上班的。"

刚说完这句话，人们便发现，这个适才还如说书先生一般，因绘声绘色地讲述着易家故事而唾沫飞溅的老男人，顷刻间已把自己隐没在了夜色中，不见了人影。事实上，王福弟的确是害怕了，因为在说易家故事时，他是最起劲、话最多的一个。当他看到杂货店二楼的灯火和玻璃窗上的影子后，他比所有人都更加害怕起来。他怕易先生的冤魂会飘悠过来抱住他，然后在他怀里痛哭一场，因此他站在几个年轻人中间，以虚弱的镇定态度表示自己已经很困乏了，必须去睡觉了。然后他便迅速逃回了自己家，反锁房门，钻进了挂着蚊帐的床。他轻微颤抖的身体让他对自己痛恨不已，但他确实无法停止自己的颤抖，易家小楼窗户里的灯火，让这个见识过刘湾镇历史的老男人在这个七月的夜里惶恐不安。

暮紫桥上乘凉的那些人在王福弟离开后，都纷纷打起了哈欠："真是倦了，该回家困觉了，蚊子真多，把我的腿咬成赤豆糕了，回家钻帐子去了……"

桥上的乘凉人本已不多，最后只剩下了三个胆子大的男人，继续观察着杂货店二楼的灯火，李煜也在其中。那个婀娜的身影依然以其鬼魅的晃动吸引着这三个男人，一个男人有些蠢蠢欲动，说是不是去敲门看看会有谁来开门。另一个男人没有响应，提出建议的男人虚张声势地说怕什么，这有什么好怕的。

另一个男人说：“那你去啊，你去了，我们就封你为‘刘湾镇第一大胆’。”

事实上他们谁也没有迈开脚步朝杂货店的方向走去。

李煜沉默了片刻，忽然说：“我去试试吧！”

两个男人看着李煜，脸上露出钦佩的神色，这个鲤鱼，总是能做出一些令刘湾镇人无比震惊的事情。可是好奇心还是让他们一边退缩着自己的身体，一边怂恿着李煜，敲开杂货店边上通往二层楼梯间的那扇木门，就是“刘湾镇第一大胆”了。

李煜把卷到胸膛口的白汗衫放下来拉拉平整，抬着头挺着胸往桥南走去，很有些大义凛然的意思。两个男人远远地看着他走向黑暗的桥头，他在他们的注视中走下桥坡，走到杂货店旁边的楼梯间门口。那扇常年关闭着的褐色木门因无人打扫而积满灰尘。李煜伸手在门上轻轻推了一下，门上的铜环在黑暗中发出一记钝重的碰撞声，然后，那扇门居然“吱呀”一声漏出了缝隙。

李煜发现门没锁，那扇门居然没锁。他便像一名准备深入虎穴的战士一样，回头往暮紫桥方向看了一眼，事实上他已无法看清楚桥上的两个人是否还在注视着他，他只能看见黑漆漆的夜色中，暮紫桥上的水泥桥墩在月色下散发出微弱的白光。但他还是朝着桥端眺望了一眼，然后回头，推开木门，闪身进去了。

两个男人瞠目结舌地看着李煜消失在门洞里，接着，他们发现，二楼窗户里的灯火似乎跳跃起来，那个婀娜的影子并未剧烈动荡，只轻微摇晃了几下，而后，便恢复了无声无息的安静状态。

半小时过去了，两个男人开始焦急起来，然后，他们看到二楼的灯火忽然熄灭了。谁也不敢提出前去营救李煜，他们猜测着，那小楼里可能出了什么事故。他们相互安慰着：“不会有事的，怎么可能有事。”

的确没有什么事故发生。几分钟后，李煜从门洞里闪了出来。他带上门，往桥头走来。两个男人发现他脚步镇定脸色平静，毫无紧张不安的表情，待他走上桥，他们便奔上去争先恐后地问："你见到什么了？那个影子是谁？"

李煜轻轻一笑说："什么也没有，就是一件挂在窗户边的衣裳。"

"那灯光是哪里来的？"一个男人问

李煜回答得有些漫不经心："没什么灯光，是后窗外有人烧草料的火光。"

两个男人松了口气，紧接着，心里便开始懊丧起来。被李煜占去了"刘湾镇第一大胆"称号，他们是颇觉冤枉的，随后开始愤愤不平："操，我早就晓得没什么鬼啊妖啊的，都是人吓人。"

李煜在两个男人的笑骂声中回头看了一眼桥南小楼二层的窗户，然后朝桥北商贸社集体宿舍方向走去。七月的夜风把他微皱的白汗衫吹得轻轻鼓起，背脊上，扇面大的一滩汗迹在夜色中依稀可见。

五

刘湾镇人在秋天和冬天里依然每天过暮紫桥去杂货店买东西，但很少有人会在桥头停留。人们在杂货店里打酱油买肥皂草纸的时候，偶尔还能看见李煜从桥上匆匆走过，只是不再见他趴在桥墩上长久注视着杂货店二楼的阳台。但还是有几个经过暮紫桥去毛巾厂或者镀锌厂上夜班的人看见，入夜后的暮紫桥和杂货店之间，常常有李煜走动的影子。那时分，杂货店已经打烊了，运河发出沉重的浪涛拍击声。年轻的李煜独自出现在漆黑的南街，常常让上夜班的人吓出一身冷汗。待看清楚是李煜，就有人开始骂起来："好你个大胆鲤鱼，三更半夜跑出来吓唬人是不作兴的，人吓人要吓死人的。"

李煜也不辩解，只对路人嘿嘿笑两声，笑完便继续走自己的路。夏天那夜独自上杂货店二楼探险的故事在刘湾镇上传开之后，人们又在鲤鱼的称号前冠以"大胆"二字。"大胆鲤鱼"常常在夜晚的运河边独自行走，他的行为在人们的眼中既是怪异的，又十分在情理之中。自打李煜来到刘湾镇工作之后，他一贯以他超常的举动令人们对他不甚理解，比如五月运河的游泳壮举，比如夜晚独闯易家老楼探险。几年下来，人们已经习惯了李煜的怪异，这怪异并未改变刘湾镇人对他的好感，人们看着他从一个一米六都不到的小孩长成了像模像样的小伙子，除了一些奇怪的行为以外，李煜这个人，待人还是很热心的，工作也是很认真的，所以他还是很讨人喜欢的。

肉庄里的老宋预备请一个媒人，宋红花到了找对象的岁数了。老宋有自己的打算，他要把女儿宋红花许配给李煜，这个小伙子，他是很看得上眼的。那时候，李煜正沉浸于站在暮紫桥上对杂货店二楼阳台的午后观望中不可自拔。老宋的女儿宋红花依然在李煜冒雨来上班湿了鞋子时，替他把臭烘烘的湿鞋挂到办公室外的房檐上去晾着。

老宋请的媒人就是刘湾镇商贸社主任毛根勇，他是李煜和宋红花的领导。老宋提着一条猪后腿去毛主任的家里请求他替自己的女儿做媒，毛主任点燃一根飞马牌香烟，猛吸一口，然后在他那张四方脸上露出了由衷的笑容。他点了点硕大的脑袋说："老宋，你是我们商业社的老职工了，红花是商业社的出纳，你们一家都在为商业社做贡献，所以你家里的事情就是商业社的事情。红花是个好姑娘，她工作很努力，李煜是个好小伙子，他算盘打得响当当，为我们刘湾镇商贸社争得了不少荣誉。红花和李煜都做财会工作，以后他们结合了，对工作是有帮助的。所以，把他们两个撮合起来我是十分赞成的。当然，真的成功了，其中一个人的工作还是要调动的，会计和出纳不能是一家人。"

毛主任一边说，老宋一边频频点着他肥嘟嘟的脑袋："是的是的，主任说得是，我也是这么考虑才请您做媒，您做媒人是保险能成事的。"

毛主任哈哈一笑说："那没问题，不过现在不能叫做媒，现在叫介绍人，我只是介绍一下男女双方认识，当然红花和李煜本来就认识，我的作用是鼓励一下他们，让他们进一步认识对方，是不是老宋？"

老宋的头点得像剁肉的斩刀一样有力，介绍人的事情就这样说定了。第二天，毛主任果然找李煜谈话了。李煜知道毛主任郑重其事找他谈话是为了给他做媒，便用很不屑的口吻对毛主任说："我是不会在刘湾镇上待下去的，我还有很多要干的事情，我要是在刘湾镇上成家了，还能离开这里出去干我想干的事情吗？还有，宋红花身上有一股生肉气味，要是和她一起过日子，我会以为自己每天和一个女屠夫生活在一起，这就比较难受了；还有，宋红花说话声音太响了，还有，她太瘦……"

总之，把宋红花介绍给他，李煜是百般推托，毫无积极性。可是后来，李煜与宋红花谈对象的消息还是在刘湾镇上不胫而走。虽然李煜对这桩婚事的态度有些勉强，但刘湾镇人却认为这姻缘还是颇为门当户对的。至于毛主任与李煜谈话的内容，除了李煜，别人是不可能知道的。毛主任居然成功了，他让不想在刘湾镇久居的李煜与土生土长的宋红花谈恋爱了。有人说，那是因为毛主任答应李煜，只要留在刘湾镇商贸社，将来他就是主任的革命接班人。尽管这是他们的猜测，但人们都看出来，毛主任对这个业务上很拿得出手的小伙子的确是十分喜欢的，以这条"鲤鱼"在工作上的出色表现，日后当上刘湾镇商贸社的一官半职，那完全是有可能的。老宋凭他商贸社老职工的经验找毛主任做媒人的确是英明之举。

杂货店的姜来娣为此郁闷了好多天，她的师傅王福弟劝她说："鲤鱼这个人，你是压不住他的，你就不要有什么想头了，他压根就不是配给你这样的姑娘做官人的。"

"我什么时候有过想头了？这种男人是嫁不得的，什么时候心血来潮往运河里一跳，替他担心都来不及，要不就是往别人都不敢去的地方一钻，你都不晓得他在干啥，他的心不在刘湾镇上，他可是一心要往外跑的人，这种男人怎么要得，太不稳重了。"

姜来娣的话讲得不是没有道理，但姜来娣还是因为李煜有了对象而心生窝囊气。那段日子，她站在油酱柜台前的身体总是趔趄着，脸也拉成了驴样，为顾客打酱油称萝卜干甜酱瓜的时候，也不再翘起她的兰花指，可她身上的油酱味还是一如既往的地道。

肉庄的老宋看中李煜也有他的道理。这个小伙子看起来很是与众不同，老宋断定，他是一定会有与众不同的未来的。李煜一来刘湾镇就拿下了珠算比赛的第一名，至今没有人能夺下他的冠军宝座，后来他又成了刘湾镇上的游泳冠军，游泳能游得那么好，表示他的身体是很健康的，身体是革命的本钱，身体也是传宗接代的本钱。膝下只有一女宋红花的老宋强烈地希望，李煜能担负起宋家传宗接代的重任。况且李煜是外乡人，一旦在刘湾镇上结婚，等于是入赘了这家人家了。

可是李煜的心不在焉还是让老宋有些担忧，他反复上媒人家小坐，送去肋条肉、猪下水、或者咸脚爪，以此表达他对毛主任毫不怀疑的信任。毛主任当然是重任在身，找李煜谈话的次数越发多了起来。

李煜终于在这一年快过春节时，提着香烟和老酒到了老宋家的门。屠夫出身的老宋家在刘湾镇边的宋家宅里，占据着单门独户的两间瓦房。走进低矮的屋子，光线并不充足，但李煜还是看到发黄的石灰墙壁上挂着一个镜框，里面是年轻的宋阿大在屠宰场上班时拍的照片，宋阿大站在一片片倒挂着的猪肉前，脸上堆着灿烂的、幸福的微笑；还有染着彩色颜料的一个女人的半身照，脸蛋红而圆，是因了风吹日晒积攒起来的那种红，照片里的女人脸上的笑，便像某一部战争影片里的解放区姑娘了。李煜想，这大概就是我已经死去的未来丈母娘了。镜框旁边是几张大小不一的奖状，有宋红花同学光荣获得红小兵标兵以致鼓励的小奖状，有宋阿大于县年度屠宰比赛中荣获剥猪皮第一名的大奖状。

老宋家里的简陋陈设显出这家人的日子并不十分富裕，但毕竟老宋是在肉庄上班的，所以他们家的吃食还是很有点油水的。这一天，老宋和李煜在一张木头矮方桌边相对而坐，他们各自喝着一瓶三两装的小炮仗，桌上的红烧肉和咸猪脚炖酥豆在小炮仗浓烈的酒香中显得美味无比。老宋喝了两口酒，便开始回忆起年轻时在屠宰场里面对成群结队的生猪呼风唤雨的豪迈往事。据他自己说，他能用短短六分二十五秒把一张猪皮毫无破损地从一头猪身上剥下来。他伸出油汪汪的手，指着墙上的奖状说：“我就这样得了全县的剥猪皮第一名。我就是刮猪毛不拿手，掏猪肠、剔猪骨什么的我都行，如果我刮猪毛也行的话，我就可以拿全能冠军了。”

李煜听着老宋的回忆，脸上有些不以为然的表情，但他还是举起酒盅说：“您老人家的技术可真是称得上庖丁解牛啊。”

老宋是不懂什么叫庖丁解牛的，他更正李煜说：“不是牛，是猪，我是杀猪出身的。你还别说，我们是有缘分的，你是珠算冠军，我是剥猪皮冠军，我们都是冠军，所以我们是前世有缘啊！”

李煜就说：“珠算冠军不算什么，我小时候是少体校游泳队的，要不是生了一场病，我早就是市游泳队的人了，说不定已经是全国游泳冠军了。”

老宋连连点头说：“是是，你要是进不去市游泳队，那整个上海就没有人能进了。你小时候得了一场病也不能怪你，只能怪命。不过现在这样也很好，你还是冠军，你是珠算冠军。不管是游泳冠军还是珠算冠军，讨老婆养孩子还是要的。再说，讨了老婆还是可以游泳的，这没什么影响，游泳这件事情，我是支持你的，你就大胆游吧，结了婚还可以游，你可以一直游到老，游到死，完全可以。来，喝酒！”

这一老一小在饭桌上畅谈着，本有些飘摇不定的亲事便显出了成功的征兆。李煜发现老宋是刘湾镇上唯一理解他的人，他居然支持自己一直游泳到老、游泳到死，这无疑让李煜感觉心头潮热激动无比。

三盏酒过，李煜便告诉自己，这门亲事，是可以考虑的。想想每次去肉庄买肉骨头时，老宋总是多称半斤或者四两给他，老宋对他的好，他是铭记在心的。宋红花无怨无悔地在每个下雨天替李煜晾那双臭烘烘的布鞋，也让李煜感激万分。虽说宋红花瘦了点，整个人像平板车一样毫无玲珑的曲线，说话也是粗声大气的，但宋家父女对自己的关照和在乎，让李煜感觉到，也许这就是他应该接受的生活。

李煜订婚了，现在，刘湾镇人已经很少能看到李煜在暮紫桥南边杂货店门口走动的身影。他没空干那些事了，他忙着打家具、攒布票油票，他要结婚了。就是不知道他结婚后还会不会再在每年的五月跳进运河里去游泳。如果不再游泳，那鲤鱼可就有些荒废了他的才能，可惜了一身好本事了。

六

又是一个将近尾声的春天到了，李煜自然没有提过要下水游泳。刘湾镇人看见李煜频繁地出没于丁木匠家里，据说，五斗橱已经做好了，樟木箱马桶箱夜壶箱也做好了，就差一张四尺半的双人床了。过了一段时间，人们又发现李煜常常带着一身油漆味从沈漆匠家里出来，大家就知道，家具已经开始上漆了。

老宋家那两间矮平房门口堆满了晒干的肉皮，房檐上挂着一条条风干的咸肉和咸鱼。那些天，宋家宅里的猫和狗被老宋家门口丰富的肉食气味勾引得神魂颠倒，整日在老宋家门口徘徊漫步，害得老宋晚上睡觉都不敢关门。猫狗们在老宋的严防死盯下始终没有下口的机会，于是，五月前的那些夜晚，老宋家的屋门口场地，成了宋家宅乃至方圆十里内的猫和狗们良好的交流或者斗殴场所。它们聚集在堆挂着肉皮和咸鱼肉的地方低声呜吠，在多次意欲去探询那些散发出腥臊气味的肉食时，它们总是挨到石头或者棍棒的袭击，但它们又不舍得离开这个充满诱惑的地方，于是无聊之极的动物们在老宋家周围陷入了一场声势浩大的多角恋爱、争风吃醋，以及繁衍后代的性情之战中。老宋的女儿和李煜要结婚了，那些猫和狗也借机完成了他们的春末交配工作，想必，这是一个适合结婚或者繁殖的季节。

五月就这样到了，李煜结婚的大喜日子定在五月一日。宋家宅离商贸社集体宿舍不过一里路程，这一里路程贯穿了刘湾镇最热闹的南街，李煜必须要经过商贸社办公室院子，走上大街，路过豆腐店、公共厕所和厕所旁边的胜利饭店，一路到桥北的陶瓷店，然后上暮紫桥，过桥南的杂货店，再一路往前走，宋家宅就到了。

风和日丽的五月一日正午时分，李煜穿着一件深蓝色中山装走过南街，从宋家宅里接了宋红花一路往回走。新郎喜气洋洋地从中山装口袋里掏出大前门香烟和双喜奶糖，不断抛洒给围观的人们，引起阵阵抢夺喜烟和喜糖的哄闹声。宋红花穿着紫红色两用衫和哔叽呢裤子，一张脸红扑扑粉嫩嫩的，显得分外娇美，原本瘦削的脸庞今日显得圆润水灵了许多。围观的人们争相议论着，这门亲事的确是美满而令人羡慕的。

李煜在人群的簇拥下走到了杂货店门口，姜来娣站在油酱柜台里看了一眼新娘子，酸溜溜地对她的师傅王福弟说："老宋是肉庄里做的，宋红花一定是吃着猪油长大的，所以才把一张脸养得这么滋润。"

王福弟师傅笑嘻嘻地看了徒弟一眼说："新娘子总是好看的，我当年结婚的时候，你师娘那才叫好看呢，不过女人是经不起结婚养小囡的，你看着吧，只要一养小囡，红花吃了二十多年的猪油也没法保住她那张油光鲜亮的脸蛋。"

姜来娣撇嘴笑笑说："那我就不结婚了，要是结婚了，我也不养小囡。"

王福弟就呵呵地笑出声音说："小姑娘下巴托托牢再讲话，我看你是讲昏话，女人哪能不结婚不养小囡，不结婚不养小囡的女人哪能叫女人。"

说话间，柜台上就有一支香烟和几粒糖扔了进来，王福弟笑着向店堂外的新郎官挥手点头，点着了烟，姜来娣剥开糖纸把喜糖塞进了嘴巴。接亲的队伍就这样过了杂货店门口，向着暮紫桥头走去。

五月的江南，风吹在身上暖洋洋的，暮紫桥下的运河里，黄色的水流有些湍急，两岸的房子挨得紧紧的，房子间夹杂着几颗苦荆树和枇杷树，在风里摇摆着稀疏的绿叶，那景致看上去有些萧条，却是将近复苏的萧条，并不荒凉，只是没有初入夏季的葱郁，这萧条，也因李煜接亲队伍的热闹和庞大显得微不足道。

就在李煜走上桥头的那一刻，忽然，他转过头向刚刚经过的杂货店小楼望了一眼。没有人注意李煜瞬间的回头张望，人们只看见李煜忽然停下了脚步，他拨开人群走向他多次站在上面跃下运河的桥墩，趴在桥墩上看了看桥下滔滔流动着的运河，接下来，李煜做了一件刘湾镇人无论如何也想不到的事情。

新郎官李煜用两只手掌撑住桥墩，一跃跳了上去，他穿着中山装的身体在五月阳光下的桥墩上，忽然重现历年来遨游运河时令人难以忘却的姿态。

李煜开始脱他那件深蓝色的中山装和同样颜色同样料子的长裤，他动作十分迅速，以至于当人们刚刚反应过来，发出此起彼伏的议论声时，他已经脱下了中山装里面崭新的绵绸白衬衫，露出了像窜条鱼一样黝黑的身体了。

人群中有人开始吆喝起来，人们回忆起了昔日李煜遨游六里运河的壮举，他们纷纷为这条“大胆鲤鱼”在结婚的当日脱掉新装将再次跃入运河而兴奋无比。李煜就这样在纷杂的人声中站立于桥墩上，他仔细系牢裤带，然后弯下腰背，做了一个起跳预备动作。李煜低头看着脚下的运河，水面因太阳的照耀闪烁着粼粼的波光，眼睛被光斑炫得疼痛无比。闪动着的水面强烈吸引着他，此刻，他似乎忘记了他正充当着新郎这个重要角色。他就那样站在桥墩上弯着腰背，轻轻摇晃着赤裸的身体，好似随时都会一跃而下。

自然就有人充当起了发令员：“一，二，三——”

李煜在纵身跳入运河前抬头看了一眼桥南杂货店二楼的阳台，他看见一个女子的红色身影在阳台上晾晒着的衣物中若隐若现。然后，他在临时发令员喊到“三”的时候从桥墩上跳了下去，一条有着黑色背脊的鱼跃入水中的矫捷身影在人们眼中长久凝固。人群发出一声巨大的喝彩，然后，人们看到这条鲤鱼在潜入水中许久后，出现在三十米开外的水面上，伸展着双臂向前方游去。他的动作依然那么标准，令观看的人们发出阵阵赞叹。

当人们沉浸在李煜令人惊叹的壮举中时，新娘宋红花正独自蹲在桥端嘤嘤哭泣。送亲的几个小姐妹围上去，她们用一块有花边的手帕替她擦着不断滚落而下的泪水。宋红花红扑扑的脸蛋因泪水的浸染而变得有些浮肿，又因不断被人擦着眼泪，脸上的皮肤出现了毛糙的皮屑。

李煜没有游出多远就被毛主任喊了上来。毛主任本来等在商贸社食堂里，准备着新娘一到就开喝喜酒。他是介绍人兼证婚人，所以他就坐在食堂里的主宾席上等着接亲队伍的到来。有人跑到食堂里来喊毛主任的时候，毛主任正在酝酿开席前的祝贺词。听说李煜在接新娘回来的路上忽然跳进运河里去游泳了，毛主任狠狠地跺了一下那双因参加婚礼而穿了新鞋子的脚说："这条鲤鱼，又胡闹了！"

毛主任跟着来人跑到运河边，果然看见暮紫桥上人山人海。运河里，李煜挥动着手臂在浑黄的水中逐浪前进。毛主任在岸上一路奔跑追上李煜，他对着正在河里奋力游着的李煜喊叫："你给我上来，今天是你结婚的日子你怎么跳下去游泳了，太不像话了，你给我上来！你再不上来我给你处分！"

李煜被人搀扶着回到暮紫桥上时，人们发现他一改往日从水里起来后骄傲自得的表情，居然面带悲色，并且他回到桥上，往湿淋淋的身上穿他那套中山装时，浑身剧烈颤抖着，嘴里发出牙齿碰撞的"哒哒"声。他穿好衣服，被毛主任赶着往桥北走去时，再次回头看了一眼桥南杂货店二楼的阳台，并且这一眼，他居然看了很久，他的眼睫毛被头发上滴下的水沾湿了，但人们还是清楚地看见了他眺望着桥南那幢小楼时定泱泱的眼神。

人们随着李煜的视线看去，他们惊讶地发现，杂货店二楼易家阳台上挂满了各种各样的衣服，鲜艳的缎子旗袍、暗花纹福字长衫、镶鼠灰裘皮毛边马褂、人字呢短大衣、洋格子披风……都是早年有钱人家穿戴的、如今不再时兴的衣物。木栅栏围住的阳台上挂着那么多衣服，就像黄梅天过去后，有人在出太阳的日子翻出箱子里的衣服来晒霉。可分明，吃粽子的时节还没到，黄梅天还早着呢。

阳光洒在易家小楼的阳台上，使那些好看的衣服呈现出瑰丽的色彩，诡异而美丽无比。那些排列整齐的衣服遮挡住了后面的门窗，人们无法看见到底是谁把那么多衣服挂出来晾晒的，而且这种衣服即便有，也早应该被抄家的搜去了，一般人家里不可能有，更不可能这么大张旗鼓地挂出来晒。

"只有寿衣店里才会有这么多漂亮的衣服聚在一起。"不知道谁脱口而出说了这句话。在李煜结婚的大喜日子里提到寿衣店是很不吉利的，因此尽管很多人都听到了寿衣店的说法，但人们只是在短暂的面面相觑后，让这不合时宜的说法憋在心里不再提及。

很多人确实因此而想起了寿衣店里那些折叠得平平整整、色彩绚丽的古式服装。人们忽然感到五月的风吹在身上有些阴冷，暮紫桥头晴朗的天空此刻显得潮气弥漫，尽管是在大白天，但易家小楼上那些古老而漂亮的衣服还是让人们心生隐隐的恐惧。

七

李煜摆在商贸社食堂里的婚礼酒席在四小拼盘的冷菜中开始，又在八个热炒中进入高潮，最后在四活灵大菜上全后，宴席告以结束。

人们之所以对李煜的结婚筵席记得如此清晰，是因为四拼盘八热炒和四活灵的菜肴，确实是那时候刘湾镇上最豪华的酒席了。厨师们把猪的一身竭尽利用，比如炒猪心、爆腰花、红烧猪肠、白切猪肚……从猪头到猪脚，从猪下水到猪皮，都是酒席上的美味佳肴。这一席酒菜成了刘湾镇人日后办结婚宴席的参考标准，人们反复提及这一年的五月一日，鲤鱼的婚礼是如何引人注目，鲤鱼的结婚喜宴是如何丰盛美味……当然，还有另外一个原因，这个原因多半让人们在垂涎欲滴中说完那些菜肴后，话锋一转，声音放轻了一倍，用耳语的神秘方式相互提出一些质疑。

杂货店的姜来娣和她师傅王福弟作为李煜婚礼的目击者，常常为一些不得而知的疑惑进行着无休止的讨论。

“师傅，你有没有发觉鲤鱼结婚那天的一张面孔啊，白得像纸头。”

“可不是吗？接到新娘子后自己倒跳进运河去游水了。”福弟师傅开始再次复述李煜结婚时令人不解的奇怪行径。

“鲤鱼在酒席上敬酒，手也在抖，脚也在抖，浑身都在抖，像是得了抖抖病。大概是下水游泳着凉了，发烧呢。”

“我看不是着凉，以前他也是这种季节下水，怎么不着凉？我看是闹鬼了，鲤鱼接了新娘子从易家小楼前走过，张张扬扬的，楼里的鬼看鲤鱼结婚不顺眼，就附在他身上弄得他不太平。”福弟师傅以他丰富的经验郑重地判断。

“听说有一次半夜里，鲤鱼一个人闯到易家小楼上去，男人们一起赌东道，没有人当真的，他却憨头憨脑一个人上了楼，大概是闯了鬼屋子得罪了易先生的魂灵了。”

“这小楼风水不好，我说过了，也不晓得是易先生的魂灵还是叫花子的魂灵在作怪，讲不清楚。”

“真是怪事。”

……

徒弟姜来娣和师傅王福弟的讨论终究在无果的结局中告一段落。

尽管李煜的婚礼在进行中颇有一些波折，但丰盛的酒宴还是冲淡了婚礼的不祥预兆，转而充满了喜气。李煜的结婚喜酒摆在商贸社食堂里，商贸社开全体职工大会也是在食堂里的，所以食堂里是有麦克风的。介绍人兼证婚人毛主任是要在开席前发言的，他发言的声音通过麦克风传遍了整个食堂的每一个角落，包括热气腾腾的厨房里正忙得晕头转向的大菜师傅们也听到了。毛主任把写在一张报告纸上的贺词念得慷慨激昂，他足足念了十分钟，最后他的声音开始渐渐放大，人们便知道，毛主任的讲话要接近尾声了。毛主任开会的时候就是这样，声音越来越大了，他的发言也差不多要结束了。所以人们听到他讲话的声音几乎像喊叫一般时，有人便拿起筷子做好了准备。

果然，毛主任用喊口号的声音对着麦克风说：“让我们以热烈的掌声祝贺李煜同志和宋红花同志喜结良缘，愿他们在革命征途上同心同德，携手前进！好了，吃吧。”

毛主任刚说完“好了，吃吧”，已经就位多时的人们便迫不及待地举起筷子，并没有多少人鼓掌，刹那间响起在食堂里的一片杯盘撞击口舌搅拌的声音替代了掌声，筷子和口水像枪林弹雨一般在各色菜肴间飞快地翻腾跳跃。毛主任站在台上孤独地击打了几下自己的手掌，然后才悻悻地入席。他摇了摇头想：怎么都像饿死鬼投胎呢，算了，我也赶紧吃吧，白切猪肚我喜欢，蘸蘸酱麻油味道是很不错的。

尽管新郎官李煜的脸色的确有点发白，手脚的确有些颤抖，但人们多半认为这是他下水后受凉了的原因。新娘宋红花因为先前在暮紫桥头哭过，所以眼皮有些红肿，脸也显得虚胖了许多。此刻，她发现她的婚礼已经转危为安，于是她哭红的眼睛里渐渐流露出了幸福的光芒，削尖的脸蛋上终于有了一些羞涩的笑意。

八

游泳天才李煜在五月一日轰轰烈烈地结婚了，婚后的李煜依然坐在财务办公室会计的位置上，每天弹奏着他那把发亮的红木算盘。宋红花调到棉布店做了收款员。宋红花坐在棉布店角落里那架高高的收款台上，手脚麻利地干着活，她的嘴和她的手一样一刻不停地忙碌着。宋红花坐在收款台上一抬头，就能看见头顶上很多根呈辐射状延伸的铁丝，铁丝连接到呢绒柜台、棉制品柜台、丝织品柜台和化纤柜台。营业员们在各自的柜台里剪下布料，把开好的发票和收下的钱夹进头顶上的铁夹子里，然后用力一甩，夹子就顺着铁丝“哗”地一下滑到了宋红花的头顶上。宋红花取下头顶上的发票和钱，敲章、找零，然后把夹着零钱和发票的夹子用力一甩，夹子又顺着铁丝滑回了四面八方的柜台。

宋红花的说话声和身上的生肉气息也随着铁丝滑向棉布店的各个角落。人们发现，这个昔日还能偶尔流露出一点羞怯神色的女子结婚后，嗓门更加响亮、音色越发粗糙了。因为宋红花坐得高坐得远，所以她和棉布店里的营业员们聊天时，需要用更大的声音。去棉布店买床单剪料子的人们，总是能从宋红花顺着铁丝滑向四面八方的声音里听到一些李煜的消息。比如女人们在店堂里聊起了自家的男人，宋红花就扯着嗓门在收款台里说：“我们家李煜不管是冬天还是夏天，睡觉前总要冲一把冷水澡，一边把凉水从头往身上浇，一边‘哇哇’地叫。不过听说冲冷水澡对身体有好处的，我说天冷了不要用冷水洗澡，他说是习惯了，不会感觉冷的。”

比如女人们说起炒鸡蛋蚀落很大，三个鸡蛋炒出来才一丁点不够一家人吃，宋红花就在收款台里介绍经验，提供给柜台里的营业员乃至进布店买东西的顾客："我们家李煜说炒鸡蛋要多放油，鸡蛋就能脬得很大，三个鸡蛋能炒一大碗呢。"

再比如棉布店里来了新款衣料，宋红花就在收款台里向仰视着她的人们发表自己的观点："这种料子不透气，我们家李煜不喜欢穿的确良衬衣，他喜欢穿针织汗衫，而且都是白色的汗衫，穿出破洞了也舍不得扔。"

……

总之，在宋红花的口里，人们听到的是他们两口子夫妻恩爱相敬如宾的生活，包括李煜的吃喝拉撒、衣食习惯，鸡毛蒜皮的家常事，宋红花每天做着全方位的报道。刘湾镇人都知道李煜有些奇怪的癖好，比如睡到凌晨起夜出门许久不归，等到宋红花一觉醒来找到他才发现，他在院子外的井台边又"哇哇"地洗开了冷水澡，或者干脆睡到半夜起来去井边挑水，把家里的两口水缸灌得满满的；比如李煜睡觉是从不打呼噜的，有时候宋红花从梦中醒来在黑暗中看一眼李煜，发现他半睁着眼睛，叫他他也不搭理，原来他是睡着的，他简直像一条鱼静悄悄地睁着眼睡觉，你说吓人不吓人……这样的事情被宋红花说得有声有色，听的人也是津津有味。就这样，李煜的婚后生活通过宋红花的嘴巴，在刘湾镇人面前一览无余地展示着。

人们从李煜的嘴里却无从获知任何情况，这个男人自从结婚后似乎越发少言语了，他只埋头做账，算盘拨得叮当响。以前他闭着眼睛能把账目算得分毫不差，现在，他居然能左右手同时开弓算两笔不同的账。这条鲤鱼，简直精怪得很，不声不响就能做出让刘湾镇人震惊的事情。人们大多认为，结婚后的李煜之所以不爱说话，是因为他的话都被他的浦东大娘子宋红花说完了，他现在只晓得吃饭睡觉打算盘。人们再也没有看到他在五月刚过的暮春季节里跳进运河去游泳，但"鲤鱼"的称呼却一如既往地被刘湾镇人叫唤着，他那一身黝黑似串条鱼般的皮肤和矫捷的身型，只依稀留在人们的记忆中，没有再于刘湾镇人面前裸露而出。

九

李煜结婚以后再也没有跳进运河里去游泳，那当然是有原因的。

婚礼后的那天晚上，李煜病了，他整整发了三天高烧。那三天里，他烧得昏昏沉沉抽筋打颤胡话不断。宋红花端屎接尿无微不至地看护着李煜，直到三天后高烧才退去。李煜睁开眼睛的第一句话就是："我做了一个梦，我梦见我得了全国游泳冠军。"

宋红花"哇"地一声哭起来："你再也不许下河游泳了，就算我求你，你不要去游泳了。"

李煜笑了，宋红花哭得气喘吁吁，李煜居然躺在那里笑，他笑着说："我已经得冠军了，我是不用再游泳了，我不会再去运河里游泳了，放心吧。"

宋红花这才破涕而笑，笑过后就半是娇嗔半是责怪地说："你真是白日说梦话，我看你是游泳游疯了，梦里头得了个冠军还当真了，游泳冠军有什么用，上班打算盘才是正经的活。"

从此以后，李煜的确没有再下过运河游泳，但李煜每每经过南街暮紫桥边时，总是会用一种略带忧伤的眼神看一眼缓慢流动的运河水。这一眼几乎是匆匆的，看完后他就即刻离开去做别的事情了，没有人注意到这个昔日的游泳好手，他低头俯瞰运河水时的眼神是如此落寞寡欢。他竟是不会如过去那样长时间地趴在桥墩上酣畅地去看那些闪烁着波光的水流。他看运河的眼神几乎像看分手的恋人一般，带着哀怨的表情，偷偷看一眼，分明是关注着曾经热恋的爱人的近况，但又不敢表露心迹，悄悄地给予关切的窥视，却终究不会用明朗的态度去面对曾经的爱恋。

这么看来，李煜是把运河当作了他的前任女朋友了。现在他结婚了，结婚了就不能再和以前的女朋友有来往了，所以李煜看运河的时候就像看着被自己抛弃的女朋友一样。运河沉默幽怨地在一旁轻轻流动，并无对李煜的责怪，李煜却感觉自己是有负于它的。因此每次经过运河，李煜总是面带惶恐心生负疚地看上一眼，随后匆匆地走了。这负疚，其实也并不是负疚于运河，许是对自己曾经想当一名游泳运动员的理想的负疚，亦许是李煜心头某一种刘湾镇人无法了解的负疚。

宋红花不遗余力地传播着李煜的婚后情况，刘湾镇人便不失时机地了解着这条有名的鲤鱼的现状。李煜现在已经不再游泳，洗冷水澡的爱好替代了游泳。当然，隔壁邻舍们也的确常常在入夜后临睡前，听到井台边“哗哗”的冲水声和“哇哇”的吼叫声。这两种搀杂在一起的声音四季不断，尤其是在冬天的夜晚，李煜吼叫时，有些嘶哑的悲怆音色和喧哗的水流声让闭门早睡的人们感觉到一些无以名状的躁动，人们躺在被窝里想象着许久以前，暮紫桥桥墩上伸展双臂意欲入水的那条身影，一条黝黑如鱼般矫捷无比的身影。

十

李煜与宋红花的第一次争吵也是最后一次争吵，是在他们结婚三年后的一个闷热多雨的五月里。

潮热的梅雨过早地来到了刘湾镇，街边的青草在绵绵不绝的雨水中长得茂盛芜杂，苦荆树的粉色花朵已经破败凋落，枇杷树上带绒毛的果子正青里透黄，运河的水流因为多日的雨水而涨到了岸口。从东海边过来的驳船满载着橡皮鱼，由水闸边一路拥挤着排到暮紫桥头，刘湾镇南街上弥漫着海鱼腥臭的气味。

宋红花提着竹篮向南街杂货店方向走去，竹篮里是一只发黑的酱油瓶。她身侧的运河里，许多只驳船正缓慢前行，船上穿着破旧的短衫卷着裤腿的船工们因为无聊而相互打闹着，并对岸上经过的每一个女人做着粗俗的评论。

宋红花迈着细碎的脚步走近杂货店时听到船上传来外乡口音的喊叫声：“这个女人没有屁股！”

宋红花十分敏捷地转过身子，用她有些破碎的嗓音对着船上的男人们大声骂道：“你妈才没有屁股！”

宋红花骂完后用她那双瘦削的手捂住鼻子，身后传来一阵杂乱而放肆的哄笑声。

宋红花抬腿跨进杂货店，向着油酱柜台里的姜来娣递上篮子说：“这些船为什么不开走？臭死了，你们在这里上班是要被这些橡皮鱼熏昏过去的。”

姜来娣接过瓶子转身为宋红花打酱油，她几乎憋不住要笑出了声音。船工们喊着“这个女人没有屁股”时，她看到李煜的女人宋红花正从暮紫桥上走过来。宋红花的确没有屁股，姜来娣看着她两条裤腿撑着一个身体走过来，直挺挺的像一块薄薄的夹板，她就想笑。宋红花结婚时的娇美模样在短短三年里消磨得所剩无几，这三年里，宋红花越发显得瘦削，本来就不胖的两颊更加深凹进去，原本还算有些肉的屁股，现在只剩下两片裤子随着她的迈步空荡荡地飘动着。三年来，姜来娣和所有的刘湾镇人一样，时刻注意着这个高而瘦的女人的肚子是否渐渐隆起。宋红花在人们暗暗的注视下依然没有使她的腹部鼓起来，她以未改消瘦的身体告诉人们，她三年里没有生出一个孩子来完全是情理之中的事情。

姜来娣倒是结婚了，而且刚生了一个儿子，儿子满月后她又开始站到杂货店油酱柜台里上班了。宋红花和李煜结婚的时候姜来娣还没有对象，后来王福弟师傅把远房表侄子介绍给了她。一年以后，姜来娣结婚了。两年后，姜来娣生了一个七斤多重的儿子。现在，比宋红花晚一年结婚，却已经生了儿子的姜来娣看着像一根竹竿一样的女人提着篮子来打酱油，她就憋不住想笑。但她知道她是绝不能真的笑出来的，宋红花和李煜都是她商贸社的同事，所以她是绝对不能得罪了同事的。

姜来娣把宋红花的酱油瓶灌满后转过身子，脸带关切的表情问：“红花，你对你们家鲤鱼太好了，是不是家里的活都是你一个人干？我看你是太操心了，你又瘦了。”

宋红花张开嘴巴，笑出一口白灿灿的牙齿：“是啊，大大小小的事情都是我一个人操心，他只晓得拨算盘、洗冷水澡。最近参加县里的珠算比赛又得了冠军，得奖的人要去杭州旅游呢，这个星期六就出发。可这种冠军有什么用，他倒要去杭州旅游了，我是一点好处都得不到的。”

宋红花说的是怨恨的话，语气里却分明充满了自得，男人又得了冠军，这正是当年宋红花的父亲、肉庄退休职工老宋看上这个毛脚女婿的一大理由。所以宋红花在说起自家男人时颇感骄傲是很正常的。

姜来娣附和着宋红花，表示了对她丈夫的钦佩和对她的羡慕，然后话锋一转问：“红花，你就不想要个小囡吗？该要一个啦。”

宋红花像是被戳了痛处，瘦脸上布满了愁苦不堪的表情，那张尖尖的脸顿时变成了一只腌制过的褐皮橄榄。她凑到姜来娣的耳根边说：“来娣，不瞒你说，我也不是不想要小囡，可要不着，天晓得是怎么回事，和李煜每天睡在一张床上，好像一天也没落下过，可就是要不着。”

姜来娣点了点头，以急他人之所急的态度沉思了片刻，然后神秘地问道：“你说，你们家鲤鱼是不是不管热天还是冷天，每天睡觉前都要洗冷水澡？”

“是啊，每天都洗。”宋红花肯定地回答。

“这就对了！”姜来娣一拍大腿说，“男人是不能随便洗冷水澡的，况且他是洗完冷水澡上床睡觉，冷得都萎缩了，即使和你睡在一张床上，他还能来事吗？”

“怎么不来事啊，我和他每天睡在一张床上，他来事不来事我是很清楚的。”宋红花的脸上露出些许不满的神色，她不由自主大起了嗓门替自家的男人作证。

姜来娣赶紧用手指压在嘴唇上：“嘘嘘，轻一点，我听得见的，不要被旁人听去了。”

宋红花降低了声音继续辩解：“你不要瞎讲，我们李煜可没有不来事哦。”

姜来娣和颜悦色地劝导着：“我不是这个意思，你想想看啊，把冻在冷库里的种子拿出来马上下种，能发芽吗？即使不放在冷库里，经过一个冬天的种子都要等春暖后才能发芽是不是？你们家鲤鱼每天睡觉前洗冷水澡，就等于把种子放进冷库里了，所以即使你每天和他睡在一张床上也是没用的，刚从冷库里拿出来的种子怎么会发芽？还有啊，种子冻一个冬天，春天时还能发芽，如果种子天天冻在冷库里冻上三年，那就冻坏了，就再也发不出芽了。所以天天洗冷水澡是不好的。”

宋红花听了姜来娣的话，忽然茅塞顿开，她张大嘴巴怔了好一会儿，然后一跺脚咬牙切齿地说：“我算是晓得了，原来要不着小囡不是我的原因，是他李煜的原因。”

宋红花一转身，把一张瘦巴巴的屁股对着姜来娣，蹬着急促的脚步往回走去。姜来娣在她身后叫着：“红花你的篮子，你的酱油——哎呀这个急性子，回家不要吵嘴，好好劝他，不要洗冷水澡了……”

运河里装满了橡皮鱼的驳船上，穿着粗陋的短衫、卷着裤腿的船工们看着岸边急匆匆赶路的女人和杂货店里大声喊话的女人，疲倦的眼神里带着戏谑的笑意。橡皮鱼的腥臭继续弥漫着整条南街，宋红花却顾不得再用手去捂住鼻子，她低着头快步走着，走过暮紫桥，走过桥北边的陶瓷店，走过胜利饭店和隔壁的公共厕所，再走过豆腐店，瘦削的身子朝回家的方向急速移动着。

那个五月过后的夜晚，人们没有听到李煜在井台边洗冷水澡的“哇哇”叫唤声，人们听到的是宋红花破碎的嗓音发出的哭声，依稀夹杂一些咒骂声，是关于祖宗是否积德，宋家是否有后的话题。李煜的声音在宋红花的哭骂声中显得底气不足，似乎是有反驳的声音，却不响亮，夜风把他的声音侵吞了，却把宋红花的声音传得极其遥远。想来女人的声音要比男人的声音更适合在自然风速中传播。

十一

这个星期六的清晨，商贸社的二吨运货车在暮紫桥头等着李煜等一些在县里比武获奖的人，他们将在五月的晨风中光荣地站在二吨卡车的车斗里，前去县城集中参加先进人物赴杭州的旅游。李煜提着一只瘪塌塌的帆布包走向南街暮紫桥头，好几个人已经等在晨雾中的桥上了，有拆装自行车亚军张阿六，有开锁季军三老板，有卷洋布殿军许大妹……当然还有为他们送行的商贸社主任毛根勇。

毛主任站在暮紫桥上，以领导的身份给予比武得奖者鼓舞人心的送别话语："同志们，希望你们去杭州旅游时表现出刘湾镇商贸社职工先人后己的优良传统，坐车不抢座位，吃饭不抢鱼、肉，你们代表的是整个刘湾镇商贸社，所以你们既是光荣的，又是重任在身的。也希望你们从杭州回来后继续投入忘我的工作，为商贸社争取更大的荣誉……"

李煜侧身靠在暮紫桥栏杆上，听着毛主任的临行发言。远处的镀锌厂烟囱里一如既往地飘出黑色的烟雾，烟雾遮挡住阳光，使初夏清晨的空气显得有些污秽浑浊。运河两边拥挤的房子里有一些粪水的气味飘出，早起的清洁工已开始把人家放在墙角边的马桶一路收进平板车里，南街上的人们还在困乏中伸着懒腰，路上只有寥寥几个行人。暮紫桥下的运河里弥漫着雾气，李煜低着头看桥下流动的水波，初升的太阳透过雾气照在运河上，水面闪耀出隐隐的金色光点。

李煜已经好久没有这么长时间地盯着运河看了，结婚那天，李煜跳入了运河，在刘湾镇人面前做了一次毫无准备的告别表演，至今，他没有再与运河水有过肌肤接触，他似乎把它遗忘了。运河却依然以稳健缓慢的节奏把浑浊的水流往东海里送去，日复一日。

李煜忽然想起在商业学校读书时，政治老师在课堂上提到过古代的那个叫亚里士多德或者更古怪的名字的外国人，他说过这样一句话"人不可能两次踏进同一条河流"。这个政治老师的课李煜还是很喜欢的，可一个学期以后政治老师就不知去向了。据说他被他过去的学生押着去批斗，头上被戴了高帽子、脖子里挂着木牌子，木牌上写着他的名字，名字上打着大红叉，他撅着屁股低着头站在街上，做着时尚的喷气式飞机状。李煜曾经看见过政治老师挨批斗的样子，后来听说他在第三次批斗回家后就不见了影踪。政治老师消失了，不久以后，李煜就忘了政治老师的长相和讲课的声音了。

非常奇怪，商业学校毕业多年后的今天，政治老师说过的话会忽然浮现在李煜的脑海里，早已被他遗忘的政治老师镜片后似笑非笑的眼神，此刻在他眼前复又冒出些莫名其妙的鬼火。不知道他还在不在人世，如果还在，他会不会还记得曾经在课堂里讲过的“人不能两次踏入同一条河流”的话。李煜看着升腾着晨雾的运河，想着这条运河与三年前的运河是同一条，还是不同的另一条？如果这个时候跳进水中，感觉会和三年前一样，还是不一样？那么三年前的李煜是李煜，现在的李煜，还是李煜吗？

李煜有些出神，他眯起了眼睛，水面上不断闪动的光斑耀眼无比，眼睛被灼痛了，眯缝着的眼里有热辣辣的感觉。他抬起头，眼光离开水面，向着前方眺望而去。白雾晕染的早晨，一幕遥远而朦胧的绝色美景恍恍然出现于他的视线中——桥南还未开门的杂货店二楼阳台上，一个身着红衣的女子，正张开白皙肥嫩的手掌梳理着披散了一肩的长发，阳光照在她身上，丰满挺拔的身子镶了一圈金色的绒边，被雾气笼罩的红色身影在清晨的阳台上举着双手，她抚弄着乌黑长发的动作居然如此优柔。晨风吹过，长发飞散而开，像一丛飘逸的烟花绽放着，又如平静的水面上有一条鱼儿跃起又落下，溅起了层层涟漪，波及而开。这个若真若虚的身影，在李煜的眼里呈现出朝阳般瑰丽美妙的炫彩，犹如一个梦境，在五月的清晨里兀自流动着。

李煜就这样目瞪口呆地看着小楼的阳台，没有人注意到他，所有人都在聆听毛主任的讲话，直到毛主任以口号般的呼喊声“祝你们一路顺风！”结束他的发言时，有人拉了李煜一把，李煜便随着人们走向已经等在桥边的二吨卡车。

李煜像一具木偶一样被人拉上了车斗，卡车启动时，车斗里的人都伸出手，向车下送行的毛主任以及几位家属挥手告别，李煜也伸出手机械地挥动着。

宋红花并未来送行，几天前的一场争吵，宋红花终于使李煜结束了自结婚以来从未间断过的恶习，李煜不再在洗完冷水澡后上床睡觉了。那些天的夜晚，宋红花变得温柔异常，她竭尽做妻子的所能讨李煜欢心，李煜只是迎合，不积极，但似乎也并无嫌恶。消失已久的红晕又开始出现在宋红花的尖脸蛋上，她使李煜在与她结婚后放弃了游泳，现在又放弃了洗冷水澡，为此她感到由衷的骄傲，她发现自己调教男人的本事正变得驾轻就熟炉火纯青。自然，在李煜赴杭州旅游的前夜，宋红花是倾心劳作了一番，清晨时分疲累不堪是肯定的。她听到李煜起身的声音，闭着眼睛说："我就不去送你了，你记住，出门在外也不要洗冷水澡，冰冻三尺非一日之寒，这是日长时久的事情。你要坚持啊！"

说完这几句话，宋红花又睡着了。李煜就提着装了几件换洗衣服的帆布包出了门。

现在，卡车正驶离暮紫桥，李煜和所有人一样挥着手告别，李煜挥手的样子有些茫然无措，他似乎并不知道自己在向谁告别，表情是呆滞木然的。车下送行的人看到，随着卡车的颠簸，李煜同样颠簸着的身体较之别人显得很轻，好像随时会被卡车颠翻下去一样。送行的人就笑说："鲤鱼昨夜一定是和宋红花做多了那事，今日里显得头重脚轻了。"

十二

过早来到的梅雨季节里，刘湾镇人发现锅碗筷笼上布满了斑驳的霉点，黄浦江水一路经过川杨河流淌而下，流过刘湾镇南街，向东海直奔而去。这条被刘湾镇人叫做"运河"的水面上漂浮着一些废纸、烂菜叶和来自毛巾厂或者镀锌厂污水管里的黄白色泡沫，沿河人家可以清楚地闻到河里飘来的铁锈味或者隔宿菜的腐败气味。

那个周末的清晨，李煜在刘湾镇暮紫桥头上坐着卡车去杭州旅游了。一周以后，拆装自行车亚军张阿六、开锁季军三老板、卷洋布殿军许大妹从杭州旅游回来了，李煜却没有回来。

刘湾镇上为数不多的人回忆起那天暮紫桥头告别的情景时，他们大多无法清晰地记得李煜在那日清晨到底有什么异样的地方，他们只记得李煜站在卡车里长时间地挥着手，动作有些轻飘飘。所有去杭州旅游的人都是这样挥手的，况且卡车颠簸着，手挥得轻飘飘也是正常的，所以人们不认为李煜有什么特别之处。

但是据和李煜一起去旅游的张阿六、三老板、许大妹说，李煜一路沉默寡言不搭理任何人，直到火车到达杭州，他们被一辆旅游车送到西湖边时，李煜忽然兴奋无比地挥舞着双手，站在湖边“哇哇”大喊大叫起来，就像他每天晚上站在井台边洗冷水澡时发出的叫喊声一样。李煜走在白堤和苏堤上手舞足蹈高声歌唱，没有人能听懂他唱的是什么，人们多半认为他是第一次出远门到了天堂般的杭州，他不能抑制快乐的心情所以才如此表现。直到他站在断桥上，长久凝视着那片浩淼的西湖碧波不肯离去时，人们才发现他的确显得有些异乎寻常。

张阿六要拉他走，他挣脱掉抓住他的手说：“你相信吗？我能从这里一路游到三潭映月。”

三老板说：“我们相信你，你游过刘湾镇六里运河我们大家都知道，从断桥到三潭映月没多远，比你从暮紫桥头游到东海边近多了。”

李煜说：“我自己都不相信你们怎么可以随便相信，我已经好几年没有下水了，我现在要试试能不能从这里游到三潭映月。”

说完，李煜开始脱他身上的衣服。张阿六、三老板、许大妹抓住李煜不让他脱衣服，许大妹说：“你不用下水我们也知道你能游到三潭映月的，你小时候是少体校的运动员，我们都知道的。”

李煜被大家抓住后就没有办法脱衣服了，他看着有些惊惶失措的人们一咧嘴笑起来，这一笑，把张阿六、三老板、许大妹紧张的心情笑得放松了下来。人们就一起跟着李煜笑，笑着的时候，他们抓住李煜的手就放了下来。那几双手一放下来，李煜便在那一刹间纵身跳下了西湖。

李煜从断桥上纵身跳入西湖的时候，人们发现，多年前从刘湾镇南街暮紫桥桥墩上跃下运河、如串条鱼一般矫健的身影再现了。人们在一片惊呼中看到西湖水面被砸成了片片破碎的镜子。李煜在水中扑腾了几下，他像一条被人逮上岸后久离水域的鱼，在几乎遗忘了怎样游泳的时候又被人放回了水中。那是一种熟识已久却又疏离多时的感觉，一种肌肤被清凉的水波拥抱抚摩亲吻的感觉，一种自由自在、快乐和兴奋无比的感觉。现在，这种感觉又回来了。李煜划动手臂游了一小段距离，似乎感到身上的衣裤有些影响他挥臂踢腿的动作，于是他在水中伸展着双手，迅速把身上的外套甩脱，然后赤裸着黝黑的身体，以极其标准的姿势，在碧波浩森的西湖中破浪遨游起来。

围观的人群中有人要张嘴喊救命了，但李煜在西湖里泰然遨游的姿态让紧张的人们停止了呼之欲出"救命"声，舒下了一口气。李煜在浩浩荡荡的西湖水中一路往三潭映月方向游去，他黑色的头颅在水浪中翻腾起伏，这条"鲤鱼"在水里以速度之飞快、动作之潇洒使围观的人群中响起了此起彼伏的喝彩声。

张阿六、三老板、许大妹抽筋似的脸上也露出了些许骄傲的神色，好似李煜被人们捧赞着，也是他们的荣耀。

李煜就这样一路向三潭映月方向游去，李煜已经游得很远，他似乎是听到了身后的喝彩声，他回头向站在断桥上的人们挥了挥手，然后在更响的喝彩声中一头潜入了水中。

张阿六、三老板、许大妹七嘴八舌地解释着："他水性很好，他一口气游过六里运河，他潜水时间很长，一般会在三十米开外露出水面的……"

围观的人群耐心地等待着这个矫健的游泳者再次露出水面，人们等了很久，李煜却没有如第一次游运河那样，在人们等到焦急不堪时一头顶破水面，露出他黑色的头颅。没有，李煜没有再出现。人们一直等到天黑，一直等到旅游团领队叫来了巡湖警察，一直等到打捞队开船进湖搜寻，也再未见到李煜。

李煜到拥有天堂般美景的杭州旅游后一去不返，同去的人回忆着西湖里惊心动魄的一幕，人们一致认为，以李煜的水性，绝没有溺水而死的可能，打捞队也没有从西湖里捞到李煜的尸体。

可是李煜的确是失踪了。那段日子，李煜的故事在刘湾镇上流传得沸沸扬扬，充满了传奇色彩。有人说，兴许李煜就是鲤鱼精投胎，到了水里就是到了家了，他觉得在水里过日子更自在，所以他就潜进西湖里再也不出来了。

也有人说，李煜一头潜入西湖，凭着好水性，在人们看不见的地方露出来，然后爬上岸，独自到一个他向往已久的地方去生活了。至于这个地方究竟是哪里，刘湾镇人靠着他们的生活阅历，是无论如何想象不出来的。

肉庄里的老宋整日唉声叹气逢人便说："我女婿一心想得游泳冠军，第一次上门的时候我就对他说，你可以游泳游到老，游到死，现在他真的游泳游得不见了人影，是不是死了都不知道，都怪我不好，都怪我不好啊！"

悲痛欲绝的宋红花躺在床上不能正常上班，她不断对前来探望安慰她的人说："我们家李煜一心想要当游泳运动员，可是我不让他游泳，我连冷水澡都不让他洗，所以他干脆跑到西湖里去游泳了，一游就游得不回来了，都是我不好啊——"

宋红花在家里过了以泪洗面的三个月之后，意外地发现自己怀孕了。

宋红花生下李煜的儿子时，正是又一年的早春二月。已经退休的肉庄职工老宋因为宋家有了传宗接代的后人，而从李煜失踪事故的悲伤情绪中走了出来。宋红花亦是因为有了儿子而化悲痛为力量，继续坐回棉布店高高的收款台里去上班了，日子就这样煎熬着过了下去。

人们偶尔在回忆往事的时候会提到"鲤鱼"的名字，但没有人再去苦思冥想关于这条鲤鱼失踪后的种种可能。李煜这个人消失了，"鲤鱼"的名字，也在刘湾镇人的言谈中渐渐被淡忘。

十三

十年后，易先生的女儿易美芳带着她十三岁的儿子回到刘湾镇上的时候，杂货店已经搬到了新造起来的一幢沿街四层商业楼里。运河边的二层小木楼物归原主，易先生死了，易师母也已去世，易美芳当仁不让是小楼的继承人。

易美芳牵着十三岁儿子的手走在刘湾镇整修一新的南街上时，老态龙钟的王福弟师傅很难把她与多年前穿一双红色搭袢布鞋，有着又大又亮的眼睛，能背诵几百首古诗的小女孩联系起来。王福弟师傅已十分迟钝的脑子里，仅剩下一个被母亲拉着手跟在发疯的易先生身后大声哭泣的小女孩，除此之外，没有更多的记忆。

易美芳已经是一个稍稍有些发福的中年女人，人们从她不同于刘湾镇女人的讲究穿着和轻声轻气的说话声中，依稀感觉到这个女人是有着良好的出身和家教的。但人们发现这个女人只有一个儿子，人们从未见过她的丈夫。

易美芳的十三岁儿子常常趴在自家阳台上盯着运河水看，水面把太阳光反射上来，映在有着黝黑皮肤的少年脸上，少年就那样低着头看楼下近在咫尺的河水哗哗地向东流去，表情严肃神情专注。夏天到来的时候，人们看到这个孩子光着身子在运河里伸展双臂旁若无人地划水游泳，身姿矫捷无比。

宋红花十岁的儿子站在岸边看比他大三岁的男孩在运河里自由自在地遨游，眼睛里流露出羡慕无比的神色。水里的男孩对岸上的男孩喊着："你下来呀，水里多凉快呀，快下来吧！"

岸上的男孩在阳光下皱着眉头说："我不会游水，我妈说我有'落水关'，落到水里就是进了鬼门关，所以我不能下水。"